dtv

Das Ende seiner Karriere kam plötzlich. Bis zum Jahre 1988 war Darius Dorn erfolgreicher Kriminaler in der Mordkommission Leipzig. Dann mußte er den Dienst quittieren. Sein Aufklärungseifer war nicht mehr erwünscht. Denn: »Serienkiller gibt es nur im Westen.« Zehn Jahre später fährt Dorn Taxi. Seine Ehe ist geschieden, und um seinen Sohn wenigstens ab und zu zu sehen, ist er nach Düsseldorf gezogen. Doch dann kommt es zu einer Mordserie, die ihn allzusehr an seinen letzten Fall erinnert. Ein Serientäter, der es auf minderjährige Knaben abgesehen hat. Dorns Jagdfieber entflammt von neuem. Diesmal wird ihm der »Täufer« nicht entkommen. Die Spur führt nach Leipzig, aber die Ermittlungen sind äußerst schwierig. Dorn ist kein Polizist mehr, und die alten Kader sind nach wie vor mächtig ...

Thomas Niermann hat 1979 in Wesel Abitur gemacht. Volontariat bei der Zeitung, sechs Semester an der Uni. Heute ist er Vater und freier Autor.
Christos Yiannopoulos wurde 1957 in Patras, Griechenland, geboren. Seit 1964 in Deutschland. Magisterstudium in Düsseldorf. Seit 1988 ist er hauptberuflicher Drehbuchautor.

Thomas Niermann
und Christos Yiannopoulos

Held der Arbeit

Kriminalroman

Deutscher Taschenbuch Verlag

Originalausgabe
April 2002

www.dtv.de
Umschlagkonzept: Balk & Brumshagen
Umschlagfoto: © photonica / Nancy Honey
Satz: Fotosatz Reinhard Amann, Aichstetten
Gesetzt aus der Meridien 10/12˙ (QuarkXPress)
Druck und Bindung: Druckerei C. H. Beck,
Nördlingen
Gedruckt auf säurefreiem, chlorfrei gebleichtem Papier
Printed in Germany · ISBN 3-423-20519-9

Prolog
Leipzig, 1988

Der Junge schwamm ruhig in dem flaschengrünen See. Frühe Vögel zwitscherten. Aus den Wiesen stieg Nebel auf. Hinter dem Damm der nahen Landstraße kündigte erstes Morgenrot einen herrlichen Tag an.

Die Handschellen, die dem Jungen die Arme hinter dem Rücken und die Fußgelenke fesselten, hatten tiefe Scheuerspuren in der bereits aufquellenden Haut hinterlassen. Das halblange, blonde Haar breitete sich an der Wasseroberfläche wie ein Fächer um den Kopf der nackten, in Bauchlage dümpelnden Leiche aus. Eine Entenmutter zog, sieben Küken im Schlepptau, neugierige Kreise.

»Mist, das Ding ist zu kurz, ich komm einfach nicht ran.«

Der feldgraue Vopo gab den Versuch auf, vom Bootssteg aus die Leiche mit einer langen, hakenversehenen Stange zu erreichen. Sein neben ihm stehender Kollege knuffte ihm in die Seite und deutete in Richtung Landstraße.

»Laß gut sein, die Genossen vom K sind da. Kümmern wir uns lieber um den Angler.«

Oben auf dem Straßendamm parkten zwei Lada und der Bus der Spurensicherung hinter dem Streifenwagen der beiden Vopos ein. Ein drahtiger Dreißigjähriger in Jeans und T-Shirt sprang aus einem der Wagen und stürmte die Böschung hinab.

»Runter vom Steg, ihr trampelt ja alles kaputt.«

Die beiden Uniformierten sahen sich vielsagend an.

»Unser Sachsen-Schimi wie er leibt und lebt.«

»Hauptkommissar Dorn, Stachel im Arsch des Genossen Chef«, kicherte der andere wohlwollend.

Die beiden zogen sich rasch zurück und wandten sich dem verstört am Ufer wartenden Angler zu, der den grausigen Fund gemacht hatte.

Inzwischen begannen die Männer der Spurensicherung in weißen Kapuzenoveralls das Gelände mit Flatterband abzusperren. Hauptkommissar Dorn fuhr sich mit der Hand über das unrasierte Kinn und sah nachdenklich auf den Teich. Von hinten näherte sich ihm ein Mann mit Steirer-Hut, Knickerbockers, Gummistiefeln. Nur der Alu-Koffer, den er statt Flinte mit sich führte, ließ erahnen, daß es sich hier nicht um den Revierförster handelte.

»Hallo Doc, denkst du, was ich denke?«

»Versuch ich nach Möglichkeit zu vermeiden. Aber eins, lieber Darius, kann ich dir jetzt bereits als hinreichend gesicherten Fakt mitteilen: Der Junge ist tot«, schmetterte der Forensiker gutgelaunt in den Morgen.

Der Kommissar schüttelte den Kopf. »Sensibel wie ein Metzger. Ein Kasten Radeberger, daß der Junge vergewaltigt wurde, wir mit ein bißchen Glück auf dem Steg Spermaspuren finden und darüber hinaus noch auf ein weiteres unappetitliches Detail stoßen werden.«

Der Mediziner wurde ernst. »Du meinst, der Täufer hat wieder zugeschlagen?«

»Letzten Sommer in Meusdorf, dann vor Weihnachten der Junge unterm Eis des Auensees in Wahren. Immer die gleiche Szenerie, immer dieselbe Handschrift. Du wirst sehen, daß ich recht behalte. Wann holt denn endlich jemand den Jungen da raus?«

»Das Boot ist am Steg angeschlossen. Der Schlüssel wird bereits geholt. Dauert 'nen Moment.«

Der Kommissar begann wütend auf und ab zu gehen. Er stand unter Strom. »Sesselfurzer und Bötchenfahrer. Sind wir denn hier auf 'nem Betriebsausflug?«

Schon waren Turnschuhe, Jeans und T-Shirt abgestreift. Darius Dorn stakte durch das Röhricht. Nicht anwesende

Genossinnen hätten den Anblick des durchtrainierten Kriminalers in Unterhosen wahrscheinlich durchaus goutiert. So aber löste er bei den Anwesenden nur Feixen, Kopfschütteln und Zeigefingerpicken an Nasenwurzeln aus.

Darius ließ sich nicht beirren. In langen Zügen schwamm er im empfindlich kalten Wasser auf den toten Jungen zu, faßte ihn beherzt an beiden Füßen und strebte in Rückenlage wieder dem Ufer zu. Der Doc war ihm, soweit es die Schafthöhe seiner Gummistiefel erlaubte, entgegengekommen und half beim Bergen des schlaffen Körpers. Inzwischen hatte man eine Bahre gebracht. Sie betteten die Leiche wegen der Handschellen darauf in Seitenlage.

Durch das Liegen im Wasser war das Gesicht des Jungen bereits aufgedunsen. Trotzdem ließen die verzerrten Züge deutlich erkennen, welche Qualen er ausgestanden hatte. Der Kommissar schob wortlos das nasse Haar des Jungen zurück. Da, wo die rechte Ohrmuschel hätte sein müssen, war nichts als ein rostroter, ausgefranster Krater.

Die beiden Männer sahen sich für einen Moment in die Augen.

»Du hast mal wieder recht behalten, Darius.«

*

Leipzigs Bürgermeister war Nichtraucher. Trotzdem war sein geräumiges Büro im Neuen Rathaus am Martin-Luther-Ring inzwischen rauchgeschwängert. Giftig starrte er den ZK-Sekretär ihm gegenüber an. Der paffte unablässig. Karo, den billigsten Knaster, der zu kriegen war. Es stank entsetzlich. Der hatte doch weiß Gott Möglichkeiten, an edleren Stoff zu kommen. Karo hielt er wahrscheinlich für besonders klassenbewußt. Wenigstens bevorzugte der Polizeichef edle Zigarillos. Der stand am Fenster und drehte sich jetzt um.

»Die Sache wird sich kaum so klein köcheln lassen, wie Sie sich das vorstellen, Herr Staatssekretär.«

»Oh, doch, sie wird, sie muß. Schließlich steht nicht nur die Reputation der Stadt, nein, das Ansehen der ganzen Republik steht auf dem Spiel. Da sind wir uns doch sicher einig.«

Nun fühlte sich der Bürgermeister bemüßigt, auch etwas zu sagen.

»Völlig Ihrer Meinung. Zum Messe-Beginn in der nächsten Woche werden die Augen der Welt auf diese Stadt gerichtet sein, es wird von Ausländern nur so wimmeln. Eine unappetitliche Mordgeschichte paßt da einfach nicht ins Bild.«

Der Polizeichef war so schnell nicht ruhig zu stellen.

»Ich sehe natürlich die Brisanz der Situation. Aber wir haben es hier nicht mit einem x-beliebigen Mordfall, sondern mit der Tat eines Serienmörders zu tun. Das steht nach allem, was mir heute morgen vom Tatort durchtelefoniert wurde, fest. Polizeiintern hat man dem Täter bereits den Namen ›der Täufer‹ gegeben. Ich weiß nicht, ob ...«

Die Sprechanlage auf dem Schreibtisch summte.

»Die Herren Baum und Dorn sind soeben eingetroffen. Soll ich sie hereinschicken?«

Der Bürgermeister ließ bitten.

Zwei unterschiedlichere Typen hätte man sich kaum vorstellen können. Der ältere in edlem, grauem Zwirn, Parteiabzeichen am Revers, korrekt vom Scheitel bis zum Zeh.

»Eberhard Baum, Leiter der Leipziger Mordkommission«, stellte der Polizeichef vor.

Der jüngere hätte in seinem Lässig-Outfit auch bei den Puhdys die Gitarre zupfen können.

»Und das ist Hauptkommissar Darius Dorn. Er war einer der ersten ermitttelnden Beamten am Tatort.«

Der Bürgermeister stellte den ZK-Sekretär vor. Man

wechselte zur lederbezogenen Sitzgruppe. Kognakschwenker klirrten.

»Was wird das denn hier? Soll ein Held der Arbeit ausgezeichnet werden?« rutschte es Dorn heraus.

Ohne darauf einzugehen, meldete sich der ZK-Sekretär zu Wort.

»Wären Sie so freundlich, uns Ihre Einschätzung des Mordfalls am Elster Becken zu geben?«

Dorn blickte erstaunt seinen Chef an. Der nickte aufmunternd.

»Im groben wissen Sie ja bestimmt schon, was passiert ist. Ich bin mir sicher, daß wir es mit demselben Täter zu tun haben, der bereits im letzten Jahr in Wahren und in Meusdorf zugeschlagen hat. Wir haben Sperma auf dem Steg gefunden. Für den Täter ist es der Höhepunkt, sich zum Schluß noch einmal selbst zu befriedigen, während sich das Opfer im Todeskampf windet. War in den vorangegangenen Fällen genauso. Die Analyse wird das bestätigen. Außerdem pflegt der Täter sich ein Andenken mitzunehmen. Er schneidet den Jungs die rechte Ohrmuschel ab. Ein Detail, das wir geheimgehalten haben. Ein Nachahmungstäter scheidet damit aus.«

Der ZK-Sekretär bot schweigend Karo an. Dorn griff zu. Der Bürgermeister schauderte.

»Was schlagen Sie also vor?«

»Der Gebrauch von Handschellen engt den Kreis der Verdächtigen erheblich ein. Ein Werkschutzangehöriger, Grenztruppen, die Miliz, Vopo, vielleicht einer von uns. Da sollten wir ansetzen. Vor allem müssen wir endlich die Öffentlichkeit um Mithilfe bitten.«

Der ZK-Sekretär sog scharf die Luft ein.

»Jetzt hören Sie mir mal genau zu. Angesichts der Tatsache, daß sich die DDR in der kommenden Woche auf der Leipziger Messe der Welt als moderner Industriestaat mit dem besseren Wirtschafts- und Gesellschaftssystem präsentieren wird, ist alles zu vermeiden, was diesem Bild in der Öffentlichkeit abträglich ist. Ich verweise auf unsere positive Kriminalitätsstatistik, unerreicht im internationalen Vergleich. Da wird jetzt nicht mit Dreck geworfen. Auf keinen Fall kann es zugelassen werden, daß staatliche Organe diesem unerhörten Verdacht ausgesetzt werden. Ja, wo leben wir denn?«

Der ZK-Sekretär hatte sich richtiggehend in Rage geredet. Dorn grinste aus den Tiefen des Ledersessels.

»Der sozialistische Mensch mordet, vergewaltigt, mißbraucht nicht. Schon gar keiner in Uniform. Und Serienmörder kommen nur im dekadenten Westen vor. Tut mir leid, das hatte ich ganz vergessen.«

Umständliches Anbrennen einer neuen Zigarette seitens des ZK-Sekretär, dann kalt: »Genosse Dorn, Sie haben offensichtlich nicht verstanden, auf welcher Grundlage wir hier alle arbeiten. Auf dem Boden des Antifaschismus im Dienst der proletarischen Revolution. Wer wegen Marginalien die großen Zusammenhänge aus dem Auge verliert, denkt unhistorisch und somit konterrevolutionär.«

Dem Kommissar platzte der Kragen.

»Ach, hören Sie doch auf. Ich hab genau verstanden. Da draußen läuft eine gefährliche Bestie rum, und Sie versuchen die notwendige polizeiliche Arbeit aus Propagandagründen zu behindern. Aber nicht mit mir.«

Dorn war aufgesprungen. Der Polizeichef sah sich genötigt, beschwichtigend einzugreifen.

»Nun wollen wir mal die Ruhe bewahren. Von Behinderung polizeilicher Arbeit kann ja wohl kaum die Rede sein. Genosse Dorn, vielen Dank für Ihre Informationen. Wenn Sie uns dann jetzt allein lassen würden.«

Dorn fixierte Baum, seinen direkten Vorgesetzten. Der sah stur geradeaus. Ein Sessel wurde zurückgestoßen, Sekunden später klappte die Bürotür.

Der ZK-Sekretär, noch immer hochrot im Gesicht, paffte heftig.

»Reden wir deutsch, Genossen. Wenn Sie es zulassen, daß die staatlichen Interessen während und nach der Messe durch öffentliche Hysterie um einen Serienmörder beeinträchtigt werden, dann rollen hier Köpfe. Das kann ich Ihnen von ganz oben bestellen. Erwartet werden schnelle Ergebnisse ohne großen Wirbel. Und«, er sah mit zusammengekniffenen Augen in die Runde, »stellen Sie diesen Dorn kalt.«

Konzertiertes Schweigen. Drei Männer dachten an ihre Karriere.

I

Schatten der Vergangenheit
Düsseldorf, 1998

Nasen-Herbert war mit dem Ergebnis der Sitzung zufrieden. Erfreuliche Bilanz, üppige Rendite. In drei Stunden fünfzig Mark im Hut. Er kannte halt die richtigen Plätze und die richtige Art zu betteln, die die geschäftig Vorbeihastenden für einen Moment anrührte und ihnen die Portemonnaies öffnete.

Er hatte bereits bei Kurti an der Bude seine Schulden bezahlt und bei den Kumpeln unter den Rathaus-Arkaden in der Altstadt eine Runde geschmissen. Jetzt wankte er satt und zufrieden seinem Schlafplatz im Hofgarten zu.

Nur der Regen störte ihn. Die Zweige der Gehölzgruppe, unter denen er sich in den letzten Wochen ein provisorisches Nest gebaut hatte, troffen vor Nässe. Nicht gerade einladend. Er dachte daran, doch lieber das Nachtasyl der Caritas aufzusuchen, aber verwarf den Gedanken gleich wieder. Das war nichts für einen freien Mann. Er hatte eine bessere Idee. Morgen war doch Samstag, da hatten die städtischen Gärtner frei.

Die sogenannte »Entenbude« war dicht an den großen Teich mitten im Park gebaut. Ein Pausenraum für die Mitarbeiter des Gartenamtes. Hier bewahrten sie auch Arbeitsgeräte und Futter für das zahlreich im Park gehaltene Ziergeflügel auf.

Nasen-Herbert hielt sich gar nicht erst mit der fest verrammelten Eingangstür auf. Glas klirrte. Der alte Mann sah sich noch einmal sichernd um, schon war er im Inneren. Er stellte die Flasche, die er sich als Startpilot für den kommenden Morgen aufbewahrt hatte, auf den Tisch und machte es sich auf einer Bank bequem. Minuten später war er fest eingeschlafen.

Irgend etwas hatte ihn geweckt. Der alte Mann brauchte einen Moment, um sich zu orientieren. Inzwischen hatte es sich aufgeklart. Der Mond stand voll und rund im linken oberen Viertel der Fensteröffnung. Nasen-Herbert richtete sich vorsichtig auf und lauschte. Da, schon wieder. Kein Zweifel, auf der Plattform direkt unterhalb seines Einstiegs war jemand. Er schlich zum Fenster.

Ein bizarres Bild. Dem Jungen, der bäuchlings über dem Geländer zum Wasser lehnte, war mit Paketband der Mund verklebt. Seine Hände waren ihm mit Handschellen auf den Rücken gefesselt, die Fußgelenke mit einem Gürtel zusammengeschnürt. Hinter ihm schnaufte ein Mann in einer merkwürdigen Uniform, die der Alte nicht zuordnen konnte. Ein Stricher und sein Freier, der ganz offensichtlich die harte Tour bevorzugte.

Nasen-Herbert war nur mäßig erstaunt. Er kannte sowas. Der Hofgarten war in lauen Nächten ein bekannter Treff von Männern, die schnellen, anonymen, schwulen Sex suchten. Er wollte sich schon abwenden, da ließ der Uniformierte ein Messer aufschnappen. Brutal griff der Mann dem Jungen ins blonde Haar. Das Messer sauste dicht an seinem Kopf vorbei. Dann wurde der Unglückliche von starken Armen angehoben und ins Wasser gestoßen.

Verzweifelt versuchte der Gefesselte, den Kopf über der Oberfläche zu halten. Vergebens. Das Wasser um den sich im Todeskampf windenden Jungen schien zu kochen. Der Uniformierte ließ kein Auge von der grauenvollen Szene und masturbierte hektisch. Nach knapp einer Minute war es vorbei. Der Körper des Jungen erschlaffte. Ein aufgeschreckter Schwan paddelte lautlos heran. Der Mörder ordnete seine Kleidung.

Nasen-Herbert löste sich aus der Erstarrung. Ein Sexualmord. Die Angst kam so plötzlich, als hätte jemand einen Schalter umgelegt. Er taumelte zurück. Die umfallende Schubkarre verursachte einen Höllenlärm. Der Uniformierte äugte hektisch in alle Richtungen, dann stürzte er davon. Sekunden später war er in einem angrenzenden Gebüsch verschwunden.

Der alte Mann atmete auf. Jetzt bloß weg hier. Damit wollte er nichts zu tun haben. Aber erst mal brauchte er einen kräftigen Schluck aus der Pulle. Auf den Schnaps war wie immer Verlaß. Er kriegte das Zittern in den Griff. Tief holte er Luft. Da verdunkelte die Silhouette eines Uniformträgers die Fensteröffnung.

*

Dr. Charles Shiwaeze war Journalist gewesen und kam aus Nigeria. Darius Dorn war Kriminalkommissar gewesen und kam aus der ehemaligen DDR. Nach Problemen mit der politischen Wetterlage in ihren Heimatländern hatte es beide vor knapp zehn Jahren nach Düsseldorf verschlagen. Beide gingen seitdem dem gleichen Job nach. Sie fuhren Taxi.

Darius fummelte einen Zehner aus dem Portemonnaie und reichte ihn seufzend dem grinsenden Charles.

»Nun fang nicht an zu weinen, Darius, irgendwann lernst auch du es noch. Revanche?«

Darius klappte das Taschenschachspiel zusammen. »Kann ich mir nicht mehr leisten. Wenn mich nicht alles täuscht, kriegst Du auch gleich ne Fuhre.«

Aus dem Strom der Reisenden, der sich aus der Bahnhofshalle ergoß, hatte sich ein etwa 25jähriger Mann gelöst und strebte dem Taxistand zu. Zu enges T-Shirt über Schwabbelbauch, bekritzelte Jeansweste, rot-weißer Schal, Deppen-Mütze und natürlich Bierdose in der

Hand. Ganz klar: ein Fortuna-Fan. Charles rollte mit den Augen.

»Meine liebsten Kunden. Sinnbild der überlegenen westlichen Kultur. So ein Schmuckstück mußt du in Nigeria erst mal suchen.«

Darius wuchtete sich vom Beifahrersitz.

»Hör ich da etwa rassistische Untertöne raus, Dottore?«

Die Beifahrertür klappte zu, Darius setzte sich hinter das Steuer seines Wagens und kramte ein Buch hervor. Zum Lesen kam er nicht. Statt zum befreundeten Doktor war die kostümierte Qualle in Darius' Taxi gestiegen.

»Entschuldigen Sie, aber Sie sind im falschen Wagen. Mein Kollege ist vorn.«

»Mit der Dachpappe fahr ich nicht.«

Darius klappte das Buch zu.

»Dachpappe?«

»Kanake, Bimbo, die Eierkohle da vorne, wenn du das besser verstehst. Ich will mir doch nichts wegholen. Und jetzt drück auf die Tube. Zum Stadion.«

Darius Hände ballten sich um das Lenkrad. Kontraktion der Armmuskulatur. Plötzliche Entspannung. Ein sardonisches Grinsen flackerte kurz auf. Darius ließ den Moror an und scherte aus der Reihe aus.

»Bißchen früh für's Stadion.«

Mitleidiger Blick von rechts.

»Wichtiges Treffen der Fortuna-Anhänger mit dem Fan-Beauftragten des Vereins. Da gibt's einiges zu besprechen«, tönte der Dicke, als sei er zur Aufsichtsratssitzung einer Bank unterwegs.

Darius unterdrückte ein Kichern. Schwabbel widmete sich wieder seiner Bierdose. Ein paar Minuten später fielen ihm die Augen zu.

Sie waren bereits knapp zwanzig Minuten gefahren, da muckte der Fahrgast wieder. Kleines Rülpserchen, orientierungsloser Blick.

»Wo sind wir denn hier? Ist ja mitten in der Walachei. Hier geht's doch nicht zum Stadion.«

»Ruhe bewahren, mein Freund, ich bring dich schon dahin, wo du hin mußt. Wir sind gleich da.«

»Will ich dir auch geraten haben. Mach bloß keine Zicken, sonst ist Essig mit Kohle. Verarschen laß ich mich nicht.«

Darius grinste begütigend und drosselte die Geschwindigkeit wegen zweier riesiger, orangefarbener Müllwagen, die vor ihnen über die Landstraße tuckerten. Eine knappe Minute später bogen die nach rechts ab. Darius hinterher. Sein Fahrgast saß jetzt ganz vorn auf der Kante des Sitzes.

»Mülldeponie Hubbelrath«, las er halblaut von einem großen Metallschild ab.

Darius nickte freundlich Zustimmung.

»Na, das mit dem Lesen klappt ja.«

Schon waren sie am Ziel. Darius stieg ohne Hast aus, ging um den Wagen herum, öffnete die Beifahrertür und zerrte den völlig perplexen Dickmops am Ohr heraus.

»Das ist stellvertretend von Dr. Shiwaeze, der Eierkohle.«

Darius hatte ihn in schmerzhaftem Polizeigriff. Er stieß den Dicken mit dem Knie ins ausladende Gesäß, bis sie an den Schlagbaum kamen.

»Sondermüll wird gleich hinten links entsorgt.«

Noch ein Knieschubser, schon landete die Nase des Herrenmenschen im Dreck.

»Bei Nachfragen hältst du dich am besten an die ›Dachpappe‹ da drüben.«

Darius wies auf den hünenhaften Schwarzen im orangefarbenen Overall, der gerade das Pförtnerhäuschen verließ und auf sie zu eilte. Ohne sich weiter um den Dicken zu kümmern, wandte er sich ab und schritt auf sein Taxi zu.

»Das hast du nicht umsonst getan«, quiekte Schwabbel ihm nach.

»Doch, doch, kostet dich keinen Pfennig«, versprach ihm Darius, noch einmal fröhlich winkend, wendete den Wagen und war in einer Staubwolke verschwunden.

*

Darius ruckelte im Stop-and-go-Rhythmus durch die Stadt in Richtung Derendorf. Er sah auf die Uhr. Halb zwei. Eigentlich hätte er noch ein paar Fuhren machen können. Die Geburtstagsparty seines Sohnes begann erst um drei. Er wollte gerade den Halteplatz am Oberbilker Markt ansteuern, da überlegte er es sich anders. Auf besoffene Frühschoppenheimkehrer hatte er nach dem Erlebnis mit seinem letzten Fahrgast keine Lust. Er entschloß sich, für heute Schluß zu machen.

Zehn Minuten später bog er mit Karacho auf den Garagenhof seines Unternehmers ein. Bevor er ausstieg, stopfte er noch zwei Zwanziger aus seiner Privatschatulle für die Fahrt nach Hubbelrath in die Taxibörse. Rechnete er den Zehner, den er beim Schach verloren hatte, dazu, schloß er den Vormittag praktisch plus minus Null ab. Darius seufzte. So kam er nie auf einen grünen Zweig. Trotzalledem. »Halte Deine Stadt sauber!« ging halt nicht zum Nulltarif.

Er schloß den Wagen ab, öffnete den Kofferraum und holte eine lederbezogene Kiste in der Größe eines Pilotenkoffers heraus. Sofort hellte sich seine Stimmung auf.

Die gesamte Vorderseite des Köfferchens ließ sich aufklappen. Zum Vorschein kam eine Praktika, etliche Objektive, Blitzgerät, Filter, Belichtungsmesser etc. Alles paßgenau in mit rotem Plüsch abgepolsterten Fächern verstaut. Die Fotoausrüstung eines Kriminaltechnikers der DDR. Das einzige, was er neben ein paar mehr oder weniger guten Erinnerungen ins zivile Leben gerettet hatte, nachdem man ihn auf ziemlich üble Art und Weise aus dem Polizeidienst gedrängt hatte. Kurze Zeit später war die Wende gekommen. Für Darius nur ein schwacher Trost. Den Karriereknick hatte er nicht wieder ausbügeln können. Was sollte es, das war Schnee von gestern. Mit der Fototasche, die er heute Roman, seinem dreizehnjährigen Sohn schenken wollte, würde er jedenfalls ganz groß rauskommen.

Der Chef knötterte mit Blick auf die Uhr irgendwas von Ossis und mangelnder Arbeitsmoral. Aber Darius' Lust auf Auseinandersetzungen tendierte inzwischen gegen Null. So beließ er es bei einem zackigen FdJ-Gruß – flache Hand senkrecht im rechten Winkel vor der Stirn – und entließ sich selbst.

»Freundschaft, Genosse Direktor, bis übermorgen dann.«

Er hatte noch ein wenig Zeit. In der Imbißbude um die Ecke servierte man ihm eine ziemlich angejahrt wirkende türkische Pizza.

»So was kriegen sie in der ganzen Türkei nicht.«

Darius glaubte es nach dem ersten Bissen sofort. Das Ding schmeckte wie der Pappteller, auf dem es gereicht wurde. Er spülte alles mit zwei Flaschen Alt runter. Dann machte er sich, den Tragriemen des Fotokoffers über der Schulter, zur nahen Straßenbahnhaltestelle auf. Zwanzig Minuten später war er in Grafenberg, einem der bevorzugten Stadtteile der oberen Zehntausend.

Die Villa war von der Straße aus nicht zu sehen. Dichtes Gesträuch hinter einem übermannshohen Metallzaun verwehrte den Blick auf das Grundstück. Allein das riesige, schmiedeeiserne Tor, flankiert von zwei – wahrhaftig – dorischen Säulen, stellte wahrscheinlich den Gegenwert eines Kleinwagens dar. Dem Sozialamt schienen die Besitzer hier jedenfalls nicht zur Last zu fallen. Darius, der das alles bereits kannte, war nur mäßig beeindruckt.

In der linken Säule war mittig Klingel, Sprechanlage und Kameraauge eingelassen. Darius' Zeigefinger tremolierte auf dem güldenen Knopf. Es knackte im Lautsprecher.

»Ja, bitte?«

»Steuerfahndung, öffnen Sie, sonst müssen wir uns gewaltsam Einlaß verschaffen.«

Die Stimme am anderen Ende der Leitung kippte in Panik-Tonlage.

»Frau Bärenreiter hier ist ...«

Eine andere Stimme näherte sich. Jung, energisch.

»Schon gut, Frau Friebe. Ich mach das schon, ein Witzbold.«

Jetzt drang es laut und ziemlich giftig an Darius' Ohr: »Idiot!«

Das Tor schwang auf. Darius warf noch grinsend eine Kußhand in Richtung Kameraauge, dann machte er sich auf den Fußmarsch zum Haus.

Die geschwungene Auffahrt mündete vor einer runden buchsbaumgefaßten Rosenrabatte. Dahinter eine wunderschöne Jugendstilvilla mit bleiverglasten Fenstern. Darius überlegte noch, ob er den kiesbestreuten Weg rechts oder links um das duftende Beet nehmen sollte, da trat eine Frau auf das Treppchen vor dem Haus und blieb an der steinernen Brüstung stehen.

Die Frau war schön. Eng um den Kopf zurückgenommenes, rabenschwarzes Haar, gerade Nase zwischen hohen Wangenknochen, ebenmäßiger Mund über energischem Kinn. Gebräunter, tennisgestählter Körper, konvex nur da, wo gewünscht. Das ganze in dezentem Modezar-Kostüm. Nur mäßig Schmuck und Schminke.

Die Frau war schön. Auf jene aseptische Art, die jeden Gedanken an Erotik einfrieren ließ.

Darius war ebenfalls stehen geblieben. Elisa, seine Ex-Frau. Er kniff die Augen zusammen. Immer wieder war er aufs neue überrascht, wie sie sich seit damals verändert hatte. Oder hatte sie sich gar nicht verändert, war immer schon so gewesen, und er hatte es bloß nicht bemerkt. Die Wende, ihr Coming-Out.

Wie stolz sie damals auf seine Beförderung zum Hauptkommissar gewesen war. Der private Lada, die schicke Neubauwohnung, Datsche am See. Und Baum, sein damaliger Chef, hatte sie, die Lehrerin mit Drang zu Höherem, hofiert. Essen zu Hause beim Leiter des Morddezernats. Sogar der Polizeipräsident war zugegen gewesen. Welch ein gesellschaftlicher Aufstieg. Er dachte mit Grausen daran zurück. Sie hatte es in vollen Zügen genossen.

Der Trennungsprozeß hatte begonnen, als man ihn kaltgestellt, in die Aktenhaltung versetzt hatte. Die Scheidung war mit seinem Entschluß, den Polizeidienst zu quittieren, zusammengefallen. Elisa stand nicht auf Versager.

Er sah sich plötzlich mit ihren Augen. Ein abgehalfterter Kriminaler, in den mal große Hoffnungen gesetzt worden waren. Jetzt verkrachter Taxifahrer, ohne Aussicht auf berufliches Comeback. Statt edlem Zwirn und Sportwagen, Jeans, Lederjacke und Monatskarte für die Tram. Er besaß nichts, außer einer Lebensversicherung fürs Alter und einen unbeugsamen Sinn für ... na, für was denn?

Aber bevor Darius noch weiter in die aufziehende Depression rutschen konnte, rissen ihn lautstarke Rap-Rhythmen aus den düsteren Gedanken.

»Ich find dich Sch, Sch, Sch, Scheiße ...«, nölten Tic Tac Toe von irgendwoher mit erheblicher Wattzahl jeden an, der sein Hörgerät nicht abgeschaltet hatte. Roman und Kumpel waren offensichtlich zum gemütlichen Teil des Nachmittags übergegangen.

Darius setzte seinen Weg fort. Elisa, verschränkte Arme, trommelnde Finger auf rechtem Ellenbogen, sah auf ihn herab.

»Ich find Dich Sch, Sch, Sch, Scheiße ...«, wummerte es im Hintergrund.

»Nettes Willkommensständchen. Und so passend. Hast du das ausgesucht?«

Augenbraue links leicht gehoben, spöttisch geschürzte Lippen.

»Da ist Roman ganz von alleine drauf gekommen. Hat wohl damit gerechnet, daß du vorbeischaust.«

Die Schnepfe war ihm, was Giftspritzen anging, einfach über. Er verschluckte eine bissige Erwiderung. Es war sinnlos. Elisa war ihm so gleichgültig geworden, daß er nicht einmal mehr den Wunsch verspürte, sie zu verletzen.

»Wo ist der Junge?«

»Hinten im Gartenpavillon. Immer dem Lärm nach.«

»Ist Eberhard auch hinten?«

Eberhard Bärenreiter, ihr Ehemann. Chef eines kleinen, traditionsreichen Privatbankhauses. Geschäftlicher Tausendsassa und renommierter Kunstsammler. Sie waren sich auf Anhieb unsympathisch gewesen, hatten aber wegen Roman eine Art unausgesprochenen Waffenstillstand geschlossen. So war er froh, als Elisa verneinte.

»Eberhard ist übers Wochenende geschäftlich nach Frankfurt.«

Er nickte nur stumm, ließ Elisa stehn und machte sich auf den Weg in den parkähnlichen Garten. Neben einem alten, fast völlig unter Kletterrosen verschwundenen steinernen Pavillon war ein Schwenkgrill aufgebaut. Etwa zehn Jungs standen Cola trinkend herum. Markiges Sprücheklopfen, freundschaftliche Rempeleien, Lachen und Rumbrüllen. Vorbei die Zeit von Topfschlagen, Pudding-Wettessen und Plumpsack. Noch nicht da die Zeit, wo sie sich mit Mädchen in den Pavillon zurückgezogen hätten.

Darius beobachtete einen Moment seinen Sohn. Wie immer erfaßte ihn eine heiße Woge von Freude und Stolz. Aber da war auch ein Schuß Trauer darüber, daß er den

Jungen nicht öfter um sich haben konnte. War wahrscheinlich besser so. Was hatte er ihm schon zu bieten. Wenn er auch Elisa und Eberhard nicht ausstehen konnte, eins konnte er ihnen nicht vorwerfen, daß sie dem Jungen schlechte Eltern gewesen wären.

»Da ist mein Papa«, jubelte plötzlich Roman und flog förmlich heran.

Darius wirbelte den Jungen im Kreis.

»Los, Papa, zeig uns ein paar Tricks.«

Darius ließ sich nicht lange bitten. Er stellte das Köfferchen ab und riß Roman mit einem gekonnten Hüftwurf von den Füßen. Die Jungs jubelten.

»Mein Papa ist nämlich ein echter Kriminalkommissar«, erklärte Roman, noch in Rückenlage, begeistert.

»War, Junge, war«, stellte Darius richtig.

Aber so genau wollte das im allgemeinen Tohuwabohu niemand wissen. Es folgte eine Übungsstunde in polizeilicher Nahkampftechnik, die in einem allgemeinem Massenringen gipfelte. Dann legte Darius noch eine Kohle drauf und präsentierte sein Geschenk.

Ehrfürchtig wurden die Einzelteile der Fotoausrüstung von Hand zu Hand gereicht. Mit diesem Relikt aus Mauerzeiten hatte er den Volltreffer gelandet. Die echten Utensilien eines Kriminalers. Hochachtung glänzte in den Augen der Jungs.

Beglückt wandte sich Darius dem Grill zu, als hinter ihm der scharfe Ton einer wohlbekannten Stimme erklang. Es riß ihn herum, als hätte ihm jemand in den Hintern getreten. Elisa stand etwas entfernt unter einer riesigen Blutbuche. Schon wieder distanziert verschränkte Arme, trommelnde Finger.

»Übernimm du mal, Roman. Muß kurz was mit deiner Mutter besprechen.«

Er drückte seinem Sohn die Grillzange in die Hand. Roman fuhr nahtlos fort, den Kameraden das Heldenepos seines Vaters, des gewieften Verbrecherjägers zu singen. Darius stapfte mißmutig in Richtung Elisa.

»Sag mal, ist dir das nicht peinlich?«

Zum Fingertrommeln war jetzt noch ärgerliches Wippen des Spielbeins gekommen.

»Peinlich? Was?«

»Hier den Superbullen zu mimen. Wann nimmst du endlich zur Kenntnis, daß du nichts weiter bist als ein kleiner Taxifahrer mit Alkoholproblem? Glaubst du, ich hab deine Fahne nicht gerochen?«

Ihm fielen schuldbewußt die zwei Flaschen Alt ein. Dazu sagte er besser nichts. Elisa war in Fahrt.

»Was du da machst, ist billige Hochstapelei. Gut, das ist deine Sache. Aber bitte zieh den Jungen da nicht mit hinein. Hast du ihm vielleicht mal erzählt, warum du damals gekündigt hast?«

Darius zuckte resigniert mit den Schultern.

»Ich hab den Jungs ganz klar gesagt, daß ...«

Aber Elisa wollte jetzt nur sich selber reden hören.

»Was sag ich Kündigung, das war doch nichts anderes als ein eleganter Rausschmiß. Die haben dich einfach nicht mehr haben wollen. Wegen deines Starrsinns, deiner Rechthaberei, weil du dich nirgends einfügen, dich nicht mit Tatsachen abfinden konntest. Kannst es ja bis heute nicht.«

Jetzt geriet auch Darius langsam in Wallung.

»Du weißt, daß das damals ungerecht war. Man hat mich kaltgestellt, weil ich es nicht zulassen wollte, daß man eine ungeklärte Verbrechensserie vertuscht, weil sie nicht ins politische Konzept paßte. Hätte ich wegschauen sollen, wenn man einen Kindermörder laufen läßt?«

»Darius Dorn, der Ritter ohne Furcht und Tadel.« Elisa schnaufte verächtlich. »Die DDR-Polizei bestand doch nicht nur aus Idioten. Du bist nichts als ein eitler Querulant, der eine Lebenslüge kultiviert. Schenk Roman endlich reinen Wein ein, ehe er selbst dahinter kommt. Und das eine merk dir, auf das, was ihr an den Besuchstagen macht, habe ich leider keinen Einfluß, aber in meinem Hause dulde ich es nicht, wenn du dem Jungen Flausen in den Kopf setzt.«

Darius unterdrückte nur mühsam seine Wut.

»Du spinnst doch. Ich habe den Jungen nie über meinen jetzigen Job im unklaren gelassen. Was willst du eigentlich? Romans Verhältnis zu mir kaputt machen, einen Keil zwischen uns treiben, mir den Jungen entfremden? Du bist wirklich eiskalt.«

»Es ist wohl besser, wenn du gehst.«

Darius fixierte seine Ex-Frau einen Moment. Wut wich tiefer Traurigkeit. Vielleicht hatte Elisa ja recht. Er war hier überflüssig. Der Junge verstand sich prima mit Eberhard. Und in dieser Umgebung hatte Roman die besten Startvoraussetzungen.

Wortlos drehte er sich um und ging auf den Grill zu. Der jauchzende, blonde Junge, sein Junge. Nein, unmöglich, er würde sich nie völlig von ihm trennen können.

»Du, Roman, ich muß abdampfen.«

»Och, jetzt schon? Hast du Streit mit Mama gehabt?«

»Quatsch, warum sollten wir streiten. Deine Mutter ist 'ne ganz tolle Frau. Grüße Eberhard ganz herzlich von mir. Wir beide sehen uns ja schon übermorgen mittag wieder.«

Kuß auf beide Wangen, dann wandte er sich zum Gehen. Nach ein paar Metern drehte er sich noch einmal um, aber Roman war schon wieder mit seinen Freunden beschäftigt. Schweigend ging er an Elisa vorbei.

*

Wie immer, wenn er innerlich aufgewühlt war, brauchte Darius Bewegung. Sich still irgendwohin zu setzen, um seine Situation in Ruhe zu überdenken, hätte ihn in eine tiefe Depression gestürzt. Er mußte laufen. Er lief nicht der Erkenntnis seines Scheiterns davon, beruflich wie privat, ging ja auch gar nicht. Sein Polizistenhirn war auf glasklares, analytisches Denken, auch was ihn selbst betraf, getrimmt. Aber dem Schmerz konnte er davonlaufen, konnte es zumindest versuchen.

Ein Freund wäre jetzt gut gewesen. Aber Dr. Shiwaeze gurkte irgendwo in der Stadt mit dem Taxi herum, und er mußte sich eingestehen, daß da sonst so recht niemand mehr war. Sicher, er hatte Sportkameraden, Kollegen, Saufkumpane, aber echte Freundschaft hatte sich seit seinem Weggang aus Leipzig in der Wahlheimat am Rhein kaum mehr entwickelt.

Kurz überlegte er, ob er Susanne in ihrem Oberkasseler Atelier aufsuchen sollte, verwarf den Gedanken aber sofort wieder. Mit der mondänen, erfolgreichen Malerin konnte er eine Menge Spaß haben, für Gespräche über familiäre Miseren gab es in ihrer Schickimicki-Welt keinen Raum. Überhaupt, Frauen. Sicher, er war im Laufe der Zeit etliche lockere Verbindungen eingegangen, aber das waren alles nur Affären, um Liebe war es da nie gegangen. Und für Susanne war er, der taxifahrende Exbulle aus dem Osten, doch nur ein weiteres exotisches Objekt in ihrer Liebhabersammlung.

Er ließ sich mit dem Menschengewühl durch die Innenstadt treiben. Er war verdammt allein. Da war niemand mehr. Bis auf Roman, den einzigen Menschen, an dem ihm wirklich noch etwas lag. Und auch das wurde langsam schwierig.

Elisa hatte schon recht, er hatte an dem etwas verklärten Bild des coolen Verbrecherjägers, das der Junge von ihm hatte, nie so recht gekratzt. Was würde werden, wenn Roman irgendwann merkte, daß es da kein berufliches Comeback mehr geben würde. Der Vater nichts weiter als ein sozial deklassierter Gelegenheitsjobber. Würde er den

Jungen dann verlieren? Er mußte mit ihm reden, alles erklären. Gleich morgen.

Seine Gedanken wanderten zurück nach Leipzig. Was wäre gewesen, wenn er sich damals weniger halsstarrig gezeigt hätte. Seine Karriere lief doch, obwohl er nie Parteimitglied geworden war, aufgrund seiner erstaunlichen Erfolge wie geschmiert. Er hatte sie selbst abgeknickt. Aber was hätte er denn tun sollen, verdammt noch mal? Einfach zusehen, wie man den Fall eines dreifachen Kindermörders im Sande verlaufen läßt? Er hatte damals gefordert, an die Öffentlichkeit zu gehen, alle Register einer breit angelegten Fahndungsoperation zu ziehen. Sicher, das hätte für ganz schön Wirbel gesorgt und die Öffentlichkeit mit den unappetitlichen Details wahrscheinlich in Angst und Schrecken versetzt. Und genau das war damals politisch nicht opportun. Schon gar nicht zu Messezeiten.

Drei Wochen später war er draußen gewesen. Elisa hatte schon recht, die freiwillige Kündigung war nichts anderes als ein getarnter Rausschmiß gewesen. Hauptkommissar Baum, sein Chef und beruflicher Ziehvater, hatte ihn eiskalt fallengelassen.

Er hatte dann nie wieder etwas von dem Fall gehört, obwohl er alle verfügbaren Medien durchforstet hatte. Entweder hatte der Täter seine Vorgehensweise geändert, oder er hatte es einfach drangegeben, zu killen. Beides hielt Darius für unwahrscheinlich. Nach allem, was er über modernes Täter-Profiling wußte, änderte ein Serienkiller seine Handschrift nie. Und so jemand verlor nicht einfach die Lust am Töten. Wahrscheinlich gab es für das Ausbleiben weiterer Morde eine ganze banale Erklärung. Der Mann war tot. Eine Krankheit oder ein schwerer Unfall hatte die Mordserie beendet. Und dafür hatte er seine Karriere vermasselt. Wäre doch gar nicht notwendig gewesen.

Darius straffte sich und lachte befreit auf. Passanten fixierten ihn für einen Moment erstaunt. Darius kickte die am Weg liegende Coladose mit Macht ins Straßenbegleitgrün. Er würde heute wieder genau so handeln. Unter schwierigen politischen Verhältnissen hatten sich in diesem Lande immer schon zu viele entschlossen, keine Helden zu sein. Er hatte sich anders entschieden. Wenn er sich selber auch nicht als Held sah, das Bewußtsein, daß er den aufrechten Gang beherrschte, konnte ihm nichts und niemand nehmen.

Mit der Menschenmenge trieb er die Graf-Adolf-Straße hinunter, vorbei an luxuriösen Geschäften und Auslagen. Ihn ging das alles nichts an. Der Hauptbahnhof kam in Sicht. Und da tauchte eine Insel im Strom auf. Café Maurer, freundliches Eiland im anonymen Großstadtozean. Darius beschleunigte seine Schritte. Das Café Maurer war ihm in letzter Zeit zur Heimat geworden. Und das lag vor allem an Mani, dem Wirt.

Darius betrat die stille Kneipe und nahm nach kurzem Gruß seinen Stammplatz an der Nordkurve des langgezogenen Tresens ein. Frühabendliche Sonnenstrahlen fielen schräg durch die bleiverglaste Scheibe. Gedämpfter Glenn-Miller-Sound aus dem Lautsprecher. Draußen, weit weg, hektischer Verkehr. Mani stellte ihm ein Alt hin und bediente dann zwei weitere Gäste, die lautstark am anderen Ende des Tresens politisierten.

Es war noch früh, das Heer der abendlichen Wochenend-Schlucker noch nicht eingetroffen. Er lauschte gezwungenermaßen dem im breiten Düsseldorfer Dialekt vorgetragenen Salbadere der beiden Mittfünfziger. Es ging um den Aufbau Ost, um »das Anspruchsdenken der Ossis«, die »alles, was wir uns in fünfzig Jahren hart erarbeitet haben, sofort haben wollen. Dabei können die Brüder doch gar nicht arbeiten, haben die im Sozialismus doch nie gelernt.«

Der andere Freizeitsoziologe stimmte heftig zu.

»Von mir aus können die die Mauer sofort wieder aufbauen, mit noch ein paar Lagen Steinen oben drauf.«

Und so ging's munter weiter. Darius verzog schmerzlich das Gesicht. Mani zwinkerte ihm zu, ging zur Musikanlage, legte eine andere Scheibe auf und drehte am Lautstärkeregler. Abrupt knödelte Ernst Busch, Links-Barde der Altvorderen, mit Stentorstimme ins Lokal.

»Der Schwur der Rotarmisten, der ist uns allen bekannt: Heraus ihr Kommunisten, zum Endkampf Hand in Hand.«

Keine Minute später waren sie allein. Dafür flog jetzt die Klappe der Durchreiche zur Küche auf, und eine energische Frauenstimme zeterte: »Bist du verrückt geworden?«

Lotte, die Frau des Gastwirts. Mani wechselte musikalisch wieder ins bürgerliche Lager und schloß wortlos die Durchreiche. Dahinter hörte man es noch ein Weilchen mosern, dann war Ruhe. Darius grinste breit.

»Mensch, Genosse Mani, wo hast du denn die alte Scheibe her?«

Mani grinste. »Hatte doch ne durchschlagende Wirkung.«

Er wandte sich neu eingetroffenen Gästen zu. Darius hing der Vergangenheit nach.

Schon breitete sich Schwermut wie ein schleichendes Gift in ihm aus. Er orderte doppelten Wodka. Langsam schlossen sich die Striche auf seinem Bierdeckel zum Kreis. Als es etwas ruhiger geworden war, zog sich Mani einen Hocker heran und setzte sich, den Fuß auf die Ablage hinterm Tresen gestützt, Darius gegenüber. Schweigend bot er eine Zigarette an, inhalierte selbst tief und schwieg. Mani war ein Zuhörer, von Berufs wegen und aus Neigung. Darius hingegen tat das, was Betrunkene in solchen Situationen tun. Er redete sich den ganzen Frust über die Ungerechtigkeit des Seins von der Seele.

Mani, der immer mal wieder aufstehen mußte, um späten Gästen nachzuschenken, hörte sich alles nickend an, dann gab er sein Abschlußstatement.

»Hör auf, mit der Vergangenheit zu hadern. Du hast dich damals in die Kindermördersache verrannt, siehst du ja wohl selber ein. Schnee von gestern. Was zählt, sind deine Motive. Dafür Hut ab. Und dein Sohn wird später mal genauso stolz auf seinen Alten mit dem Nimbus des Widerstandskämpfers sein, wie er es jetzt auf deine ollen Kommissarskamellen ist.«

So hatte Darius das noch nie gesehen. »Widerstandskämpfer« war ja wohl etwas dick aufgetragen, klang aber irgendwie gut.

»Ich ruf dir ein Taxi.«

Darius nickte. Als dann noch Dr. Shiwaeze auftauchte, um den Rühr- und Wodkaseligen heimzufahren, war der Abend für Darius vollends gerettet.

*

Am Montagmorgen, am Taxistand vor dem Steigenberger Parkhotel, direkt am Hofgarten, schraubte Darius gerade seine leere Thermosflasche zu. Ein halber Liter schwarzer Kaffee. Trotzdem war er nicht frischer als eine Backpflaume. Durfte er überhaupt schon wieder fahren? Wahrscheinlich nicht. Aber er wäre wohl auch den Taxi-Job losgewesen, wenn er heute morgen blau machen würde. Diese Abende im Café Maurer. Mußten sie immer so enden? Darius war am Versumpfen! Das Hammerwerk in seinem Kopf stampfte sein Ego ein.

Der vor ihm wartende Kollege wurde vom Portier der Nobelherberge herangewinkt. Darius ließ ebenfalls den Motor an und rückte auf Platz eins der Taxischlange vor. Wieder warten. Er griff sich die Rheinische Post und filterte den Lokalteil heraus. Von hinten arbeitete er sich über die Sportseiten nach vorn. Fortuna hatte wieder mal vergeigt.

Dann blieb sein Blick an einem satten Vierspalter auf der ersten Lokalseite hängen. »Doppelmord im Hofgarten«. Ein Vierzehnjähriger aus dem Prostitutionsmilieu um den Hauptbahnhof war an Händen und Füßen gefesselt in einem Gewässer des Parks bei lebendigem Leibe ersäuft worden. Nahebei hatte man die Leiche eines erstochenen Stadtstreichers gefunden. Die Polizei ermittelte noch, ob ein Zusammenhang zwischen beiden Taten bestand.

Die maue Befindlichkeit war vergessen, Darius wie elektrisiert. Der Schlußabschnitt des Artikels riß ihn vollends vom Sitz. Die Polizei brachte eine mögliche Bestrafungsaktion rivalisierender Gangs ins Spiel, da das junge Opfer zuvor gefoltert worden war. Man hatte ihm die rechte Ohrmuschel abgetrennt.

Ohne sich weiter um herannahende Fahrgäste und den grau-livrierten Portier zu kümmern, parkte er sein Taxi auf dem Gästeparkplatz und ging in Richtung Hofgarten davon.

Der Täufer hatte wieder zugeschlagen. Er war sich ganz sicher. Also doch. Nach über zehn Jahren. Hier in Düsseldorf. Der Fall schien ihn zu verfolgen, war sein Schicksal. Er hatte es immer gewußt. Fast empfand er so etwas wie Befriedigung, aber der Gedanke an den Horrortod des Jungen rief ihn zur Ordnung. Diesmal würde er dran bleiben, koste es, was es wolle. Er mußte zum Tatort.

Er brauchte nicht weit zu gehen. Nach fünf Minuten kam die »Entenbude« in Sicht. Alle Zugangswege weiträumig mit rot-weißem Flatterband abgesperrt. Grün Uniformierte patrouillierten. Von der Brücke nahebei fütterte eine Oma altes Brot an schnatterndes Ziergeflügel. Gefiltert durch das Laub der uralten, überhängenden Bäume malte die Sonne hübsche Reflexe auf das ruhig daliegende Gewässer. Von irgendwoher Kinderlachen. Eine friedvolle Atmosphäre. Und doch hatte hier vor etwa dreißig Stunden ein sadistischer Serienkiller zugeschlagen.

Darius wurde wieder einmal schmerzlich bewußt, wie dünn das Eis über dem Abgründigen war, auf dem sich die heitere Welt bewegte. Irgendwo da draußen war eine mörderische Bestie unterwegs, gut getarnt, an ihre Umwelt angepaßt. Sie würde wieder zuschlagen. Und wahrscheinlich dauerte es bis dahin nicht erneut zehn Jahre. Darius war wieder auf der Jagd.

Er gesellte sich unauffällig zu der Oma auf der Brücke, lehnte sich über das schmiedeeiserne Geländer. Von wo aus hatte der Täufer den Jungen ins Wasser gestoßen? Wahrscheinlich von der kleinen, vom Weg aus kaum einsehbaren Plattform unterhalb des Holzhauses. Darius war sich sicher, daß man dort Spermaspuren finden würde. Die Zeitung hatte einen Sexualmord mit keinem Wort erwähnt. Um die Bevölkerung nicht zu beunruhigen? Wahrscheinlich. Die hiesigen Kollegen waren doch nicht blöd, sicherlich ermittelten sie in alle Richtungen. Trotzdem, er mußte näher ran an den Tatort, sich selbst Gewißheit verschaffen.

Er schlug einen großen Bogen und näherte sich der Absperrung von der anderen Seite. Vor einer dichten Gehölzgruppe hatte sich eine Kolonne städtischer Gärtner versammelt und beobachtete drei in helle Overalls gekleidete Männer, die auf Knien im Gesträuch herumkrochen. Darius blieb interessiert stehen.

»Was machen die denn da?«

Der Kolonnenführer wußte Bescheid. Wichtig:

»Noch nicht Zeitung gelesen? Doppelmord, ein Stricher und ein Penner, in der Nacht auf Sonntag.«

Darius gab sich gebührend schockiert. Gärtner Wichtig spornte das an.

»Das sind Männer der Spurensicherung. Die haben wohl das Lager des Penners gefunden, den sie in der Entenbude erstochen haben. Also ich würde mich dem Dreck ja nur mit der Mistgabel nähern.«

Darius gab sich verständnisvoll und sah noch ein Weilchen zu, dann ging er weiter. Nach der nächsten Biegung sperrte Flatterband den Weg ab. Im Weitergehen sah er sich immer wieder sichernd um. Schmerzlich peitschte ihn der Ast einer überhängenden Magnolie. Er rieb sich das Gesicht. Sein Blick streifte den Ast, an dem er sich fast verletzt hatte. Etwas Grün-silbriges hatte sich zwischen zwei dünnen Zweigen verfangen. Neugierig griff er zu.

»Was machen Sie denn hier? Haben Sie die Absperrung nicht bemerkt?«

Darius riß es herum. Achtlos steckte er das Stückchen Stoff in die Brusttasche seines Hemdes. Er hatte den älteren Herrn auf der nicht weit vom Wasser plazierten Parkbank gar nicht bemerkt. Der Mann mußte um die sechzig sein. Dick, Glatze, freundliches Gesicht. Das Jackett wegen der Hitze neben sich, kurzärmeliges Hemd, Hosenträger.

»Dasselbe könnte ich Sie fragen«, trat Darius die Flucht nach vorn an. Der Alte lächelte milde.

»Statt Konjunktiv ruhig Präsens, ich geb gern Auskunft. Noll mein Name, Hauptkommissar. Ich leite die Mordkommission bei der Geschichte hier. Setzen Sie sich doch ein bißchen zu mir, herrliches Fleckchen.«

Darius war platt. Aus seiner Polizeiarbeit war er einen anderen Ton gewohnt. Der Alte war ihm auf Anhieb sympathisch. Artig nahm er Platz.

»Ich hab mich ja bereits vorgestellt. Wie heißen Sie denn?«

Darius nestelte seinen Ausweis aus dem Portemonnaie und reichte ihn wortlos rüber.

»So genau wollte ich es ja gar nicht wissen«, beschwichtigte der Alte, griff dann aber doch zu. Er machte sich zwar keine Notizen, aber Darius war sich sicher, daß er alles genau abspeicherte. Schon hatte er das Plastikding zurück.

»Ich müßte Sie ja eigentlich dafür rügen, daß Sie die Absperrung ignoriert haben, Herr Dorn. Aber ich versteh das. Die liebe Neugier. Ich kann sie ja beruflich befriedigen. Aber die Öffentlichkeit muß sich mit den von den Medien präsentierten Häppchen zufrieden geben. Da wirft man dann schon mal gern einen direkten Blick aufs Geschehen, wenn sich die Chance bietet, nicht? Oder haben Sie ein ganz besonderes Interesse an dem Fall?«

Wieder mildes Kukidentlächeln. Darius mußte schmunzeln. Ein alter Fuchs. Wunderbare Verhörtechnik. Ihm war klar, daß er für den Ermittler topverdächtig war. Das klassische Muster bei Mordfällen. Der Täter, der an den Ort der Tat zurückkehrt. Das war kein literarisches Versatzstück, sondern entsprach häufig der Realität. Er hatte jedenfalls damals diejenigen, die ein allzu großes Interesse am Geschehen zeigten, die sich bei den Ermittlungen helfend andienten, stets sehr genau unter die Lupe genommen.

Und dann berichtete Darius Noll seine ganze Geschichte, erklärte die Vorfälle in Leipzig vor zehn Jahren, die Vorgehensweise des Täufers, zeigte die Parallelen zum aktuellen Fall auf. Noll hörte konzentriert zu, unterbrach nicht. Als Darius geendet hatte, hielt ihm der Alte die Rechte hin.

»Lassen Sie mich einem vom System gebeutelten Kollegen die Hand schütteln. Das ist ja alles kolossal spannend, was Sie da zu berichten haben. Kommen Sie, ich möchte Sie im Präsidium mit einigen Kollegen bekannt machen. Mit Ihrer Hilfe werden wir den Fall sicher schnell aufklären.«

Hauptkommissar Noll war aufgestanden und legte sich das Jackett über den Arm. Darius sah in zwei graue Augen. Irgend etwas irritierte ihn. Und dann wußte er es. Das Lächeln. Es war nur die untere Gesichtshälfte, die mittat. Der Mann glaubte ihm kein Wort.

»Lassen Sie uns meinen Wagen nehmen. Ich hab Glück gehabt und direkt unten an der Kö einen Parkplatz ergattert.«

Ohne sich weiter um den anderen zu kümmern, ging der Alte voran. Darius war beeindruckt. Das war hohe Schule. Der brauchte weder Waffe, Handschellen noch uniformierte Helfer, um einen Verdächtigen abzuführen. Willig dackelte er hinterher.

Ihr Weg zur Kö führte am Steigenberger vorbei. Gerade nahm ein gelber Abschleppwagen ein Taxi an den Haken. Das würde Ärger geben.

*

»Hast du schon was erreichen können?«

Der jovial wirkende Endfünfziger trat gar nicht erst in das auf den Innenhof des Polizeipräsidiums an der Karl-Rudolf-Straße gehende Büro ein, sondern blieb in der Tür stehen. Der junge Mann am Schreibtisch, Telefonhörer am Ohr, fuhr zusammen. Daß er nicht aufsprang und die Hacken zusammenschlug, war alles. Noll genoß Respekt.

»Die Angaben zu seinem beruflichen Werdegang scheinen zu stimmen. Er war tatsächlich vor der Wende Kommissar bei der Kripo in Leipzig. 1988 auf eigenen Wunsch ausgeschieden. Grund unbekannt«, beeilte sich der junge Kollege mitzuteilen.

»Was ist mit der Geschichte um den sogenannten Täufer?«

»Der zuständige Kollege dort macht sich noch schlau. Er will mir gleich alles verfügbare Material faxen.«

Noll nickte stumm und wollte schon die Tür wieder schließen, aber der Jüngere hatte noch etwas zu melden.

»Unser Kollege in Leipzig ist übrigens ein alter Bekannter. Erinnern Sie sich noch an Elch, das Superhirn?«

Noll rollte mit den Augen.

»Erinnern Sie mich nicht an den. Ich hab mir die Finger wund geschrieben, um diesen nervigen, eiskalten Karrieristen wegzuloben. Jetzt ist er also polizeilicher Entwicklungshelfer im Osten. Na, die Eingeborenen können einem leid tun.«

Der Jungmann gestattete sich ein komplizenhaftes Grinsen, doch Noll hatte sich schon abgewandt.

Zurück im eigenen, wie es dem Dezernatsleiter zukommt, weniger spartanisch eingerichteten Büro, ließ sich Noll wieder in einen der Sessel der gemütlichen Sitzgruppe fallen und hörte zu. Vor ihm der Ex-Kommissar aus dem Osten mit dem Rot-Kreuz-Sack-Outfit und ein West-Kriminaler gegenüber, der kleidungsmäßig auch als Vorwerk-Vertreter durchgegangen wäre. Der Wessi hatte einen Stapel Papiere vor sich und dozierte, der Ossi, ein Gläschen Hennessy aus Nolls Fundus, hörte zu.

»Sie haben recht, der Junge hat wahrscheinlich kurz vor dem Tod analen Geschlechtsverkehr gehabt. Das Labor hat Spuren eines Gleitmittels am After gefunden. Aber dafür, daß er vergewaltigt wurde, gibt es keine Anzeichen. Keinerlei Verletzung des Rektums. So was ist nur möglich, wenn Einverständnis vorliegt.«

Darius ließ nicht locker.

»Und wie erklären Sie sich die Fesselung? Sieht mir nicht sehr nach Einverständnis aus.«

»Möglicherweise hat das eine ja mit dem anderen gar nichts zu tun. Der Junge war schließlich ein Stricher.«

Darius saß jetzt kerzengerade auf der vorderen Kante des Sessels.

»Aber Sie müssen doch anhand des Spermas genau feststellen können, wann der Junge den letzten Freier bedient hat und ob das mit seinem Todeszeitpunkt zusammenfällt.«

Der Kollege lehnte sich lächelnd zurück.

»Sicher, das könnten wir. Der Punkt ist nur, wir haben kein Sperma gefunden. Nicht in oder an dem Jungen und schon gar nicht auf dem Steg, wie Sie immer wieder betonen. Und glauben Sie mir, unsere Kriminaltechniker sind

Weltspitze. Wenn da was gewesen wäre, die hätten es gefunden.«

Darius fuhr sich mit beiden Händen durchs widerborstige Haar.

»Das ist unmöglich. Ich kapier es nicht.«

Noll hielt den Zeitpunkt für gekommen, sich einzuschalten. Freundlich: »Ihre Theorie, lieber Herr Dorn, ließe sich stützen, wenn man davon ausginge, daß der Täter ein Präservativ benutzt hätte.«

Darius schlug sich mit der flachen Hand vor die Stirn.

»Na klar, darum also kein Sperma. Nur ein Lebensmüder würde es heutzutage ungeschützt mit einem Stricher treiben. Und dann ist da ja auch noch das abgeschnittene Ohr. Ein klarer Hinweis auf den Täufer.«

Aber Nolls Kollege wollte sich so schnell noch nicht geschlagen geben.

»Mir leuchtet Ihre Serienkillergeschichte einfach nicht ein. Warum war denn dann so lange Ruhe? Und für die Sache mit dem Ohr habe ich eine ganz andere Erklärung. Ein altes Symbol. So wurden schon im Mittelalter Diebe und Verräter bestraft und gezeichnet. Und man kann durchaus noch früher ansetzen. Denken Sie nur mal an den Schergen Malchus, dem Petrus das Ohr abgeschlagen hat.«

Noll schlug sich auf Darius' Seite.

»Aber lieber Kollege, glauben Sie wirklich, daß sich im Strichermilieu Mittelalterkundige und Bibelkenner tummeln. Wenn die jemanden bestrafen wollen, setzen die nicht auf so subtile Zeichen. Und man muß ja zugestehen, daß die Sache wirklich ziemlich ritualisierte Züge hat.«

Darius schaute Noll dankbar an. Aber ehe er etwas sagen konnte, öffnete sich nach kurzem Klopfen die Tür, und ein weiterer Kollege reichte ein langes Fax herein. Noll begann sofort zu lesen. Die beiden anderen schwiegen gespannt. Nach ein paar Minuten sah Noll auf und bedachte Darius mit einem mitleidigen, freundlichen Lächeln.

»Es tut mir leid, Herr Dorn, aber den Zahn mit dem sogenannten Täufer muß ich Ihnen ziehen. Noch im Jahr 1988 hat die Leipziger Kripo einen halb debilen Mann gefaßt, der alle drei von ihnen angesprochenen Taten gestanden hat. Nach seiner Verurteilung ist er der Psychiatrie überantwortet worden und noch im gleichen Jahr einem Herzanfall erlegen.«

Darius war wie vor den Kopf geschlagen. Er hatte sich die ganzen Jahre geirrt. Hatte Elisa recht und er die ganze Zeit eine Lebenslüge kultiviert?

Noll half mit seiner Jovialität über den peinlichen Moment hinweg.

»Grämen Sie sich nicht, lieber Herr Dorn, Ihre Hinweise waren wirklich interessant. Wir werden natürlich auch weiterhin in alle Richtungen ermitteln und halten Sie selbstverständlich auf dem laufenden.«

Noll war aufgestanden. Darius verstand sofort. Er sollte gehen. Kurzes, unverbindliches Händeschütteln, schon war er draußen.

Noll ließ sich in seinen Sessel zurückfallen und schenkte sich selbst einen Kognak nach.

»Na, das ist vielleicht eine Marke. Der Kollege in Leipzig hat den damaligen Chef von diesem Dorn angerufen und sich ein bißchen über ihn kundig gemacht. Vernichtende Beurteilung. Der Dorn ist ein hitzköpfiger Querulant. ›Mit Vorsicht genießen‹, dreifach unterstrichen, haben sie uns gefaxt.«

Der andere nickte.

»Und auf dem Holzweg ist er allemal. Mit der Verhaftung des Täters und dessen Tod ist ja wohl geklärt, warum die Mordserie damals aufhörte.«

Noll starrte nachdenklich in seinen Schwenker.

»Trotzdem, wenn wir Dorns Geschichte auch vergessen können, die Sache mit dem Ohr schmeckt mir nicht. Paßt irgendwie nicht ins Bild. Wir sollten das im Auge behalten.«

Darius lief wie in Trance durch die langen Flure. Der helle Sonnenschein draußen und die Alltagsbetriebsamkeit beruhigten ihn ein wenig. Während er zur Straßenbahnhaltestelle hinüberging, fiel ihm sein abgeschlepptes Taxi ein. Auch das noch. Er fingerte in der Brusttasche seines Hemdes nach Tabak und Papier. Da hielt er das bereits vergessene Stückchen Stoff vom Magnolienbaum im Hofgarten in der Hand. Zum ersten Mal betrachtete er es eingehender. Er wußte sofort, um was es sich da handelte. Kein Zweifel möglich. Er hielt den Schulterspiegel der Uniform eines Oberwachtmeisters der Volkspolizei in den Händen.

Kurz überlegte er, ob er zurückgehen, Noll das Teil präsentieren sollte. Aber dann entschied er sich dagegen. Noch einmal würde er sich nicht lächerlich machen. Er hatte doch deutlich gemerkt, daß die ihn für einen Spinner hielten.

Darius starrte auf das grün-silberne Abzeichen. Wie war das Teil in die Nähe des Tatorts gekommen? Das konnte doch kein Zufall sein. Intensiv dachte er über das nach, was ihn noch eben so niedergeschlagen hatte. Ein Debiler in aller Stille als Serienmörder gefaßt, kurze Zeit später Herztod in der Anstalt. Ein Spinner, der Böses dabei denkt? Und wenn man tatsächlich einen Unschuldigen über die Klinge hatte springen lassen, wie kam die Pause von zehn Jahren zustande? Darius kamen wieder Zweifel. DDR-Uniformen wurden auf jedem Flohmarkt verhökert. Das abgerissene Schulterstück also doch rein zufällig an jenem Ort?

Aber eins war klar. Er würde der Sache nachgehen. Und wenn die Polizei nicht auf ihn hören wollte, dann eben im Alleingang. Plötzlich hatte er Elisas Stimme im Ohr.

»Typisch! Hatten wir das nicht schon einmal?«

*

Darius schob die Geldkarte in den Schlitz des Auszugsdruckers der Stadtsparkasse und betete um ein Wunder. Ratternd gab der Drucker den Papierstreifen frei. Doch das Wunder war ausgeblieben. Niedergeschlagen hob Darius die letzten paar hundert Mark von seinem Konto ab. Er war pleite, dabei war es erst Mitte des Monats. Und jetzt mußte er auch noch das Taxi auf dem städtischen Sammelplatz auslösen. Der Chef würde sowieso schon wegen des Verdienstausfalls toben. Zumindest dafür konnte er die polizeiliche Vernehmung verantwortlich machen.

Vier Stunden später hatte er es hinter sich. Obwohl Darius noch einige schöne Touren ergattern konnte, hatte der Chef erwartungsgemäß rumgemosert. Darius hatte die Faust in der Tasche geballt und versprochen, um vier in der Nacht die Frühschicht zu übernehmen. Er hatte keine Kraft mehr zum Aufbegehren. Der Pleiten- und Pannentag hatte ihn geschafft. Nur zu präsent war ihm noch das Fiasko im Polizeipräsidium. Die vergangenen Stunden des Nachdenkens über den Fall hatten ihn wenigstens in seiner Überzeugung bestärkt: Der Täufer lebte und war wieder am Werk.

Er brauchte jemanden, mit dem er reden konnte, und fuhr also ins Café Maurer. Als er die ruhige Kneipe betrat, fiel fast augenblicklich aller Frust von ihm ab. Mani saß hinterm Tresen und studierte, Kaffee schlürfend, den Express. Die Welt war am frühen Nachmittag noch außen vor. Sie waren allein.

Darius orderte Kaffee und Mineralwasser, drehte sich eine van Nelle und rauchte schweigend. Mani hatte es mit dem Reden nicht eilig, dem mußte man Zeit lassen. Endlich faltete er das Blatt zusammen.

»Dolles Ding, das im Hofgarten. Schon von gehört?«

Darius gab sich bewußt gelassen.

»Doch, doch. War heute morgen bereits am Tatort und

anschließend im Präsidium. Interessantes Gespräch mit den hiesigen Kollegen.«

Das saß. Mani war, was selten vorkam, echt überrascht. Darius berichtete, und Mani hing an seinen Lippen, doch sein Mienenspiel wechselte während des Zuhörens von Sensationslust zu mitleidigem Lächeln. Darius entging es nicht.

»Du glaubst mir kein Wort, stimmt's?«

Mani zuckte mit den Achseln. Dann zählte er an den Fingern ab.

»Erstens: In der Sache, über die du damals gestolpert bist, ist also ein geständiger Täter gefaßt worden. Danach riß die Mordserie ab. Zweitens: Bei der Hofgartengeschichte gibt es zwar ein paar nebensächliche Details, die den damaligen Fällen ähneln, aber die Polizei hat schlüssige Erklärungen dafür. Drittens: Das abgerissene Teil einer Vopo-Uniform. Ein wahrhaft schwerwiegendes Indiz. Darius, nimm endlich Vernunft an, im letzten Karneval liefen hier hunderte Jecken rum, die sich mit alten Ost-Uniformteilen kostümiert hatten. So was gibt's doch an jeder Ecke zu kaufen. Dir sind doch wahrscheinlich selbst Zweifel gekommen, sonst hättest du den Bullen das Teil ja präsentiert.«

Darius wurde langsam wütend.

»Ist irgendwie wie damals. Warum meint mir eigentlich jeder erklären zu müssen, daß ich auf dem Holzweg bin. Schon mal was von Polizisteninstinkt gehört? Ich bin doch nicht blöd.«

Mani griff nach einem Schnapsglas, schenkte Wodka ein und schob es beschwichtigend rüber.

»Nun reg dich mal nicht auf. Nichts ist wie damals und blöd bist du auch nicht. Aber du bist eben auch kein Polizist mehr. Also laß endlich die alten Geschichten ruhen. Bringt doch nichts. Machst dich doch nur lächerlich. Denk nur mal dran, was Elisa sagen würde, wenn sie von deinem Auftritt im Präsidium erfährt.«

Darius klappte den Mund zu. Empört schob er das volle Schnapsglas zur Seite, aber dann fiel ihm eine alte Gedichtzeile ein: »Kein Freund, der nicht die Wahrheit spricht.«

»Maaanfred«, schallte Lottes Organ aus der Küche. Mani wandte sich ab und ging nach hinten. Darius fummelte einen Heiermann heraus, warf ihn auf den Tresen und stieg vom Hocker.

»Wird sich ja noch rausstellen, wer recht behält. Ruhe werd ich so schnell jedenfalls nicht geben. Ob Ost oder West, ich bin Bulle. Ich bleib dran, darauf kannst du einen lassen.«

Mani drehte sich noch einmal um und sah seinem Kumpel kopfschüttelnd hinterher.

»Darius, du spinnst.«

*

Montagmittag. Um Punkt zwölf übergab Darius den Wagen am Hauptbahnhof dem Kollegen der Mittagsschicht. Obwohl die Frühschicht normalerweise ziemlich tot war, hatte er mit ein paar lukrativen Fahrten vom Flughafen ins Umland ganz schön Kasse gemacht.

Kurz überlegte er, ob er sich vom guten Verdienst ein opulentes Mittagsmahl gönnen sollte. Roman wollte erst gegen zwei mit der Straßenbahn am Bahnhof eintrudeln. Um drei war Kino angesagt. ›Spiel mir das Lied vom Tod‹. Darius freute sich schon auf den alten Film. Elisa hatte zwar bestimmt, sie sollten sich den Disney-Streifen ›Die Schöne und das Biest‹ ansehen, aber Darius, der sofort Hintersinn vermutete, fand das natürlich nicht so recht passend. Trotzdem, am Telefon hatte er artig zugestimmt. Daß sie sich anders entscheiden würden, war zwischen Vater und Sohn von vornherein klar, genauso wie die Tatsache, daß Elisa davon nichts erfahren würde.

Er strich das mit dem Essen. Nach dem Kino würde

sich die McDonalds-Abfütterung wie immer nicht umschiffen lassen. Das ging auch völlig in Ordnung. Hamburger und ölige Fritten mit Roman waren tausendmal besser als das ausgefeilteste Menü allein im nobelsten Freßtempel.

In der riesigen Bahnhofshalle bestellte er in einem Bistro Kaffee und lümmelte sich an einen der Stehtische. Zwei Stunden geschenkte Zeit. Ziellos strichen seine Blicke durch den Bahnhof, den man vor etlichen Jahren mächtig aufgebrezelt hatte. Marmor, Edelstahl, Glas. Alles blitzblank. Ordnung und Sicherheit symbolisiert durch eiskalte Architektur. Freie Bahn den Tüchtigen. Ein nie abreißender Strom von Menschen, die geschäftig vorbeihasteten. Alle schienen genau zu wissen, wo es lang ging. Jeder sein ganz persönliches Ziel vor Augen. Aber Darius wußte, daß er nur ein Weilchen auf die glatte Alltagsoberfläche des scheinbar Normalen zu starren brauchte, um wie auf einem Vexierbild die verborgenen Wirklichkeiten dunklerer Welten zu erkennen.

Mit Polizistenblick hatte er schnell die Junkies ausgemacht, die unruhig herumzuckten, um ihre Kleindealer zu treffen, oder zugedröhnt cool abwarteten, um selbst etwas zu verkaufen. Da waren die Penner, die Einsamen, die Verworfenen. Alkis, die bereits so weit unten waren, daß sie sich Gesellschaft in Kneipen nicht mehr erkaufen konnten. Ausgestoßene, die die Betriebsamkeit des Bahnhofs suchten, um sich vorzugaukeln, daß sie dazugehörten. Da waren die Flüchtlinge aus aller Herren Länder, die sich vielleicht instinktiv hier mit Landsleuten trafen, weil der Bahnhof als Symbol der Weltverbundenheit das Gefühl gab, einen schwachen Pulsschlag der Heimat zu erspüren. Und nach einem Weilchen nahm er auch die Stricher war. Erwachsene und Jugendliche, einige fast noch Kinder. In Gruppen oder allein standen sie herum und warteten. Diskrete Männer sprachen sie an, wie zufällig.

Lachen, Scherzen. Das waren die Jäger. Oder waren es selbst von Geilheit und Beziehungsunfähigkeit Gejagte? Manchmal gingen zwei dann zusammen weg. Gekauft, verkauft. Total normal. Darius wußte plötzlich, womit er die geschenkte Zeit verbringen würde.

Der Junge war fünfzehn oder sechzehn, sein Gesicht viel älter. Lässig lehnte er an einer Säule und drehte sich eine Zigarette. Darius blieb wie zufällig stehen, bat um Feuer, inhalierte dann tief.

»Sag mal, hast du Lust auf ein Bier?«

Der Junge grinste.

»Vorher oder nachher?«

»Einfach nur so. Vielleicht sollten wir uns kennenlernen, bißchen reden.«

Einverständiges Nicken.

»Okay, bin aber ziemlich klamm. Kannst du mir mit 'nem Fuffi aushelfen?«

»Gebongt. Gehen wir da rüber zum Bistro. Wie heißt du denn?«

»Sven, aber ist doch egal.«

Sie wählten denselben Stehtisch, den Darius Minuten vorher verlassen hatte. Er orderte zwei Altbier, zahlte und schob dem Jungen das Wechselgeld eines Fünfzig-Mark-Scheins zu. Ohne weitere Präliminarien kam er dann gleich zur Sache.

»Der Junge, den sie Freitagnacht im Hofgarten umgebracht haben, war das einer aus der Szene? Kanntest du den?«

Sven war sofort ganz Vorsicht. Kerzengerade Abwehrhaltung.

»Laß mich bloß mit so'm Scheiß in Ruhe. Bist du'n Bulle, oder was?«

Darius legte beruhigend die Hand auf Svens Unterarm. Der zuckte sofort unwirsch zurück.

»Ruhe bewahren, Sven. Ich bin kein Bulle, nicht mehr.«

»Warum interessierst du dich dann für die Sache, geilt dich so was auf?«

»Ganz im Gegenteil. Ich will rausfinden, wer es war. Mir scheint, du kanntest das Opfer.«

»Hab ich nicht gesagt.«

Plötzlich hellte sich das Gesicht des Jungen auf.

»Presse, du bist von der Presse. Stimmt's?«

Darius widersprach nicht. Für den Jungen war alles klar.

»Okay, ich kannte ihn. Aber Infos nur gegen Cash. Und meinen Namen läßt du raus.«

Darius nickte, griff in die Brusttasche und ließ kurz einen Hunderter sehen.

»Den Namen.«

»Der hieß Kevin.«

Der Blaue blieb in der Tasche.

»Kevin, Kevin, und wie weiter?«

»Leineweber oder so. Genau weiß ich es nicht. Wir nennen uns hier nur beim Vornamen.«

Der Blaue wechselte unauffällig den Besitzer. Sven sah sich unruhig um. »Laß uns hier abhauen. Wenn jemand mitkriegt, daß ich gegenüber Journalisten aus der Schule plaudere, bin ich am Arsch. Gewisse Leute sehen das nicht gern. Kapiert? Und wenn du mehr wissen willst, mußt du auch noch ein paar Scheinchen drauf legen.«

Darius nickte. Aber zum Ortswechsel kam es nicht mehr. Ein dicker, älterer Herr mit Glatze trat ungebeten an den Tisch und setzte ein kleines Tablett mit drei Biergläsern ab.

»Schau, schau, der Herr Dorn, so schnell sieht man sich wieder. Ihr früherer Beruf läßt Sie halt nicht los, was? Recherche im Hofgartenfall, nehme ich an.«

Der Alte verteilte die Gläser. Darius hatte sich schnell gefangen.

»Das ist Kommissar Noll von der Kripo. Er ermittelt in

dem Fall. Aber ich hatte wirklich keine Ahnung, daß der hier...«

Sven warf Darius einen haßerfüllten Blick zu und startete durch. Fehlstart. Sofort lag er auf der Nase. Noll hatte schlicht sein Spielbein etwas zur Seite versetzt.

»Verdammte Bullenschweine.«

Noll schüttelte mild tadelnd das Haupt.

»Mach halblang, Junge, und steh auf. Wir haben zu reden. Oder willst du mit aufs Revier.«

Fluchend rappelte sich Sven auf, stellte sich dann aber artig wieder zu den beiden anderen. Darius beeilte sich zu erklären.

»Ich bin hier nicht als Polizist aufgetreten. Es geht lediglich um die Befriedigung privater Neugier. Und ich hatte Glück. Sven war mit dem Opfer bekannt. Es handelt sich um Kevin Leineweber.«

Sven zuckte bei der Namensnennung zusammen, blickte sich sichernd um und wurde blaß. Darius registrierte es genau, sagte aber nichts. Unauffällig suchte er die Umgebung mit den Augen ab. Drüben am Tabakladen stand ein mittelalter, schnauzbärtiger Mann und sah zu ihnen herüber. Typ Bodybuilder. Langes, flachsblondes Haar, das zum Pferdeschwanz zusammengenommen war. Kappe, Sonnenbrille, Jogginganzug. Gold im Ohr und am gebräunten Handgelenk. Darius sah sofort wieder weg.

Noll hob sein Glas und prostete Darius und Sven gemütlich zu.

»Tüchtig, tüchtig, lieber Herr Dorn. Aber die Identität des Opfers ist auch uns bereits bekannt. Der Junge hat in der vergangenen Woche losen Kontakt zu einem Streetworker der AWO aufgenommen. Wollte raus aus der Szene, wurde aber anscheinend unter Druck gesetzt.«

Noll wandte sich jetzt direkt an Sven.

»Sag mal, kennst du eigentlich den ›Schweden‹?«

Sven reagierte wie angestochen. Ein Glas wurde umgestoßen, Bier schwappte über den Tisch. Heftig verneinendes Kopfschütteln. Der Kommissar nickte wissend.

»Schau doch mal da rüber zum Tabakladen. Könnte es vielleicht der blonde Recke da im Blauen sein?«

Der Junge schlug die Hände vors Gesicht und begann zu schluchzen.

»Die bringen mich um. Ich bin bereits tot.«

Noll wandte sich dem Beobachter voll zu, zeigte auf ihn und winkte ihn dann mit dem Zeigefinger in Lehrermanier heran. Bei dem Typ lag die Schulzeit aber offensichtlich zu weit zurück, denn er ignorierte den Fingerwinker und begann in Richtung Ausgang davon zu laufen.

»Na, dann eben anders.«

Ohne sich um den Flüchtenden zu kümmern, wandte er sich wieder Darius zu.

»Der Mann sammelt Jungen von der Straße auf, macht erst einen auf väterlichen Freund, bringt sie bei sich im Haus unter und zwingt sie später zur Prostitution. Kevin Leineweber gehörte zu seinem Stall und wollte aussteigen. Alles klar? Der Hofgartenfall dürfte damit kurz vor dem Abschluß stehen.«

Darius beobachtete durch die großen verglasten Schwingtüren des Bahnhofportals die unspektakuläre Festnahme des blonden Hünen durch zivile Beamte auf dem Vorplatz. Noll war seinem Blick gefolgt.

»Na, endlich zufrieden, Herr Kollege?«

Darius nickte nachdenklich.

»Was wird mit Sven hier?«

»Keine Sorge. Für so was gibt's Einrichtungen. Wir haben alles im Griff.«

Darius hatte da seine Zweifel. Ein weiteres Bier lehnte er dankend ab.

*

Der Nachmittag war prima verlaufen. Kino, Pommes, ein kleines Match mit anderen Jungs am Basketballkorb im Hinterhof des Hauses, in dem Darius im Stadtteil Bilk wohnte. Jetzt saßen sie ganz oben auf dem Flachdach der alten Mietskaserne und schlürften Eistee aus der Tüte. Darius hatte hier in wehmütiger Erinnerung an seine Datsche ein paar Kübelpflanzen und einen Liegestuhl aufgestellt. Roman fand das begrünte Plätzchen hoch über der Stadt, versteckt hinter Schornstein und Aufzuganlage, einfach herrlich. Unverstellter Blick bis zum Rhein. Sie saßen schon eine ganze Weile wortlos da.

»Hast du was?« brach Darius endlich das Schweigen.

Roman sah ihn nachdenklich an. Dann schien er sich einen Ruck zu geben.

»Ich soll eigentlich nicht mit dir darüber sprechen, mich erst selbst entscheiden. Aber wie soll das denn gehen, wenn ich nicht weiß, wie du darüber denkst?«

Darius, innerlich zwar sofort in Habachtstellung, zuckte nur mit den Achseln.

»Worüber man mit wem sprechen darf, kann einem keiner vorschreiben. So was muß man, wie letztendlich eigentlich alles, dann immer ganz allein entscheiden.«

Pause. Zweimal wechselte die Eisteetüte hin und her.

»Eberhard hat mich gefragt, was ich davon halte, wenn er mich adoptieren würde. Wenn ich einverstanden bin, will er mit dir sprechen.« Darius konnte nur mit Mühe ein Zusammenzucken verhindern.

»Und, was hältst du davon?«

Roman wand sich.

»Ja, weißt du, Eberhard ist schon in Ordnung. Ich merk doch, wie der sich um mich bemüht. Nicht auf so ne Anschleimtour, das ist echt, der hat mich ehrlich gern. Und ...«

In welche inneren Konflikte Erwachsene Kinder stürzten. Wut stieg in Darius hoch. Aber dann mußte er sich eingestehen, daß er selbst ja ein gerüttelt Maß beigetragen hatte.

»Und jetzt bist du in Sorge, daß ich darüber sauer bin. Würde sich denn zwischen uns etwas ändern?«

Roman sprang auf und begann, auf und ab zu laufen.

»Quatsch! Nie im Leben. *Du* bist mein Papa, bist und bleibst die Nummer eins. Aber ich will auch Eberhard nicht vor den Kopf stoßen. Das einzige, was sich ändern würde, wäre, daß ich nicht mehr Dorn, sondern Bärenreiter hieße.«

Eine heiße Woge der Zuneigung überflutete Darius. Kein Liebesgeständnis einer Frau hatte ihn je so angerührt wie die schlichte Erklärung seines Sohnes. Darum sagte er auch nichts davon, daß eine Adoption sehr wohl einiges ändern konnte. Das fing schon bei der Besuchsregelung an. Jedes rechtliche Band wäre gekappt. Er stand auf und legte Roman beide Hände auf die Schultern.

»Namen sind Schall und Rauch, Junge. Wie du auch entscheidest, ich bin einverstanden. Ich werd dich immer lieb haben.«

Roman schien ein Stein vom Herzen zu fallen. Aber die gefühlsschwangere Situation wurde dem Dreizehnjährigen langsam unangenehm. Sofort ironische Brechung. Große Indianergeste. Geballte Rechte auf linker Brust.

»Die Blutsbande zwischen uns sind unzertrennbar, großer Häuptling.«

Darius mußte grinsen. Wie ähnlich sie sich waren. Bloß nicht rumsülzen. »Hugh, altes Wurstauge, was sagt denn eigentlich Mama dazu?«

»Die findet die Idee ganz prima. Hat mir in 'ner stillen Stunde was von Erbschaft, großer Familientradition, glänzender Zukunft und so geflüstert. Kannst sie ja gleich selber fragen. Da unten, das ist doch ihr Wagen, oder?«

Darius faßte es nicht. Elisa hatte wirklich den Instinkt einer Lady Macbeth. Gottlob, daß Roman noch nicht alt genug war, um sich von so etwas beeindrucken zu lassen.

»Ich geh mal runter und mach ihr auf.«

Schon auf dem Treppenabsatz vor der Wohnung kam sie ihm entgegen. Äußerlich wie immer kühl und durchgestylt bis unter die Zehennägel, aber innerlich war sie in Fahrt. Nur die Augen blitzten unheilvoll. Unter dem Arm hielt sie sein Geburtstagsgeschenk an Roman, die Fotoausrüstung der Kriminaltechniker. Übergangslos brach es aus ihr heraus:

»Ich komme gerade von Romans Schule. Elternsprechtag. Du glaubst nicht, was ich mir da anhören mußte.«

Darius wußte, daß jetzt keine Äußerung von ihm erwartet wurde.

»Roman geht damit hausieren, daß sein Vater, wenn es die Polizei nicht schafft, den Hofgarten-Mörder schon stellen wird. Daß diesem Supergangsterjäger, wenn er nur wolle, jeder Killer ins Netz geht. Seine Klassenlehrerin wollte es von mir ganz genau wissen. Ich bin vor Scham fast im Boden versunken, als ich ihr erklären mußte, das sein leiblicher Vater nichts als ein hochstaplerischer Taxifahrer ist, der auf dem besten Wege ist, seinen Sohn ebenfalls zum notorischen Lügner zu machen. Aber jetzt ist Schluß. Ein für allemal. Und diesen Mist nimmst du auch zurück.«

Sie warf ihm den Fotokoffer vor die Füße. Der Deckel öffnete sich, Kamera und Objektive kullerten über den Flur. Darius stand da wie angewurzelt, sah sie nur stumm an. Sie hielt seinem Blick stand.

»Roman hat mir von euren Plänen erzählt. Ich bin mit der Adoption einverstanden.«

Elisa schoß das Blut in die Wangen, ihr Blick irrte ab. Darius wandte sich zur Treppe.

»Ich geh den Jungen holen.«

Elisa bückte sich und begann, die verstreute Fotoausrüstung einzusammeln.

*

Bleierne Traurigkeit hatte sich nach Elisas Auftritt über ihn gelegt und ihn am Schlafen gehindert. Die Müdigkeit war dann abrupt in dem Augenblick gekommen, als er sich um vier Uhr früh zu Schichtbeginn hinter das Steuer des Taxis setzte. Er fühlte sich zerschlagen, geschlagen, so verdammt allein. Das war doch kein Leben. Warum nicht einfach die Karre mit Tempo vor den nächsten Baum setzen? Bums, aus, Exitus.

Aber sofort blies irgend etwas in ihm in die verlöschende Glut seiner Selbstachtung. Und das aufflackernde Flämmchen bekam Nahrung durch den Gedanken an Roman. Also Schluß mit larmoyantem Selbstmitleid.

Er straffte sich, gähnte und sah auf die Uhr. Kurz vor acht. Die paar Obst- und Gemüsestände am Oberbilker Markt hatten bereits geöffnet. Auch Kalla, der Würstchenverkäufer, dem man die Liebe zum Objekt am Körper ablesen konnte, werkelte bereits geschäftig hinter dem Grill seines Imbißwagens.

Zeit für Frühstück. Darius schloß seinen Wagen ab und ging Kalla besuchen. Viel Auswahl gab's nicht. Er orderte Kaffee und Currywurst. Im Hintergrund dudelte ein Kofferradio. Punkt acht. Nachrichten im Lokalradio.

»Mach doch mal lauter.«

Kalla reichte ihm einen brühheißen Pappbecher, dann drehte er am Lautsprecherregler.

»Im Fall des am Wochenende im Hofgarten ermordeten Jungen ist die Polizei offensichtlich doch nicht den entscheidenden Schritt vorangekommen. Ein gestern festgenommener Verdächtiger ist inzwischen bereits wieder auf freiem Fuß. Polizeisprecher Jobst

Grünewald: ›Bei dem gestern Festgenommenen handelt es sich um einen Mann aus der Homosexuellen-Szene. Ein Zeuge will ihn kurz vor der Tat in Begleitung des betreffenden Jungen gesehen haben. Der Festgenommene hat allerdings von Anfang an bestritten, jemals Kontakt mit dem minderjährigen Opfer gehabt zu haben. Nach einer Hausdurchsuchung und umfänglichen Recherchen ließ sich diese Anschuldigung nicht weiter aufrechterhalten. Außerdem konnte der Mann für die Tatzeit ein nachprüfbares Alibi beibringen.‹ Bei dem Mordopfer handelt es sich um den vierzehnjährigen Kevin Leineweber. Der bereits seit über einem Jahr abgängige Heimzögling aus Gelsenkirchen hat sich mit großer Wahrscheinlichkeit in Düsseldorfer Stricher- und Nichtseßhaften-Kreisen aufgehalten. Traf er hier auf seinen Mörder? Ist er Opfer eines Sexualverbrechens geworden? Noch einmal Jobst Grünewald: ›Dafür haben wir bisher keine Anhaltspunkte. Wir ermitteln aber natürlich in alle Richtungen. Ein paar Details der Tatausführung deuten eher darauf hin, daß es sich um eine Art Abrechnung, eine Bestrafungsaktion, das Begleichen offener Rechnungen unter Jugendgangs handeln könnte. In dieser Richtung haben wir einige interessante Hinweise bekommen, denen wir zur Zeit nachgehen.‹ Das Wetter: Nach anfänglichem ...«

»Quatsch, Jugendgangs!« Kalla hatte ebenfalls aufmerksam zugehört. »Wahrscheinlich war das wieder so ein Perverser, den es aufgeilt, Kinder hinzumachen.«

Jede Speckrolle an seinem massigen Körper zitterte vor Empörung. Ein paar Schweißtröpfchen verdampften zischend in der Holzkohleglut unter den Würstchen. Darius wollte dem Hellsichtigen schon spontan zustimmen, aber der hatte noch was auf der Pfanne.

»Den Pißmann abschneiden, bei so Schweinen, sach ich immer. Einfach Schwanz ab, dann wär Ruh.«

Beherzt verarbeitete Kalla eins der blassen Würstchen mit der Schere zu mundgerechten Stückchen, eindrucksvoll demonstrierend, wie er den Strafvollzug handhaben würde.

»Nachwürzen?«

Darius hatte keinen Appetit mehr. Er warf einen Zehner auf den Tresen und wandte sich grußlos ab.

»Wat is mit der Wurst?« rief Kalla ihm nach.

Auf der anderen Straßenseite stand eine Telefonzelle. Darius fummelte eine Telefonkarte heraus. Die Verbindung zum Polizeipräsidium kam prompt, dann dauerte es allerdings länger. Nachdem man ihn etliche Male im Hause hin- und herverbunden hatte, gelang es ihm schließlich doch noch, zu Noll durchzudringen.

»Dorn hier, was ist schiefgelaufen?«

Unwirscher Schnaufer am anderen Ende der Leitung.

»Sie schon wieder! Wieso glauben Sie eigentlich, daß ich mich Ihnen gegenüber rechtfertigen sollte.«

Opa Bräsig konnte also auch anders.

»Kommen Sie, Noll, lassen Sie Ihren Frust nicht an mir aus. Wieso ist der Typ vom Haken? Sven hat ihn doch offensichtlich erkannt.«

»Sven hat sich abgesetzt. Wir suchen händeringend nach ihm.«

»Kann ich dem Jungen nicht verdenken, der Schwede wird einen ziemlichen Brast auf ihn haben. Aber Sven wird doch nicht der einzige sein, der über den Typ Bescheid weiß.«

»Mit Sicherheit nicht. Aber der Mann scheint eine ziemliche Nummer in der Szene zu sein. Die Jungs haben Angst. Alle zu, wie die Austern. Denen steht doch klar vor Augen, was Kevin Leineweber passiert ist. Der Typ hat Rückendeckung. Als wir in seine Wohnung kamen, muß gerade Meister Propper zu Besuch gewesen sein. Keinerlei Hinweise darauf, daß der Mann da Minderjährige untergebracht hatte.«

»Und ein Alibi hat er auch.«

Noll seufzte resigniert.

»Wer's glaubt. Vor allem hat er einen guten Anwalt.

Einer aus dem Stall von Brockmeier & Schimmel, Praxis an der Kö, alles klar? Fragt sich bloß, wie sich ein Fitneßtrainer, das ist er nämlich von Beruf, so jemanden leisten kann?«

»Sex sells ...«

»Eben. Und darum ist der Typ auch nur kurzfristig vom Haken, schwimmt sozusagen im Aquarium unter unserer genauesten Beobachtung. Mit der Sache sind wir auf etwas gestoßen, das noch eine Menge Schlamm aufwirbeln wird.«

»Davon bin ich überzeugt. Aber haben Sie schon mal daran gedacht, daß Sie, was den Mord angeht, möglicherweise aufs falsche Pferd setzen?«

Gequältes Aufstöhnen im Präsidium.

»Die Mär vom Täufer, was? Ich dachte, damit wären wir durch. Jetzt hören Sie mir mal genau zu, Dorn. Ich mag Sie gern, zu gern. So gern, daß ich mich an Ihnen überfressen habe. Und jetzt kommt mir die Suppe hoch, wenn Sie mich weiter nerven. Also, machen wir doch einfach beide unsere Arbeit. Soll heißen: Halten Sie sich raus, rufen Sie mich nicht mehr an. Vielleicht meld ich mich ja mal bei Ihnen, wenn ich ein Taxi brauche.«

Es pockerte in der toten Leitung. Darius hängte nachdenklich ein. Er war nicht sauer über den Affront. Irgendwie hatte er es gar nicht anders erwartet. Noll war mit Volldampf auf einer anderen Schiene, da war erst mal keine Weiche in Sicht.

Er schüttelte den Kopf. Sah der alte Fuchs denn nicht, daß der Schwede so gar nicht in das Profil eines Serienkillers paßte? Daß es sich im Hofgarten um die Tat eines Psychopathen gehandelt hatte, da war sich Darius nach wie vor sicher. Er würde weiter recherchieren, auf seine Weise. Von der Polizei war keine Hilfe zu erwarten. Mit Sicherheit würden die über kurz oder lang das Prostitutionsgeschäft mit Minderjährigen, das der Schwede ganz offensichtlich ausübte, auffliegen lassen. Den Mörder von Kevin Leineweber würden sie allerdings so nicht finden, davon war Darius felsenfest überzeugt.

*

Darius hatte den Nachmittag und die halbe Nacht verschlafen. Um drei Uhr am frühen Mittwochmorgen rasselte der Wecker. Heißkalte Wechseldusche, schwarzer Kaffee und eine ebenso schwarze Selbstgedrehte beim Rasieren. Trotzdem fühlte er sich noch immer nicht fit. Eine halbe Stunde später verließ er das Haus, um am Kirchplatz unweit seiner Wohnung vom Fahrer der Nachtschicht den Wagen zu übernehmen.

Am Halteplatz standen nur zwei Taxen. In der ersten schnarchte ein rüstiger Rentner, den Darius nur vom Sehen kannte. Der andere Wagen, Fahrertür weit geöffnet, war leer. Gedämpfte Musik aus dem Autoradio.

Darius sah sich suchend um. In einem Hauseingang zwischen zwei Ladenlokalen entdeckte er ihn. Dietz war nicht allein. Ein kräftiger Mann in zu engen Jeans und über dem Bauch mächtig spannendem T-Shirt hatte den schmächtigen Mittdreißiger am Kragen und schüttelte ihn. Darius kannte den Dicken von irgendwoher. Dann fiel es ihm ein: Der Wirt vom Quo vadis, einer dürren Bierkneipe in der Altstadt, in der heftig gezockt wurde. Er hatte so eine Ahnung, um was es da ging.

Er überquerte die Straße und ging auf die beiden zu. Der Dicke hatte inzwischen den Kleineren losgelassen und redete erregt auf ihn ein. Mit seinem wurstigen Zeigefinger unterstrich er drohend das Gesagte. Dietz, die geöffneten Handflächen beschwichtigend erhoben, nickte wie ein Hampelmann, den ständig jemand am Bändchen zog.

»Gibt's Probleme, Dietz?«

Die beiden wandten sich überrascht um, Dietz' Kopf bewegte sich nun in horizontaler Richtung. Der Dicke fixierte Darius mit aggressivem Blick, aber er beließ es bei einem weiteren Zeigefingerstrich in Richtung des Nickemännchens.

»Probleme? Noch nicht! Aber vielleicht heute abend. Du weißt Bescheid, Freundchen.«

Er schob sich unsanft an Darius vorbei und ging auf einen nicht weit entfernt in zweiter Reihe parkenden Wagen zu. Darius schüttelte den Kopf.

»Sag nichts, du hast dir bei dem Dicken Geld gepumpt, die Kohle verzockt, und jetzt kommst du mit der Rückzahlung ins schwimmen.«

Dietz zuckte resigniert die Achseln. Trauriges Grinsen.

»Bingo. Zwei Riesen, vor drei Wochen. Ich hatte ne Strähne. Ist dann aber wieder irgendwie dumm gelaufen. Jetzt hab ich den Arsch voll Tränen, und mein geldgieriger Kumpel will noch heute abend Bares sehen. Schöne Scheiße. Wie der mich überhaupt gefunden hat? Hab mich nämlich ziemlich rar gemacht.«

Plötzlich hellte sich das Gesicht des Schmächtigen auf.

»Sag mal, Darius, alter Freund, kannst du mir nicht mit ein paar Scheinen aushelfen? Wenn ich nicht wenigstens mit ein bißchen was rüberkomme, dreht der Typ mich durch den Wolf. Mein Buch steht kurz vor der Veröffentlichung. Wird ein Megaknaller. Dann zahl ich dir alles zurück, ehrlich.«

Darius konnte nicht anders. Spontan wieherte er in den frühen Morgen. Dietz war wirklich eine Marke. Als ewiger Germanistikstudent war er irgendwann beim Taxifahren hängen geblieben. Sein epochales Werk stand schon seit über zehn Jahren »kurz vor der Veröffentlichung«. Aber Chuzpe hatte er, das mußte man ihm lassen.

»Tut mir wirklich leid. Nicht daß ich kein Vertrauen in deine literarischen Qualitäten hätte, aber ich bin im Moment selbst ziemlich klamm.«

Dietz, der wohl nicht wirklich mit dieser Lösung gerechnet hatte, gab sich nur mäßig enttäuscht. Er hatte schon den nächsten Vorschlag: »Ist schon okay, aber laß mich wenigstens deine Schicht übernehmen. Dann kann ich heute abend bei meinem Kumpel wenigstens etwas guten Willen zeigen.«

Darius überlegte nur kurz. Zurück ins Bett. Verlockend.

»Einverstanden. Aber der Alte braucht davon nichts mitzukriegen, der hat mich sowieso schon auf dem Kieker.«

Zwanzig Minuten später waren zwei Männer glücklich. Darius, der sich erneut die Decke über den Kopf zog, Dietz, der gerade eine Botschaft von der Taxizentrale empfing.

»Wagen 202, fahren Sie die Rustica-Bar bei Neuss-Büttgen an. Der Fahrgast scheint ein Bekannter von Ihnen zu sein, hat ausdrücklich nach Wagen 202 verlangt.«

Dietz konnte sich keinen Reim darauf machen, aber es war ihm auch völlig egal. Er kannte den Edelpuff in der Nähe des kleinen Dörfchens auf der anderen Rheinseite. Schöne Fuhre. Brachte mindestens einen Blauen.

*

Der Mann parkte seinen Kombi in einem auf die Landstraße stoßenden Wirtschaftsweg. Ohne Eile ging er zur Heckklappe und hob eine große Rolle Dämmaterial heraus, das üblicherweise beim Isolieren von Dachstühlen Verwendung fand. Die nur leichte Last mit beiden Händen vor dem Bauch haltend, ging er zur Straße zurück und trat in den Schatten einer der alten Linden, die dicht an dicht die Straße säumten.

Der Mann sah auf die Uhr, dann zündete er sich eine Zigarette an und wartete. Am Horizont kündigte sich der neue Morgen an. Frühe Vögel begannen bereits mit dem Morgenlärm. Mitten im Kohlfeld auf der anderen Straßenseite stand ein ausrangierter Landwirtschaftsanhänger, auf den eine Werbetafel montiert war. Trotz der Dämmerung ließ sich die Aufschrift gut entziffern. »Bar-Rustica, 200 m rechts.«

In der Ferne das Motorengeräusch eines sich mit hoher Geschwindigkeit nähernden Wagens. Der Mann spähte hinter dem Stamm hervor. Zwei Scheinwerferfinger, dazwischen, etwas höher, ein schwächerer gelber Lichtpunkt. Ohne Zweifel, ein Taxi.

Der Mann hob die leichte, weiche Rolle hoch über den Kopf. Kurz bevor der heranrasende Wagen ihn passierte, trat er einen Schritt vor und warf das Teil auf die Kühlerhaube. Der Fahrer verriß sofort das Steuer. Ein kurzer, lauter, merkwürdig trockener Knall. Eine Tonne auf 120 km/h beschleunigtes Blech abrupt gegen fünfzig Jahre lang gewachsenes Lindenholz. Kein Feuerball wie im Kino. Erstorbener Motor, Dunkelheit, Stille. Sogar die Vögel schwiegen für einen Moment.

Der Mann stürzte zu der zusammengefalteten Karosse. Das Aufleuchten einer Taschenlampe. Kurzer Blick ins Führerhaus auf den zerquetschten Körper, der vor Sekunden noch ein Mensch gewesen war. Ungläubiges Erstaunen. Der Strahl der Lampe suchte die Nummer des Taxis im unversehrten Heckfenster. 202, schwarz auf gelbem Grund.

Der Mann wandte sich ab und sah sich suchend um. Die Dämmstoffrolle war wie ein Tennisball ins Aus katapultiert worden. Knapp zwanzig Meter entfernt lag sie unversehrt an einem der Straßenbäume. Der Mann spurtete hin, packte das Teil und hetzte damit zu seinem Wagen zurück.

*

Darius fuhr aus tiefem Schlaf hoch. Das Telefon im Flur dudelte permanent. Er brauchte ein paar Sekunden, um zu realisieren, was ihn geweckt hatte. Die Linke tastete nach dem Schalter der Leselampe, die Rechte nach dem Wecker. 6.05 Uhr. Er konnte sich niemanden vorstellen, der ihn um diese Zeit sprechen wollte. Böse Ahnung. Er stürmte in den Flur und riß den Hörer von der Gabel.

»Dorn hier.«

»Sie leben also noch.«

Das kurzatmige Schnaufen des Cholerikers. Kein Zweifel möglich, die Stimme seines Chefs. Darius sofort in Verteidigungshaltung.

»Okay, erwischt. Hab mit Dietz die Schicht getauscht. Kein Grund, gleich unter die Decke zu gehen, Chef.«

»Aha, kein Grund, meinen Sie? Idiot! Sie bewegen Ihren Arsch jetzt sofort hierher, aber ein bißchen plötzlich. Ist das klar?«

Darius' um diese Uhrzeit nicht sehr ausgeprägte Bereitschaft zur Deeskalation war sofort verbraucht. Die Dauer eines Lidschlags reichte, um von Null auf Hundert hochzudrehen.

»Was fällt denn Ihnen ein, haben Sie gesoffen? Wenn ich jetzt vorbei käme, bräuchten sie Polizeischutz.«

Die Stimme am anderen Ende der Leitung war kalt wie Eis.

»Den habe ich bereits. Und die Herren wollen dringend mit Ihnen sprechen. Dietz ist tot.«

Schweigen. Darius' Gedanken rasten.

»Ich komme sofort«, hauchte er matt.

*

Die Befragung durch die zwei uniformierten Beamten dauerte nicht lange. Eine Routineangelegenheit. Dietz war mit dem Taxi frontal gegen einen Straßenbaum gerast. Es gab keine Hinweise darauf, daß noch jemand an dem Unfall beteiligt war. Man hatte auch keinerlei Bremsspuren gefunden. Als Unfallursache vermuteten die Beamten Sekundenschlaf des Fahrers in Folge von Übermüdung. Der Wagen würde zwar in den nächsten Tagen noch auf mögliche zuvor vorhandene technische Mängel untersucht werden, die Polizisten machten aber keinen Hehl daraus, wen sie für den eigentlichen Schuldigen hielten.

»Unverantwortlich, Herr Dorn. War Ihnen denn nicht klar, welchem Risiko Sie Ihren übermüdeten Kollegen aussetzten, als Sie ihm auch noch Ihre Schicht aufdrängten?«

Darius verzichtete darauf, den wahren Sachverhalt aufzuklären. Dietz mußte bereits vorher völlig übermüdet gewesen sein. Der Unfall war schließlich kurz nach ihrem Zusammentreffen passiert. Möglich war auch, daß er unter Strom gestanden hatte. Dietz zockte nicht nur mit Leidenschaft, er kokste auch wie ein Schneemann. Falls eine Obduktion der Leiche erfolgte, würde die Polizei schon selbst dahinterkommen. Er würde Dietz hier keinen Dreck hinterher werfen.

Die Beamten verabschiedeten sich. Darius wollte sich anschließen.

»Warten Sie, Dorn, ich habe Ihnen noch etwas zu sagen.«

Ergeben ließ sich Darius in den Drehstuhl vor dem Schreibtisch zurückfallen.

»Was denn jetzt noch?«

Der Chef war aufgestanden. Beide Fäuste auf der Tischkante. Nur mühsam gezügelte Wut. Kalt:

»Wissen Sie, was das Problem mit euch Ossis ist? Ihr könnt euch nicht einfügen, keine Verantwortung übernehmen, aber abkassieren, wo es nur geht. Sie haben nicht nur Dietz auf dem Gewissen, sondern auch einen

Achtzigtausendmark-Wagen. Und jetzt kommen Sie mir nicht mit Versicherung. Den Verdienstausfall ...«

Darius wußte, worauf es hinauslaufen würde. Wortlos stand er auf, winkte müde ab und wandte sich grußlos zum Gehen.

»Sie sind gefeuert, aber achtkantig. Hauen Sie ab, Mann, und lassen sich nie wieder hier sehen, sonst ...«

Eine Tür fiel ins Schloß. Darius stand auf der Straße.

*

Der Mann hinter dem vergitterten Schalter kniff sich eine Lampe ins rechte Auge und betrachtete jedes Teil des alten Bernsteinschmucks genau.

»Tausend, für alles zusammen. Einverstanden?«

Darius nickte abwesend. Umständlich begann der Taxator den Pfandschein auszustellen.

Den Schmuck hatte ihm seine Mutter kurz vor ihrem Tod übergeben. Die alte Dame hatte ihre Schwiegertochter Elisa nie ausstehen können, dafür ihren Enkel zärtlich geliebt. Der Bernstein sollte einmal Romans Frau bei der Hochzeit zieren.

Sentimentalitäten. Auf solch billigen Kram würde, wenn es einmal soweit war, im Hause Bärenreiter bestimmt keiner mehr Wert legen. Achtlos steckte er den Pfandschein weg. Er würde das Zeug nicht mehr einlösen.

Den Besuch bei seiner Bank hatte er bereits hinter sich. Das Verscherbeln der Lebensversicherung war problemlos über die Bühne gegangen. Er verfügte jetzt über eine flüssige Barschaft von 13 000 Mark. Ein ziemliches Verlustgeschäft. Man hatte ihm angeboten, den Vertrag zu beleihen. Er hatte abgelehnt. Vokabeln wie Überschußbeteiligung und Rückkaufswert interessierten ihn nicht mehr. Von jetzt an ohne Netz und doppelten Boden.

Mittwochnachmittag. Um Punkt 17 Uhr betrat er das Café Maurer. Ein guter Ort, um Bilanz zu ziehen. Ihm war nach Wodka, er entschied sich aber für Kaffee und Wasser. Klarer Kopf und kaltes Blut. War besser so. Sich von vornherein gegen jede Form von schwiemeligem Selbstbetrug imprägnieren. Wendezeit im Leben eines Mannes.

Mani hatte mit dem psychologischen Gespür des Gastwirts sofort gemerkt, daß er jetzt nicht gefragt war, und ließ ihn in Ruhe. Darius rauchte schweigend und starrte durch die bleiverglasten Scheiben.

Er war Mitte vierzig, die zweite Halbzeit war also bereits ein geraumes Weilchen angepfiffen. Und der Spielstand sah für ihn ziemlich mau aus. Er hatte sich aus dem Beruf drängen lassen, und die eigene Frau versuchte, ihm den Sohn zu entfremden. Er hatte sich selbst in einem Gelegenheitsjob nicht halten können und seine schwächliche Altersvorsorge aufs Spiel gesetzt. Er hatte sich mit einer zur Lebenslüge ausgewachsenen fixen Idee bei der Polizei lächerlich gemacht, war beziehungslos, einsam und alkoholgefährdet. Punktestand: Null.

Aber das Nichts, vor dem er stand, war auch ein Ort extremer Freiheit. Er hatte nichts zu bewahren, keine Rücksichten zu nehmen. Er konnte noch einmal ganz von vorn anfangen. Und plötzlich wußte er, wo er ansetzen würde.

»Mani, ich fahr nach Leipzig.«

Mani lächelte still in sich hinein, füllte zwei Schnapsgläser und gesellte sich zu seinem Freund.

»Der Täufer läßt dich einfach nicht los, was? Du willst es noch einmal wissen.«

Darius nickte bedächtig.

»Wenn ich recht behalte, kann ich vielleicht eine weitere Mordserie verhindern. Wenn nicht, dann sehe ich wenigstens über mich selbst etwas klarer. Hier komme ich nicht weiter. Die Polizei glaubt mir kein Wort. Ich muß zurück nach Leipzig und versuchen, die ganze Sache noch einmal aufzurollen. Vielleicht stoße ich bei meinen Ex-Kollegen inzwischen auf offene Ohren.«

Mani prostete ihm zu. Ohne Spott:

»Ein Mann muß tun, was er tun muß.«

II
Back to the Roots

Der Mann in der ledernen Motorradkombi hatte seinen Helm nicht abgenommen. Zielstrebig bewegte er sich im Strom der Reisenden durch die Bahnhofshalle. Seine Rechte, lässig in der Hosentasche, umklammerte den Griff eines Stiletts.

Der Aufgang zu Gleis 14 war nur ein paar Meter vom rückwärtigen Bahnhofsausgang entfernt, der sich auf den Bertha-von-Suttner-Platz öffnete. Dort, nahe der gläsernen Schwingtüre, war eine schlammverkrustete Enduro-Maschine geparkt.

Eine Straßenmusikerin mit Stirnband und wallendem Kleid hatte gerade ihre Gitarre umgehängt. Mit heller Stimme begann sie einen Folksong zu singen. Menschen blieben stehen, rasch hatte sich ein kleiner Pulk gebildet.

Der Ledermann trat hinzu. Das Visier des Helms war bereits an den Seiten beschlagen. Plötzlich fuhr seine Rechte ruckartig nach oben. Zeitgleich brachte der vor ihm Stehende seine Adidas-Tasche, die schwer am Tragegurt über der Schulter hing, mit Schwung wieder in Position auf dem Rücken. In Höhe der Nieren kreuzte sich der Weg von Tasche und Springmesser. Die doppelt geschliffene Klinge fuhr in das prall mit Kleidung gefüllte Adidas-Teil wie in ein Stück Butter. Sofort verschwand die Faust samt Messer wieder in der Hosentasche.

Darius hatte nur einen leichten Stoß bemerkt, der ihn nicht beunruhigte. Als er sich umwandte, hatte der Behelmte sich schon entfernt. Er sah sich suchend um. Dann hatte er den Kiosk entdeckt. Rasch schritt er darauf zu. Tabak, Bier, belegte Brötchen. Alles, was er brauchte.

Auf dem Bahnsteig kündigte eine blecherne Lautsprecherstimme die zehnminütige Verspätung des IC nach Leipzig an. Darius begann auf und ab zu schlendern. Längs zum Gleis standen, aneinander gekoppelt, etliche gelbe, hoch mit Gepäckstücken und Versandkartons beladene Lastkarren.

Die Einfahrt des Zuges wurde gemeldet. Wie eine silbrige Schlange glitt der IC in die Halle. Bremsen kreischten. Darius trat an die Bahnsteigkante. Plötzlich versetzte ihm etwas einen heftigen Stoß in den Rücken. Er stolperte nach vorn. Die Nase des Zuges schoß heran. Darius ließ sich wie ein Torwart zur Seite fallen. Der Luftsog des IC streifte seine Wange. Mit einem trockenen Plopp prallte der vom Gepäckwagen gestürzte Karton gegen den fahrenden Zug und wurde wieder zurück auf den Bahnsteig geschleudert. Aufkommende Panik unter den Reisenden. Bahnmitarbeiter spritzten heran. Unbeachtet verließ ein Mann im Biker-Outfit eilig den Bahnsteig.

*

Darius verzichtete darauf, wegen möglicher nicht eingehaltener Sicherheitsvorschriften seitens der Bahnmitarbeiter Ärger zu machen. Unter Garantie hätte er so die Abfahrt des IC verpaßt. Es lohnte nicht. Ihm war ja auch nichts passiert. Blieb der Schrecken. Damit wurde er allein fertig. Überhaupt richtete sich das Interesse der Bahner mehr auf den großen, ziemlich deformierten Karton als auf ihn. Minuten später ließ er sich in einem leeren Abteil auf den Sitz fallen und riß eine Bierdose auf. Mit nur unwesentlicher Verspätung nahm der Zug wieder Fahrt auf.

Seine Gedanken schweiften zurück zu dem Telefonat, das er vor gut einer Stunde mit Elisa geführt hatte. Sie hatte ihn kaum zu Wort kommen lassen, war bemüht freundlich gewesen. Sofort war sie auf das Thema ihres letzten Zusammentreffens zu sprechen gekommen. Die Adoption. Eberhard wolle ihn dringend sprechen. Das mußte warten. Vorher mußte er sich in einer für ihn zentralen Frage Gewißheit verschaffen. Kurz hatte er Elisa über seinen Spontantrip nach Leipzig informiert, ihr Adresse und Telefonnummer seiner Unterkunft in Reudnitz mitgeteilt, falls der Junge ihn sprechen wolle. Elisas Interesse war sofort erloschen. Keine Nachfragen. Wozu auch?

Er drehte sich eine Zigarette, streifte die Schuhe ab und bettete seine Füße auf den gegenüberliegenden Sitz. Draußen Regen. Düsseldorf, die letzten zehn Jahre, lagen bereits weit hinter ihm. Er spürte kein Bedauern. Zurück in die Zukunft.

Nach der zweiten Dose Bier kam die Müdigkeit. Sein Bewußtsein glitt sanft in einen bodenlosen, dunklen Brunnen. Ein paar Stunden Tiefschlaf, freundlich durch keinen Mitreisenden oder Schaffner unterbrochen.

Als er aufwachte, wußte er sofort, daß sie bereits durch den Osten fuhren. Ausgeräumte Landschaft. Riesige Äcker und Felder, von jedem störenden Gehölz befreit. Dieser Kahlschlag war, so mußte er zugestehen, durch die Eigentumsverhältnisse im Westen, wenn auch ungewollt, verhindert worden. Landschaft, die ihm wie mit dem Kamm eines Riesen akkurat gestriegelt vorkam. Gehäutete Erde. Offene Wunden, nur kurzzeitig von Monokulturen verkrustet.

Mit Wohlgefallen nahm er die kleinen Ortschaften war, die, wie vergessen, durch heimelig verrabesackten Charme bestachen. Menschliches Maß, dem Auge ein Fest. Ihm entgingen aber auch nicht die verräterischen Eiterbeulen, die nach der feindlichen Übernahme des Kapitals überall hervorgebrochen waren: riesige Möbelhäuser, Media-

Märkte, Einkaufszentren auf freiem Feld oder zwischen gnadenlos ausgeweideten Industrieleichen. Darius empfand die schamlose Kommerzarchitektur als häßlich und deplaziert. Sahen so blühende Landschaften aus?

Trotz alledem: Es war gerade dieser schroffe Widerspruch zwischen hoffnungsloser Tristesse und urwüchsiger Romantik, die ihn anrührte. Magdeburg, Halle, Leipzig. Er fühlte sich wie der verlorene Sohn, gemischte Gefühle, er war wieder daheim.

Zehn Jahre war er weg gewesen. Zehn Jahre, die das Gesicht seiner Heimatstadt verändert hatten. Facelifting. Es begann bereits am Bahnhof, den man in eine mehrstöckige, supermoderne Einkaufsmall verwandelt hatte, und ging in der Innenstadt weiter. Er machte sich zu Fuß auf den Weg.

Hier, rund um Nikolai- und Thomaskirche war einst die Keimzelle der Bürgerbewegung, die sich für mehr Demokratie im pervertierten Staatssozialismus eingesetzt hatte, entstanden. Darius erinnerte sich gut an die Montags-Demos. Er hatte nie mitgemacht, das Geschehen nur mit ungläubigem Erstaunen vom Rande verfolgt. Politik war nie sein Ding gewesen. Er war völlig darin aufgegangen, Kriminaler zu sein, mit dem Gerechtigkeitsethos, den der Begriff »Schutzmann« impliziert.

Auf dem Marktplatz vor dem alten Rathaus blieb er stehen. Nachdenklich betrachtete er eine Gruppe junger Männer, die dort Bier trinkend herumstanden. Kahl geschorene Schädel, Bomberjacken, Camouflage-Hosen, Springerstiefel. Auch das Söhne der »Heldenstadt«. Er war in dieser Stadt mit seinen Absichten gescheitert. War es die inzwischen atomisierte Bürgerrechtsbewegung mit ihren Idealen auch? Darius wandte sich ab.

Das historische Zentrum war bereits zu DDR-Zeiten Aushängeschild gewesen, jetzt aber erstrahlte es im Abglanz des globalen Big-Business. Liebevoll restaurierte Fassaden, die vielen verschlungenen Passagen und Höfe edel saniert. Er war beeindruckt. Von der Heldenstadt zur Boomtown. Er bog in die alte Mädler-Passage ein. Gleich vornean Auerbachs-Keller, am Abgang Mephisto in Metall, der zu grinsen schien. Als ihm ein paar Schritte weiter die peinlich protzvergoldete Fassade der Commerzbank wie ein Menetekel ins Auge stieß, wußte Darius auch worüber.

Er beschleunigte die Gangart. Das war nicht mehr seins. Zwanzig Minuten später war er in Reudnitz und atmete auf. Der Sanierungsdruck hatte merklich nachgelassen. Aber auch hier Baukräne, wie alles überragende Wegweiser in die drohende Zukunft.

Über die Zimmervermittlung des Fremdenverkehrsvereines hatte er eine billige Unterkunft in einem Privathaushalt gebucht. Witwe Krüger wohnte in einer kleinen Seitenstraße nahe der Universitätsklinik. Als sie ihn in breitem sächsischem Dialekt begrüßte, fühlte er sich freundlich an seine längst verstorbene Oma erinnert. Heimat.

Die Wohnung lag im dritten Stock eines alten Mietshauses. Sein spartanisch ausgestattetes Zimmer ging auf den schummrigen Hinterhof, der wiederum mit einem anderen verbunden war. Darius lehnte sich weit aus dem Fenster und atmete den etwas modrigen Geruch. Seine Stimmung hob sich.

*

Der Mann rief aus einer Düsseldorfer Telefonzelle an. Seine Stimme hatte aber nichts vom rheinischen Dialekt, der sächsische Akzent war unüberhörbar. Herrisch:

»Polizeidirektion Leipzig. Bitte stellen Sie fest, ob Sie gestern einem gewissen Darius Dorn ein Zimmer vermittelt haben.«

Die junge Dame im Büro des Leipziger Fremdenverkehrsvereins schöpfte keinerlei Verdacht. Sie war noch nicht lange dabei. Polizeidirektion. Innerlich schlug sie die Hacken zusammen. Schon hatte sie die Leipziger Adresse des Gesuchten mit Hilfe ihres Computers gefunden.

»Wir konnten Herrn Dorn eine Privatunterkunft in der Leubner Straße 14 in Reudnitz vermitteln. Dritter Stock, bei Krüger.«

Grußlos hängte der Anrufer ein. Die junge Dame, den Hörer noch in der Hand, schüttelte indigniert den Kopf. Die ruppigen Umgangsformen der Polizei schienen systemunabhängig zu sein.

*

Freitagmorgen, sieben Uhr. Trotz der frühen Stunde war Oma Krüger schon auf den Beinen und hatte ihm Kaffee gemacht. Auf Frühstück verzichtete er, gegen den vehementen Protest der alten Dame. Es regnete schon wieder.

Zu Fuß machte er sich auf den Weg. Eine knappe halbe Stunde später stand er vor dem trutzigen, gelben Klinkerbau des Polizeipräsidiums an der Dimitroffstraße, seiner früheren Wirkungsstätte. Das gesamte Gebäude war eingerüstet und mit Planen verhängt, als wäre Christo auf Besuch. Nur das markante Türmchen mit dem verspielt gemusterten Dach ragte aus der Verpackung.

Er umrundete einmal den ganzen Gebäudekomplex, dann trat er durch eine Maueröffnung auf den Innenhof. Früher hatte hier einmal eine riesige, massive Stahltür den Zugang verwehrt. Was war hier los? Der hohe, frei stehende Zellenblock stand leer. Radlader, Baumaschinen, in der Ecke ein großer Haufen unordentlich zusammengeschobenen Nato-Drahts. Kein Zweifel, hier kehrten neue Besen.

Aber hinter den Scheiben der bis in den dritten Stock vergitterten Fenster brannte Licht. Die Polizeiarbeit ging also weiter. Darius trat wieder auf die Straße und wandte sich mit gemischten Gefühlen dem Eingang zu.

Den uniformierten Wachhabenden, der ihm per Summer die Tür öffnete, kannte er nicht. Wie auch, bei seinem Abgang konnte der höchstens zehn Jahre alt gewesen sein. Aber der Geruch nach Ordnung, Disziplin und ein wenig Angst, der ihm beim Eintritt entgegenwehte, war der alte geblieben. Unverwechselbarer Behördenodeur.

»Dorn mein Name. Ist Hauptkommissar Baum im Haus?«

Der Uniformierte krauste die Stirn. Aber bevor er antworten konnte, mußte er schon wieder Knöpfchen drükken. Ein alerter Enddreißiger in schick gemustertem Sakko und Designer-Jeans stürmte lässig grüßend herein. Der Beamte wandte sich wieder Darius zu.

»Tut mir leid, einen Herrn Baum haben wir hier nicht.«

Der Schicke war bei der Namensnennung abrupt stehen geblieben. Jetzt wandte er sich den beiden zu.

»Entschuldigen Sie, vielleicht kann ich helfen. Sie wollen zu Herrn Baum?«

Darius nickte und betrachtete den anderen etwas genauer. Groß, hager, Fönfrisur, filigrane Schlaumeierbrille im glatten, sonnenbankgebräunten Gesicht. Erinnerte irgendwie an Guido Westerwelle. Typ altersloser Lausbub mit Machtinstinkt. Einer, dem man ungern den Rücken zukehrte.

Darius hielt seine Rechte rüber. Sein Blick fiel auf Lausbubs makellose Gucci-Treter. Schmerzlich wurde er sich seines eigenen dürftigen Outfits und der vom Regen durchgeweichten Turnschuhe bewußt. Artiges Händeschütteln.

»Ich heiß Dorn. War früher selbst mal bei dem Laden. Hauptkommissar Baum war damals mein Chef.«

»Na, das ist ja interessant. Gestatten, Elch. Ich leite jetzt das Morddezernat. Bin sozusagen auf Baums Sessel nachgerückt.«

»Nachgerückt? Hat Baum weiter Karriere gemacht?«

»Bei uns nicht. Der Gute hat sich bereits vor Jahren in den Vorruhestand verabschiedet. Keine Ahnung, was der jetzt macht.«

Elch faßte Darius leutselig am Arm.

»Kommen Sie, gehen wir doch in mein Büro. Besuch eines Ex-Kollegen aus dunkler DDR-Zeit, ist ja spannend.«

Darius dackelte hinterdrein. Für »dunkle DDR-Zeit« hätte er ihm gern in den Hintern getreten. Er ließ es. Aus Sachsen kam der Bursche nicht, das hörte man. So wie der sich gab, schien es sich eher um einen dieser Hoppla-jetzt-komm-ich-Importe aus dem Westen zu handeln. Sein Blick schweifte durch die Gänge. Emsiges Hin und Her. Kein bekanntes Gesicht auf weitem Flur. Times they are a-changing.

Elch hielt höflich eine Darius wohl bekannte Bürotür auf.

»Immer rein in die gute Stube.«

Alles neu, aber genau so häßlich wie damals. Mußte wohl so sein. Doch dann fiel sein Blick auf die telefonierende junge Frau an einem der zusammengeschobenen Schreibtische. Darius hatte einen Sympathieflash. Keine klassische Schönheit. Da gab's Ecken und Kanten. Aber genau das machte das Besondere aus. Dickes, rotes langes Haar, das sich zum Zopf geflochten über die rechte Schulter schlängelte. Sommersprossen satt. Ein voller, viel zu breiter Mund, der nur darauf zu warten schien, endlich wieder in Lachen ausbrechen zu können. Das beste aber waren die weit auseinanderstehenden klugen, grünen Augen, mit denen sie ihn freundlich musterte, während sie konzentriert in den Hörer lauschte. Darius fand sie umwerfend.

»Kommissarin Valerie Markowitz, eine meiner engsten Mitarbeiterinnen«, stellte Elch wohlgefällig wie ein Impresario vor.

Darius kapierte die Schwingungen sofort. Lausbub hatte die Pubertät also bereits hinter sich.

Die junge Frau hatte inzwischen ihr Telefonat beendet und kam mit ausgestreckter Hand auf ihn zu. Und dann lächelte sie. Zähne perlten. Küssen, blitzte es eigenmächtig in Darius Hirn auf, doch er rief sich zur Ordnung.

»Herr Dorn war vor der Wende mal Mitarbeiter im Morddezernat«, erklärte Elch, für Darius Ohr eine Spur zu herablassend.

Sie gaben sich die Hand. Elch schob einen unbequemen Stuhl, der sonst wohl zu Vernehmenden vorbehalten war, quer zu den zusammengeschobenen Schreibtischen und ließ sich in seinen hochlehnigen Lederdrehsessel fallen. Kein Kaffee, nix. Elch kam auch gleich zur Sache.

»Was führt Sie zu uns, Herr Dorn? Nur mal den alten Chef besuchen, das wird's doch nicht allein gewesen sein.«

Lief ja nicht gerade vielversprechend an. Jetzt mußte er alle Register ziehen, um den smarten Mr. Schlau-Schlau zu interessieren. Er gab einen detailgenauen Bericht der Ereignisse von damals und stellte den zwingenden Zusammenhang zum Düsseldorfer Hofgarten-Mordfall heraus. Valerie machte sich Notizen, Elch sah immer wieder gelangweilt aus dem Fenster. Als er geendet hatte, fummelte Elch ein paar Sekunden in einem blauen Ablagekörbchen, dann wedelte er mit einem Faxpapier.

»Alles sehr spannend, Herr Dorn, aber für uns nicht ganz neu. Hier, eine Anfrage der Düsseldorfer Kollegen zu der von Ihnen angesprochenen damaligen Mordserie des sogenannen ›Täufers‹.«

Darius war nicht erstaunt. Er wußte ja, daß sich Noll mit Leipzig in Verbindung gesetzt hatte.

»Wir haben hausintern ein wenig recherchiert. Für besagte Morde hat es die Verurteilung eines geständigen Täters gegeben.«

»Ein Typ minus habens, auf mysteriöse Weise in der Haft verschieden. Das gibt doch zu denken. Die ganze Tatausführung damals war viel zu clever für einen Debilen«, unterbrach Darius erregt.

Elch, die Fingerspitzen der Hände gegeneinander gepreßt, lächelte säuerlich. Arrogant:

»Wo haben wir denn Psychologie studiert, Dorn? Aber lassen wir das. Fakt ist, daß nach der Verurteilung Ruhe war. Das ist es, was *mir* zu denken gibt.«

Valerie Markowitz, die bisher nur stumm zugehört hatte, schaltete sich ein.

»So was ist zwar selten, aber es kommt vor. Ich erinnere an den Fall Brown, den Nevada-Highwaykiller. Der hat auch jahrelange Pausen zwischen seinen Taten eingelegt.«

Darius bedachte Valerie mit einem dankbaren Blick. Elch reagierte sichtlich gereizt.

»Ja, ja, ja. Vielen Dank für die Belehrung, Frau Kollegin, mir ist die Fachliteratur ebenfalls bekannt. Aber veranstalten wir hier kein kriminaltheoretisches Seminar.«

Elch wandte sich demonstrativ an Darius.

»Mir ist nach wie vor schleierhaft, was Sie hier wollen.«

»Ich möchte Einsicht in die Akten von damals«, sagte Darius schlicht.

Elch lachte gekünstelt auf.

»Entschuldigen Sie den saloppen Ausdruck, aber bei Ihnen piept's wohl. Wir lassen doch keine Außenstehenden ans Archiv. Was machen Sie noch mal jetzt beruflich?«

Darius überging die Frage, ohne mit der Wimper zu zucken.

»Dann tun Sie's halt selbst. Durchforsten Sie die Akten nach Leuten, die damals wegen Sittlichkeitsdelikten auffällig geworden sind. Ein Serienkiller beginnt seine Karriere nicht gleich mit Mord. In der Regel schaukelt sich so jemand mit kleineren Delikten hoch. Exhibitionismus, Kindesmißbrauch, Vergewaltigung ...«

»Und ein Ei vom Konsum.«

Elch schüttelte, sich mit allen zehn Fingern die Stirn haltend, ungläubig den Kopf. Darius ließ sich nicht aus der Ruhe bringen.

»Konzentrieren Sie sich auf Uniformträger. Ich erinnere an das abgerissene Schulterstück, das ich in Düsseldorf gefunden habe. Auch der Täter von damals hat Handschellen benutzt. Da kam zu DDR-Zeiten nicht jeder ran. Das engt den Täterkreis erheblich ein.«

Elchs flache Hand sauste klatschend auf den Tisch.

»Hören Sie auf, hier gute Ratschläge zu geben. Reden wir mal Tacheles: Sie sind damals über eine Sache gestolpert, in die Sie sich verrannt haben. Meines Wissens hat man Sie dann rauskomplimentiert, weil Sie die Arbeit behinderten. Und jetzt haben Sie die Stirn, nach zehn Jahren hier aufzulaufen und Ihre Rechthaberei auf die Spitze zu treiben. Aber nicht mit mir. Lassen Sie Ihre narzißtische Kränkung von einem Psychiater behandeln.«

Darius sah Elch einen Moment nachdenklich an. Deshalb also der kühle Empfang. Man war also bereits über ihn informiert worden.

Wie ähnlich sich diese Aufsteigerzäpfchen alle waren, damals wie heute. Diese Fähigkeit, Lästige einfach auszublenden, dabei die eigene Karriere immer fest im Blick. Bloß keinen Dreck aufwühlen. Elch würde es noch weit bringen, da war er sicher. Aber ging es ihm um Gerechtigkeit? Darius bezweifelte, daß den so sperrige Kategorien umtrieben. Und vielleicht hatte der schnieke Apparatschik sogar recht. Gerechtigkeit, darum ging es bei der Polizeiarbeit nicht. Ordnung war das Leitmotiv. Und Darius Dorn war dabei, diese Ordnung zu stören. So machte man sich keine Freunde, damals wie heute nicht.

Er stand auf und wandte sich grußlos zum Gehen. Unter der Tür blieb er noch einmal stehen.

»Da liegt ne Leiche im Keller. Und indem Sie hier auf stur schalten, könnte sie vielleicht zu Ihrer werden. Aufpassen, Elch.«

Ohne noch eine Erwiderung abzuwarten, schnitt er mit der geräuschvoll ins Schloß fallenden Bürotür jede weitere Kommunikation ab.

Valerie zuckte zusammen. Elch war aufgesprungen und begann erregt im Büro auf und ab zu tigern.

»Unverschämter Kerl. Meint, mir Nachhilfeunterricht geben zu müssen. Wie der schon aussieht. Die Klamotten muß er bei der letzten Altkleidersammlung irgendwo aus dem Sack geklaut haben.«

Valerie, die mehr auf Jeans, Turnschuhe und Lederjacke als auf das Propper-Outfit ihres schlaksigen Chefs stand, hatte der drahtige Typ mit dem markanten, etwas verlebten Gesicht ganz gut gefallen. So wagte sie einzuwenden:

»Und wenn doch was dran ist?«

Elch fuhr wütend herum.

»Jetzt fang du auch noch an.«

Valerie ließ sich nicht beeindrucken.

»Du mußt zugeben, daß die Parallelen zum Fall in Düsseldorf frappant sind. Schadet doch nichts, mal ein bißchen in alten Akten zu stöbern. Das Zeug muß doch noch irgendwo sein. Vielleicht haben die ja wirklich damals einen Unschuldigen über die Klinge springen lassen.«

Elch tippte sich nur mit dem Finger an die Stirn.

»Na, und wenn schon. Was hast du davon, einen Halbverrückten posthum zu rehabilitieren. Valerie, Rächerin der Entrechteten. Spiel dich doch nicht auf. Wir haben weiß Gott genug anderes zu tun.«

Valerie schüttelte ungläubig den Kopf.

»Darum geht's doch gar nicht. Kapierst du denn nicht, daß wenn Dorn recht hat, ein Serienkiller immer noch frei herum läuft. Ich sag nur Düsseldorf.«

Elch setzte sich wieder in seinen bequemen Chefsessel.

Erneut zusammengepreßte Fingerkuppen, die, im Takt mitwippend, das Gesagte unterstrichen. Oberlehrerhaft fuhr er fort:

»Werte Kollegin, in Düsseldorf arbeitet der mir persönlich bekannte Hauptkommissar Noll. Einer der besten. Der hatte bereits das Vergnügen mit unserm Wirrkopf von eben. Wenn Noll uns um Amtshilfe bittet, werden wir alle Hebel in Bewegung setzen. Bis dahin kümmern wir uns um das, was in unseren Zuständigkeitsbereich fällt. Ist das klar?«

Valerie schien gar nicht zugehört zu haben.

»Was ist eigentlich aus deinem Vorgänger, diesem Baum geworden? Der müßte es doch genau wissen.«

»Keine Ahnung, den hab ich nur mal kurz bei seiner Verabschiedung kennengelernt und dann völlig aus den Augen verloren.«

Elch änderte plötzlich die Tonlage. Freundlich, aber eindringlich:

»Wir arbeiten hier doch mit etlichen Kollegen, die bereits unter der Diktatur Dienst taten. Da gingen die Uhren halt anders, weiß jeder. Die sind doch gebeutelt genug. Warum willst du im trüben fischen und ihnen nachträglich Fehler nachweisen. Den eigenen Leuten ohne Not Dreck hinterher zu werfen ist doch wahrlich nicht unsere Aufgabe.«

Valerie stieg die Zornesröte ins Gesicht.

»Im Klartext. Sei kein Kameradenschwein. Stimmt's? Corpsgeist ist angesagt, systemübergreifend. Mensch, hast du nicht Sorge, daß Dorn mit dem, was er über die Leiche gesagt hat, recht behalten könnte?«

Elch war schon wieder aufgesprungen.

»Ob sie den Dorn damals zu Recht oder Unrecht kalt gestellt haben, ist mir scheißegal. Ja, siehst du denn nicht, was da läuft? Der will sich doch bloß rächen, indem er hier Stunk macht. So'n Kohlhaas-Typ, notorischer Rechthaber.

Dem geht's doch gar nicht um den Fall. Bei dem dreht sich in Wahrheit doch alles nur um sich selbst. Vergiß die Filzlaus.«

Valerie, von soviel Emphase sichtlich überrascht, sah ihren Chef nachdenklich an und schwieg.

*

Gegen 19 Uhr schaltete Hauptkommissar Elch den Bildschirm des Computers aus, vor dem er lange grübelnd gesessen hatte, und rieb sich die Augen. Verdammt langer Tag. Und dann noch dieser Dorn. Er war geschafft. Valerie war bereits gegangen. Er griff sich seine Sporttasche aus dem Büroschrank und tat es ihr nach. Eiligen Schrittes verließ er das Präsidium. Er brauchte Entspannung.

Er fädelte auf die B2 in Richtung südliche Vorstadt ein und gab seinem Porsche die Sporen. Fünf Minuten später hatte er das Naturschutzgebiet Ratsholz erreicht. Hier, nahe der Pleiße, inmitten idyllischen Grüns lag der Tennisclub, in dem er durch Vermittlung eines renommierten Freundes gern gesehenes Mitglied war.

Der Parkplatz wirkte wie die Ausstellungsfläche eines Daimler-Händlers. Elch schoß in eine freie Lücke und faltete sich aus dem Wagen. Suchend blickte er sich um. Sofort hatte er den dicken Hintern der S-Klasse-Schleuder mit den Initialen seines Männerfreundes im Nummernschild entdeckt. Bingo. Sein verkniffenes Gesicht entspannte sich ein wenig.

Bernd Baum lehnte, beide Ellenbogen rückwärts auf dem Tresen, lässig an der Clubbar und hielt im Kreise etlicher gut betucht wirkender Sportkameraden hof. Die sechzig sah man ihm nicht an. Groß, schlank, durchtrainiert. Volle Weizsäcker-Mähne, dröhnendes Curd-Jürgens-Organ. Mit dem gab er bei Elchs Eintritt gerade einen Witz zum besten.

»Was haben Aids und 'ne Eigentumswohnung gemeinsam?«

Die Claqueure hingen an seinen Lippen.

»Beides wird man verdammt schlecht wieder los.«

Wieherndes Gejohle, kumpeliges Zuprosten, Nippen an Whisky-Gläsern. Den geröteten Gesichtern nach waren es nicht die ersten an diesem Abend.

Ein paar Sekunden dachte Elch über den Witz nach. Paßte irgendwie nicht. Zumindest nicht in seinem Fall. Ganz am Anfang ihrer Bekanntschaft, als er noch neu in Leipzig war, hatte Baum ihm mal einen Tip gegeben. Er hatte alles Geld, das er locker machen konnte, zusammengekratzt und eine Wohnung in einem heruntergekommenen Mietshaus gekauft. Ein paar Monate später investierte eine Versicherungsgesellschaft in das gesamte Karree. Luxussanierung. Die Wohnung war er mit Kußhand wieder los geworden. Wertsteigerung fast hundert Prozent. Der Beginn einer Freundschaft.

»Achtung, Leute, Arschbacken zusammen, das Auge des Gesetzes naht«, dröhnte es. Baum hatte ihn erspäht.

»Komm rüber, Peter. Machst dich ja in letzter Zeit verdammt rar.«

Elch winkte fröhlich, verstaute seine Tasche unterm Mantelstock und gesellte sich zu der Runde.

»Macht mal ein bißchen Platz für meinen Kumpel.«

Baum wedelte den kleinen Dicken rechts von sich mit dem Unterarm zur Seite. Ehrerbietig rückte man auseinander. Ganz klar, wer hier der Platzhirsch war.

»Schön, dich zu sehen, Peter. Ich geb einen aus.«

Baum schien sich ehrlich zu freuen. Elch genoß den Empfang wie ein warmes Bad. Er sah in die Runde. Einige kannte er. Arzt, Banker, Apotheker, Notar. Fehlte nur noch der Herr Pastor. Sein verstorbener Vater war ein kleiner Beamter mit ungestilltem Drang zu Höherem gewesen. Wie der sich darüber gefreut hätte, daß sein Sohn sich hier so selbstverständlich unter den Happy-Few bewegte.

Der Star aber war Baum. König Midas des Immobiliengeschäfts. Elch bewunderte ihn uneingeschränkt. Von Baum lernen, hieß Siegen lernen.

Der hatte doch auch mal genau wie er als Kriminaler angefangen. Richtig durchgestartet war er allerdings, dank guter Verbindungen und intimer Ost-Kenntnisse, erst als Geschäftsmann nach der Wende. Das Ende der Fahnenstange war für Elch mit der Leitung des Morddezernates noch lange nicht erreicht. Da war er sich ganz sicher.

Baum hatte Einfluß. Wohin, über welch verschlungene Kanäle, blieb im dunkeln. Er prahlte nie damit, gab sich eher als jovialer Lebemann. Elchs Machtinstinkt ließ ihn sicher sein, daß er aufs richtige Pferd setzte. Baum konnte Türen öffnen, die einem ehrgeizigen Hauptkommissar sonst verschlossen blieben.

Er bekam ein schweres Whiskyglas in die Hand gedrückt.

»Wohl sein, mein Junge.«

Gläser wurden gehoben. Baum betrachtete ihn aus zusammengekniffenen Augen.

»Was ist los? Warum so ernst? Probleme, mein Junge?«

Elch schüttelte lächelnd den Kopf. »Mein Junge«, das hätte er bei niemandem sonst durchgehen lassen. Bei Baum ging das in Ordnung.

Der alte Hase hatte ihm, dem Wessi, auch wertvolle Einblicke in die inoffiziellen Strukturen der Leipziger Polizei gegeben. Da gab es wie in jedem Apparat über Jahrzehnte gewachsene Seilschaften. Animositäten, hinter den Kulissen stattfindende Machtkämpfe. Für einen ehrgeizigen Neuling war dieses Insiderwissen pures Gold auf dem Weg nach oben. Er würde sich revanchieren.

»Nix Probleme, die hat man doch nicht, die schafft man sich möglichst schnell vom Hals.«

Schulterklopfende Zustimmung. Baum nickte breit grinsend.

»Gut gebrüllt, Löwe.«

Elch freute sich. Schnell noch mal punkten.

»Dieser Dorn, wegen dem ich dich neulich angerufen habe, ist heute morgen bei mir im Büro aufgelaufen. Abenteuerliche Geschichte, die er uns da erzählt hat.«

Der Ältere stellte sein Glas ab. Schweigesekunde. Nach innen gerichteter Blick.

»Hätt ich mir denken können, daß Darius nicht locker läßt«, murmelte er, wie zu sich selbst.

Und schon wieder glatte Stirn, Lautstärkeregler hochgedreht.

»Ihr entschuldigt uns mal für 'n Moment. Peter und ich haben was Geschäftliches zu besprechen.«

Geschäftliches. Elch ließ das Wort in sich nachschwingen. Brachte die Sache ziemlich genau auf den Punkt. Die Grundlage ihrer Beziehung. Er war nicht so naiv, zu glauben, daß Baum ein rein uneigennütziges Interesse an ihm hatte. Sie hatten sich zwar damals sofort am gleichen Stallgeruch erkannt. Zwei Seelenverwandte, die sich unausgesprochen anzogen. Trotzdem war sich Elch darüber klar, daß auch er im Grunde bloß einer der vielen Knoten im Netz war, das Baum über die ganze Stadt geworfen hatte.

Baum teilte wohldosiert aus, weckte Hoffnungen auf mehr, erwartete aber irgendwann auch eine Gegenleistung. Eine Hand wäscht die andere. So lief das halt. Elch war von Natur aus ziemlich reinlich.

Er wurde an einen Ecktisch am Fenster mit Blick auf die verwaisten Tennisplätze abgeführt. Trotz Regens war der Platzwart draußen in gelbem Ölzeug mit speziellen Gerätschaften, deren Funktion sich Elch nicht erschließen wollte, emsig zu Gange.

»Der Dorn kann ja ziemlich penetrant sein. Deshalb haben wir den damals auch geschaßt. Was hat er denn von dir gewollt?«

Elch war sofort wieder bei der Sache.

»Wie schätzen die das denn in Düsseldorf ein? Als Tat eines Serienkillers?«

»Sieht nicht so aus. Ich kenne den Mann, der den Fall dort bearbeitet, persönlich. Alter Fuchs. Von einem windigen Taxifahrer läßt der sich bestimmt keinen Floh ins Ohr setzen.«

Baum war merkwürdig angespannt, geradezu beunruhigt. Elch begann sich langsam zu wundern.

»Was ist eigentlich los? Mir kannst du es doch sagen. Ist was dran an Dorns Gefasel? Habt ihr damals einen Unschuldigen drangekriegt?«

Clint-Eastwood-Blick von der anderen Tischseite, gereckter, wie eine Waffe vorschießender Zeigefinger.

»Du bist noch jung und nicht von hier, kannst die Sache also nicht richtig beurteilen. Deshalb laß ich das noch mal durchgehen.«

Elch fuhr erschrocken zurück.

»Reg dich doch nicht auf, so hab ich's doch nicht gemeint.«

Wegwerfende Handbewegung seitens Baum.

»Gegessen. Ich laß mich nur nicht gern in die Gestapo-Ecke drängen. Wir haben damals unter enormem Druck gestanden. Politisch, verstehst du? Als wir einen Tatverdächtigen hatten, haben wir den nicht mit Samthandschuhen angefaßt, zugegeben. Der Vogel hat gestanden, wurde verurteilt, und die Mordserie riß ab. Alles andere interessiert mich nicht.«

So, so! Elch fragte sich, warum dann die ganze Aufregung? Baum schien Gedanken lesen zu können und schob sofort die Erklärung nach. »Den Dorn darf man nicht unterschätzen. Ich kenn ihn doch. Der ist wie ein Trüffelschwein, steckt seine Nase überall rein und pflügt solange alles um, bis ein enormer Flurschaden entstanden ist.«

»Kann dir doch egal sein. Du hast dir doch nichts vorzuwerfen.«

Baum schlug sich die flache Hand tremolierend auf die Stirn.

»Sag mal, bist du eigentlich so blöd, oder tust du nur so? Natürlich hab ich mir nichts vorzuwerfen. Aber wenn Dorn bei den Medien Märchenstunde hält, bin ich in den Arsch gekniffen.«

Elch kapierte überhaupt nichts. Baum half ihm sofort aufs Pferd.

»Ich bin dabei, das Geschäft meines Lebens zu machen. Filetstück im Zentrum, Milliardenprojekt, internationale Investoren. Wenn ich das durchgezogen hab, wirkt Speck's Hof dagegen wie ne Aldi-Filiale.«

Elch gab sich gebührend beeindruckt. Baum war jetzt richtig in Fahrt. Seine geballte Faust taktete auf dem Tischtuch, der Whisky kabbelte im Glas.

»Du kennst die Presse-Fuzzies. Ist doch ein gefundenes Fressen für die, egal ob was dran ist oder nicht. Wenn erst über mich in der Zeitung steht, daß ich ein finsterer DDR-Greifer gewesen sein soll, der Unschuldige im Knast verrecken und Kindermörder laufen ließ, springen mir die Investoren reihenweise ab. Dann bin ich geschäftlich erledigt.«

Schweigen. Baum sah sorgenvoll in den Regen hinaus. Elch folgte seinem Blick. Der unermüdliche Platzwart wirkte inzwischen wie aus dem Wasser gezogen. Übergangslos begann Baum zu sprechen.

»Der Typ da draußen war mal Parteisekretär. Überzeugungstäter. ›So oder so, die Erde wird rot‹, haben die damals gesungen. Daß es sich für ihn dabei um Tennisplätze handeln würde, hat er sich wohl nicht träumen lassen. Irgendwelche bigotten Moralapostel haben an die Öffentlichkeit gezerrt, daß er auch ein wenig für ›Horch und Guck‹ aktiv war. Jetzt steht er im Regen.«

Daher wehte also der Wind. Baum hatte ganz offensichtlich doch ein paar Flecken innen auf der gewendeten Weste. Elch kapierte. Sofort sah er seine Chance, das möglicherweise recht segensreiche Band zwischen sich und dem gesellschaftlichen Schwergewicht etwas enger zu zurren. Was er dazu beitragen konnte, daß sie beide auch fürderhin auf der gemütlicheren Seite der Scheibe bei Scotch und Eis im trockenen sitzen konnten, würde er tun.

»Laßt die Toten ihre Toten begraben«, orakelte er etwas pathetisch.

Baum sah ihm tief in die Augen. Eine Verheißung? Auf beiden Gesichtern stellte sich ein verschwörerisches Grinsen ein. Sie hatten sich verstanden.

»So ist es, mein Junge. Augen geradeaus, Blick nach vorn, anders gehts gar nicht, wenn man vorankommen will.«

Sie schieden als Partner. Baum hatte um nichts gebeten, aber Elch wußte, was von ihm erwartet wurde. Er würde mit allen Mitteln verhindern, daß Dorn den Mantel der Geschichte allzu weit aufknöpfte.

Gemeinsam verließen sie das Vereinshaus. Das Röhren von Elchs Porsche war längst in der Nacht verklungen, als Baum endlich sein Mobiltelefon, in das er lange und intensiv gesprochen hatte, zuklappte.

*

Der Mann saß schon seit über einer Stunde in dem gläsernen Wartehäuschen. Eine Straßenbahn näherte sich und hielt geräuschvoll. Der Wartende machte keinerlei Anstalten, einzusteigen. Regen rauschte.

Er nestelte die letzte Zigarette aus der Packung. Die leere

Schachtel landete achtlos im Rinnstein. Tiefes Inhalieren, ein Blick auf die Uhr. Kurz vor eins, lang konnte es nicht mehr dauern.

Auf der anderen Straßenseite wurde die beleuchtete Bierreklame der schräg gegenüber liegenden Kneipe ausgeschaltet. Rasch erhob sich der Mann, spannte seinen Schirm auf und trat aus dem Lichtkreis des Wartehäuschens in den Regen.

Die Kneipentür ging auf. Ein später Gast trat hinaus auf das Eingangstreppchen, sah in den Himmel, fluchte und schlug den Kragen seiner Lederjacke hoch. Mit hochgezogenen Schultern entfernte er sich. Sein eiliger Schritt war nicht mehr ganz sicher. Der Mann an der Straßenbahnhaltestelle überquerte die Straße und folgte ihm unauffällig, den Schirm tief über den Kopf haltend.

Sie näherten sich einem Taxistand. Eine einsame Droschke wartete. Lederjacke ging vorbei. Der Mann unter dem Schirm registrierte es mit Befriedigung und blieb stehen. Jetzt war er sich sicher. Er fingerte einen Zettel aus der Brusttasche und tippte eine Nummer in sein Handy.

»Es geht los. Der Typ dürfte in zehn Minuten bei seinem Quartier auflaufen.«

*

Darius drückte mit der Schulter einen Flügel des großen Rundtores auf und trat ein. Der lange Durchgang zum Hinterhof des Hauses gähnte dunkel. Im spärlichen Licht, das von der Straßenbeleuchtung draußen durch die milchverglasten Scheiben der Tür in den Gang fiel, tastete er nach dem Lichtschalter. Vergeblich. Ein Fahrrad fiel geräuschvoll um. Fluchend rieb er sich das Schienbein. Also kein Licht. Etwa in der Mitte der dunklen Röhre ließ sich zur Linken der Eingang des Treppenhauses erahnen. Er tappte unsicher darauf zu.

Die Silhouette des Mannes, der vom Hinterhof aus in den Gang getreten war, nahm er zeitgleich mit dem Knarren der schweren Tür hinter sich wahr. Er fuhr herum. Ein Hüne, zwei Zentner Muskelmasse. Über dem Kopf eine Motorradsturmhaube, in der Rechten etwas längliches.

Darius wußte sofort, daß es sich bei dem Teil um einen Baseballschläger handelte.

Sein Blick wechselte zwischen den beiden hin und her, während er sich weiter in Richtung Treppenhaus bewegte. Die Maskierten näherten sich ohne Hast. Kein Wort wurde gesprochen. Wozu auch? Die Situation war eindeutig.

Darius berechnete die Chance, ins Treppenhaus zu entkommen. Unmöglich. Er blieb stehen, lockerte sich. Atemkontrolle. Adrenalin satt. Gut so.

Plötzlich Laufschritt von beiden Seiten. Getrappel genagelter Stiefel. Darius legte den Schalter um: Ratio auf Null, Gatter hoch und raus mit dem Stier in die Arena. Angstfreie Wut.

Sein plötzlich hochgerissener rechter Fuß traf den überraschten Hünen voll am Solarplexus. Er schickte eine linke Gerade hinterher. Sie ging fehl. Aber die fast augenblicklich folgende Schlaghand traf den Gegner wie ein Hammer. Mit einem gurgelnden Laut ging er zu Boden. Der Baseballschläger kullerte geräuschvoll ins Dunkel.

Na also, es ging doch noch. Wenn er bloß nicht so viel gesoffen hätte. Er wirbelte herum und konnte mit einem Hechtsprung gerade noch dem Tritt entgehen. Judorolle. Schon war er wieder auf den Beinen. Der andere war zwar kleiner, schien aber mehr Format als sein Kumpel zu haben. Ganz offensichtlich Kampfsportler. Sie umkreisten sich wie zwei Raubtiere. Gegenseitiges Belauern. Immer wieder angesetzte Tritte, Schläge, Finten. Darius spürte, wie der Alkohol sich bleiern bemerkbar machte. Lange hielt er das hier nicht mehr durch.

Der Mann, der die Szene vom dunklen Hinterhof aus

beobachtete, war froh, daß er die zwei Straßenschläger gedungen hatte. Fünf Blaue. Ging völlig in Ordnung, eine absolut notwendige Investition. Allein wäre er mit dem Typ niemals fertig geworden.

Darius sprang zurück. Trotzdem erwischte die Stahlkappe des schweren Stiefels ihn noch in der Seite. Höllischer Schmerz. Sofortiger Gegenangriff. Aber er wußte, daß er sich auf der Verliererstraße bewegte. Die Punkte sammelte sein Gegner.

Der Mann im Dunkel faßte den Griff des Stiletts fester. Wenn der Typ erst am Boden war, würden sich die beiden Schläger verdünnisieren. So war's abgemacht. Den Rest würde er erledigen. Lange konnte es nicht mehr dauern.

Darius tauchte unter einer Doublette hinweg. Irgendwas regte sich in seinem Rücken. Instinktiv ließ er sich zu Boden fallen. Der Baseballschläger streifte noch seine Schulter, dann traf er wuchtig die Hauswand und zerbrach wie ein Streichholz. Triumphierend stürzte sich der Kleinere auf den am Boden Liegenden. Darius wußte, daß es vorbei war.

Plötzlich flackerte die Beleuchtung auf. Die Schläger riß es herum. Oma Krüger, zurück vom Kegelabend, stand sprachlos in der Einfahrt.

Während sie noch den Mund zu einem Hitchcock-mäßigen Kreischer rundete, stürmte sie, ihren Schirm wie einen Säbel schwingend, voran. Spätestens jetzt hatten die beiden Schläger das Gefühl, genug für ihr Geld geleistet zu haben. Eilig stürzten sie an der wehrhaften Seniorin vorbei auf die Straße.

»Da bin ich ja wohl gerade zur rechten Zeit nach Haus gekommen«, schnaufte Oma Krüger, jetzt doch ziemlich blaß.

Darius grinste dankbar und rappelte sich hoch.

»Haben Sie was abgekriegt? Portemonnaie noch da?«

Darius kam gar nicht zum Antworten. Oma Krüger

mußte den Schreck verarbeiten und drehte jetzt erst richtig auf.

»Haben Sie gesehen, wie jung die waren? Also, so was hätt's früher nicht gegeben. Die wären aus dem Werkhof gar nicht mehr raus gekommen. Soll ich die Polizei rufen?«

Darius winkte ab. »Bringt doch nichts. Die sind doch längst über alle Berge. Mir ist ja auch nichts passiert.«

Sie stiegen gemeinsam das Treppenhaus empor. Darius war dankbar, aber er mußte fast dieselbe Vehemenz wie gegenüber den Dunkelmännern von eben aufbringen, um die Betulichkeit seiner Retterin abzuwehren. Nein, kein Klosterfrau-Melissengeist, kein Kamillentee, kein Aspirin. Er bedankte sich noch einmal überschwenglich und flüchtete in sein Zimmer.

Endlich allein. Er streifte die Lederjacke ab und ließ sie achtlos auf den Boden fallen. Gar nicht leicht, sich aus dem T-Shirt zu pellen. Die Schulter schmerzte gemein. Er öffnete eine der Schranktüren und betrachtete sich im innen angebrachten Spiegel. Da, wo ihn der Baseballschläger gestreift hatte, schillerte es grünbläulich. Oberhalb der linken Hüfte sah es ähnlich aus. Vorsichtig ruderte er mit dem Arm. Alles heil, nur eine Prellung. Das würde sich wieder geben.

Er schaltete den kleinen Fernseher an. N-tv, Börsenbericht. Interessierte ihn nicht die Bohne. Er grub in seiner Reisetasche und hatte rasch den griffigen Vierkant der Whiskyflasche ertastet, das Antiserum gegen die aufziehende Depression. Vorsichtig ließ er sich aufs Bett fallen, knuffte Plumeau und Kopfkissen zur Rückenlehne und nahm einen tiefen Zug.

Irgendwie hatte er sich seine Rückkehr nach Leipzig anders vorgestellt. Ein schwarzer Tag. Erst der frostige Empfang an seiner alten Wirkungsstätte, dann der versuchte räuberische Überfall. Eindeutige Zeichen, wurde langsam

Zeit, daß er sie zur Kenntnis nahm. Er lief nur gegen Wände. Klar, daß man sich so lediglich eine blutige Nase holte. Warum gab er nicht endlich Ruhe? Ein beschauliches Leben führen, vielleicht eine neue Beziehung, und dann war da ja auch noch Roman. Er nahm noch einen tiefen Schluck. Hatte doch alles keinen Zweck. Er war aus dem Rennen.

N-tv meldete den Fund einer Wasserleiche im Rhein bei Duisburg. Darius hörte nur mit halbem Ohr hin.

Dem Zustand der Leiche zufolge mußte sie bereits mehrere Wochen unentdeckt im Rhein getrieben sein.

Darius entschloß sich, auch dem drei Finger breiten Rest der goldgelben Flüssigkeit den Garaus zu machen.

Der Tote war eindeutig das Opfer eines Verbrechens geworden. Man hatte ihm beide Hände mit Handschellen auf den Rücken gefesselt.

Jetzt klappte Darius senkrecht hoch, als wäre eine Feder gesprungen. Johnny Walker konnte gehen. Er hörte nun konzentriert zu.

Bei der Leiche handelte es sich um einen zwölf- bis fünfzehnjährigen Jungen. Die Identifizierung war bisher nicht gelungen. Todesursache: Ertrinken.

Der Nachrichtensprecher hatte sich bereits Auslandsthemen zugewandt. Darius sprang auf und begann im Zimmer auf- und abzugehen. Die Selbstzweifel von eben waren vergessen. Eindeutig die Handschrift des Täufers. Er mußte mehr erfahren.

Eine halbe Stunde lang zappte er mit der Fernbedienung immer wieder durch alle Kanäle, erfolglos. Ärgerlich knipste er den Apparat aus und sah auf die Uhr. Viel zu spät, um in Düsseldorf anzurufen, das mußte bis morgen warten. Aber das war die Wende. Jetzt würde man ihm endlich Glauben schenken.

*

Der Wecker klingelte um Punkt sieben. Darius fuhr aus bleiernem Schlaf. Seine Hand tastete nach einem imaginären Telefon. Anrufen, er mußte unbedingt anrufen. Er brauchte eine geraume Weile, um zu begreifen, wo er war. Er hatte geträumt, irgendwas enorm Wichtiges. Dichter Nebel. Die Wirklichkeit drängte sich in kleinen, ruckartigen Schüben in sein Bewußtsein. Leider damit auch seine körperliche Befindlichkeit.

Er fühlte sich wie durch den Wolf gedreht. Pockernde Schulter, Hammerwerk im Schädel, die Zunge ein trockener Tafelschwamm.

Sein Blick fiel auf den Fernseher. Klickerdiklack. Die Mordnachricht. Heftiger Ausschlag des Stimmungsbarometers. Ruckartig schwang er die Beine aus dem Bett und stöhnte sofort auf. Was er jetzt erst mal brauchte, war eine heißkalte Wechseldusche und ein Eimer starken Kaffees.

Er linste durch den Türspalt auf den Flur. Der Weg zum Bad war frei. Oma Krüger werkelte geschäftig in der Küche. Verführerischer Kaffeeduft. Einen Bademantel hatte er natürlich nicht mit. Rasch griff er sich Handtuch und Kulturbeutel. Sechs Meter bis zur Badezimmertür. Er würde es in Unterhose wagen.

Oma Krüger erwischte ihn auf halber Distanz.

»Ach, guten Morgen, Herr Dorn. So früh schon raus, nach dem Schrecken gestern nacht?«

Das Badelaken entrollte sich wie von selbst. Darius trippelte schamhaft, das Handtuch senkrecht vor sich haltend. Oma Krüger, der offensichtlich nichts Menschliches fremd war, trat näher und schob den Vorhang mit ausgestrecktem Zeigefinger beherzt ein wenig zur Seite.

»Aua, aua, sieht ja aus, als ob Sie ein Pferd getreten hätte. Ich sag bloß: essigsaure Tonerde.«

Darius, rückwärts gehend, schüttelte matt das Haupt.

»Geht schon, ist wirklich nicht nötig.«

Oma Krüger ließ sich nicht beeindrucken.

»Doch, doch. Ich kenn mich aus. Gleich hol ich was aus der Apotheke.«

Die Badezimmertür fiel hinter Darius ins Schloß. Zehn Minuten später saß er, geduscht und scharf rasiert, etwas ratlos vor einem Berg Rührei mit fettem Speck. Er würde es nicht runterkriegen. Aber der Kaffee war stark, heiß und gut.

Oma Krüger hatte sich den Mantel angezogen.

»Bin gleich wieder da.«

Er wartete ungeduldig das Zuschlagen der Wohnungstür ab, dann entsorgte er die Eierpampe ins Klo und ließ sich am Telefontischchen im Flur nieder.

Hauptkommissar Noll nahm in Düsseldorf fast augenblicklich ab. Darius hielt sich nicht lange mit Eingangsfloskeln auf.

»Dorn hier. Na, was sagen Sie nun?«

Schweigen in Düsseldorf.

»Wasserleiche, dreizehnjähriger Junge, Handschellen. Ich hab recht behalten. Der Täufer ist nach wie vor am Werk.«

Noll seufzte schwer.

»Ich bin platt.«

»Das glaub ich.«

»Über Sie. Was soll das? Haben Sie getrunken?«

»Bitte?«

»Was wollen Sie von mir?«

Darius kam aus dem Tritt.

»Der tote, gefesselte Junge, den sie in Duisburg aus dem Rhein gefischt haben.«

»Ist mir bekannt. Und? Nicht unser Zuständigkeitsbereich.«

Darius faßte es nicht. Er zwang sich zur Ruhe.

»Sagen Sie mir bloß eins, Noll: Fehlt dem Jungen ein Ohr?«

»Ja.«

»Na also.«

»Und der halbe Schädel und alles von der Hüfte an abwärts. Wie ein Körper halt so aussieht, wenn er von einer Schiffsschraube frikassiert wird.«

Um das zu verdauen, brauchte Darius ein paar Sekunden.

»Aber die Handschellen, Tod durch Ertrinken. Die Handschrift des Täufers.«

Noll schnaubte.

»Sie haben ne Meise. Alles deutet auf Selbstmord hin. Bis auf die Spuren der Schiffsschraube keine weiteren Hinweise auf äußere Gewalt.«

»Und die Handfesselung auf dem Rücken?«

»Für einen geübten Schwimmer mit Selbsttötungsabsicht unabdingbar. Hatten wir schon öfter.«

Darius wurde laut.

»Verdammt noch mal, nehmen Sie doch endlich Vernunft an, so geht doch ein Junge nicht vor.«

»Das sagen Sie. Ich hab schon Pferde kotzen sehn, direkt vor der Apotheke«, wehrte Noll überheblich ab.

Dann wurde sein Ton scharf.

»Der Fall ist bei den Duisburger Kollegen in guten Händen. Mit unserer Sache hat das nicht das geringste zu tun. Wir haben inzwischen den Schweden erneut festgenommen. In einem Brustbeutel, den er unterm Hemd trug, steckte der Ausweis von Kevin Leineweber und von sechs weiteren Trebegängern. Den Mord im Hofgarten weisen wir ihm nach. Der Fall ist so gut wie abgeschlossen. Und jetzt entschuldigen Sie mich, ich habe zu arbeiten.«

Die Verbindung war unterbrochen. Wütend warf Darius den Hörer auf die Gabel. Wie sich die Dinge wiederholten. Die Polizei war erneut dabei, einen Unschuldigen dran zu kriegen, während der Täufer ungeschoren davon kam. Um den Schweden tat es ihm nicht leid, aber die Mordserie würde weitergehen, davon war er überzeugt.

Fieberhaft überlegte er, was er jetzt noch tun konnte. Er mußte ins Archiv, nach dem Schlüssel zur Aufklärung der ganzen Geschichte suchen. Über Elch kam er da nicht ran, das war nach dem gestrigen Auftritt klar.

Plötzlich hatte er eine Idee. Lemberg. Der Kollege hatte damals in der Aktenhaltung gearbeitet. Lemberg hatte zwar mit seinen grauen Haaren und der betulichen Art immer schon alt gewirkt, aber Darius erinnerte sich genau an eine feuchtfröhliche Feier anläßlich dessen fünfzigstem Geburtstag. Er rechnete. Lemberg mußte jetzt knapp über sechzig sein. Vielleicht war er ja noch im Dienst.

Es war Samstagmorgen. Am erfolgversprechendsten war es wohl, ihn privat anzurufen. Schon hatte er das Leipziger Telefonbuch in der Hand. Lembergs gab's zuhauf, aber nur einen Rupert. Er tippte die Nummer ein und wartete. Fast hätte er wieder aufgelegt, da meldete sich eine Frauenstimme. Darius stellte sich als früheren Kollegen vor.

»Ihr Name ist mir bekannt. Der Sachsen-Schimi.«

Gackern am andern Leitungsende. Offensichtlich eine Frohnatur.

»Sie nehmen's mir doch nicht übel? Ist doch ein Ehrentitel. Rupert hat häufig von Ihnen gesprochen. Man hat Ihnen ja damals ziemlich übel mitgespielt.«

Nun schau mal an, die Art und Weise, wie man ihn rausgemobbt hatte, war unter den Kollegen offensichtlich doch kontrovers diskutiert worden. Er freute sich.

»Ist Ihr Mann noch im Dienst?«

»Selbstverständlich. Wenn's ihm auch nicht leicht fällt. Mit dem ganzen Computerkram hat er so seine Schwierigkeiten. Aber bis zur Pensionierung hält er durch.«

Bingo. Darius' Herz tat einen Hopser.

»Wann kann ich ihn denn erreichen?«

»Der ist in seinem Schrebergarten. Da verbringt er jede freie Minute. Ich denke, er wird erst nach Einbruch der

Dunkelheit zurück sein. Aber wenn Sie Zeit haben, besuchen Sie ihn doch da. Das ist oben in Mockau-Nord, die Puschkin-Straße ganz runter und dann rechts, Garten Nr. 17.«

Darius kannte sich aus. Was er jetzt brauchte, war ein Fahrrad.

Die Wohnungstür wurde aufgeschlossen. Oma Krüger war vom Einkaufen zurück. Er ließ sie gar nicht erst zu Wort kommen.

»Kennen Sie jemanden im Haus, der mir mal für ein paar Stunden sein Fahrrad leihen könnte?«

Oma Krüger überlegte.

»Im Keller steht noch das Rad von meinem Seligen. Hat er immer ziemlich gut in Schuß gehalten. Schaun Sie doch mal.«

Sie nestelte einen Schlüssel vom Bund.

»Aber wollen Sie nicht erst mal Ihre Prellungen behandeln?«

»Später.« Darius griff nach Lederjacke und Kellerschlüssel und war aus der Tür.

Das Rad war zwar ein echter Oldtimer, aber nachdem er ein wenig Luft in die Reifen nachgepumpt hatte, ließ es sich prima fahren. Eine halbe Stunde später bog er in die Kleingartenanlage ein.

Im Garten Nr. 17 war kein Mensch zu sehen. Dann bemerkte er die Leiter am Kirschbaum.

»Rupert?«

Rumoren im Blätterdach, jemand stieg die Leiter herab. Lemberg hatte sich kaum verändert. Vielleicht war der Haaransatz ein bißchen weiter nach hinten gerutscht, aber er trug immer noch die gleiche fossile Hornbrille wie damals. Durch die glotzte er jetzt voller Erstaunen nach unten.

»Ich werd verrückt, der Darius. Na, das ist ja ein Dingen.«

»Muß doch nach all den Jahren mal ein bißchen nach dem rechten sehn. Wie läuft's denn so?«

Lemberg lotste Darius an einen Gartentisch und verschwand in der malerischen Laube. Keine Minute später war er mit zwei Gläsern und einem Krug zurück.

»Rhabarberwein, selbstgemacht, sechzehn Umdrehungen.«

Der Stoff schmeckte scheußlich.

»Ist ja echt lecker«, log Darius würgend. Lemberg freute sich und schenkte nach. Dann hechelten sie erst mal die letzten zehn Jahre durch. Endlich fragte der Ältere schlicht:

»Warum bist du zurückgekommen?«

Darius schwieg. Gründlich trat er seine Zigarette auf dem gepflegten Rasen aus. Lemberg sah's mit Grausen, sagte aber nichts. Darius holte tief Luft.

»Der Täufer. Im Westen hat es bereits zwei Morde an Jungen gegeben, die nach dem gleichen Strickmuster verübt wurden.«

Lemberg nickte ohne Erstaunen.

»Ich hab mir schon so etwas gedacht, als ich dich hier plötzlich auftauchen sah. Du warst ja schon damals überzeugt, daß wir alle auf dem falschen Dampfer waren.«

»Richtig. Der Täufer lebt und ist wieder am Werk. Nur glaubt mir keiner. Niemand will die ganz offensichtlichen Zusammenhänge sehen. In Düsseldorf nicht und hier schon gar nicht. Dasselbe Prinzip wie damals. Es kann einfach nicht sein, was nicht sein darf. Gestern war ich hier im Präsidium. Baums Nachfolger, so ein junger Schnösel aus dem Westen, hat mich für verrückt erklärt.«

Lemberg grinste.

»Den kenn ich. Von der Sorte haben wir jetzt einige. Kotzbrocken. Aber wie kann ich dir helfen?«

Darius rauchte schon wieder. Lemberg sprang vorsorglich auf und ging einen Aschenbecher holen.

»Ich muß wissen, was damals wirklich gelaufen ist. Kannst du mir Kopien der Vernehmungsprotokolle machen. Ich komm da nicht ran.«

Lemberg zuckte mit den Schultern.

»Ich kann's versuchen. Die Original-Akten sind natürlich damals an die Staatsanwaltschaft gegangen, aber von so brisanten Fällen müßten sich noch Kopien bei uns im Hause finden lassen. Bei der Archivierungswut damals.«

Darius ginste dankbar, aber der ältere Kollege wollte es genauer wissen.

»Verrennst du dich da nicht wieder in etwas. Worum geht's dir eigentlich wirklich? Persönliche Ehrenrettung, nach so vielen Jahren? Hast du das nötig? Du glaubst doch nicht wirklich, daß du allein besser sein kannst als die Polizei?«

Darius winkte ungeduldig ab.

»Ist doch völlig egal, worum's mir geht. Hab ich Erfolg, beende ich eine Mordserie. Wenn nicht, hab ich mich halt lächerlich gemacht. Sei's drum. Hilfst du mir?«

Das Gesicht des Grauhaarigen knautschte sich in tausend Lachfältchen. »Du bist immer noch ganz der alte, stur wie ein Maulesel. Klar helf ich dir.«

Jetzt tat Darius spontan das, was er eigentlich unter allen Umständen hatte vermeiden wollen. Er griff zu der ätzenden Essenz und prostete dem Freizeit-Küfer dankbar zu.

»Was ist eigentlich aus Baum geworden?«

»Ich ahne, was du vorhast. Laß lieber die Finger davon.«

»Nun red schon.«

»Nach der Wende haben sie ja all die Jungs in Leitungspositionen gehörig unter die Lupe genommen. Baum hat nicht erst abgewartet, bis man irgend etwas gegen ihn aus dem Hut zieht, sondern selbst den Dienst quittiert. Nur kein Risiko eingehen, kapierst du. Reine Weste und warme Worte zum Abschied.«

Darius schnaufte verächtlich.

»Sieht ihm ähnlich. Gattung der wirbellosen Lebewesen. Eine einzige Schleimspur hinterlassend.«

»Man könnte es auch Lebensklugheit nennen, von der du übrigens eine gehörige Portion gebrauchen könntest. Schau doch, wohin dich dein Starrsinn gebracht hat.«

»Hast du was gegen Taxifahrer?«

»Nicht die Bohne, wenn sie wissen, wohin die Reise geht.«

Das saß. Der alte Knochen hatte ganz schön Haare auf den Zähnen. Ärgerlich schnippte Darius die Zigarettenkippe ins Rosenbeet. Lemberg zuckte zusammen.

»Was macht Baum denn jetzt?«

»Diese Typen fallen immer wieder auf die Füße. Immobiliengeschäfte und so. Stinkreich. Ne ganz große Nummer. Wie der das geschafft hat, weiß keiner so recht.«

»Wo wohnt er denn?«

»Ich rate nochmals dringend ab. Du verbrennst dir die Finger.«

Darius schwieg, sah den Alten nur unverwandt an. Lemberg schüttelte den Kopf.

»Du läßt nicht locker, was? Mühlenweg 4, draußen in Windorf. Riesenvilla direkt am Park.«

Sie wechselten das Thema. Lemberg führte ihn stolz durch den Garten. Ein Paradies. Aber Darius' gartenbauliche Interessen tendierten im Moment gegen Null. Er verabschiedete sich rasch. Man würde voneinander hören.

Als er sich aufs Rad schwingen wollte, war der Hinterreifen platt. Er seufzte tief. Dann nahm er das Teil auf die unverletzte Schulter und machte sich auf den Weg. Inständig hoffend, bald auf einen freundlichen Radler mit Pumpe zu treffen. Die Mittagssonne knallte unbarmherzig vom Himmel. Ihm lag das Lied vom »poor, lonesome cowboy« auf der Zunge.

*

Lemberg hatte nicht übertrieben. Baum hatte sich gegenüber früher enorm verbessert. Riesenkasten. Allein die freistehende Doppelgarage hätte quadratmetermäßig für eine Kleinfamilie gereicht. Darius wunderte sich immer wieder darüber, wieviel Raum einzelne auf dieser doch allen gehörenden Erde für sich persönlich beanspruchten.

Natürlich alles mannshoch eingezäunt. Überwachungskameras auf Stahlrohren. Irgendwo bellten Hunde. Darius war ähnliches von Elisa und Gatten gewohnt. Besitz machte Angst.

Er lehnte das inzwischen geflickte Fahrrad neben dem Eingangsportal an den Metallzaun. Dann betätigte er die Klingel und wartete auf das Knacken in der Sprechanlage. Es blieb aus. Aber die schweren, schmiedeeisernen Torflügel schwangen fast augenblicklich auf. Geräuschlos. Hier lief alles wie geschmiert.

Auf dem Weg zum Haus knipsten alle paar Meter Bewegungsmelder eine weitere Gartenlaterne an. Die Haustür öffnete sich und Baum trat wie ein Showmaster auf die hell erleuchtete Bühne.

Darius tat, als ob er ihn nicht bemerkt hätte, blieb auf halbem Wege stehen und wendete sich gegen eine Steinfigur zur Rechten. Kurzes Reißverschlußratschen. Dann pißte er dem fetten, marmornen Nackedei lässig ins dargebotene Füllhorn.

Baum verstand die eindeutige Botschaft, aber er lachte schallend.

»Deiner Verachtung für den Klassenfeind hast du ja nun Ausdruck verliehen, Darius. Aber nun komm endlich rein, mir wird kalt. Ich hab dich bereits erwartet.«

Darius übersah die angebotene Hand.

»Erwartet? Dein Draht zur Polizei scheint also doch nicht ganz abgerissen zu sein.«

»Die Buschtrommeln funktionieren halt. Du liebst ja

auch starke Auftritte, wie du eben wieder bewiesen hast. Da wird nun mal geredet.«

Er trat zur Seite und lotste Darius ins Haus. Überall Antiquitäten und Kunstobjekte, die, wenn nicht schön, so doch teuer wirkten. Kostbare Teppiche bedeckten den Boden gleich mehrlagig. Darius unterdrückte den Drang, die Schuhe abzustreifen. Endlich erreichten sie das Wohnzimmer, geräumig genug, um Fußball darin zu spielen, wenn nicht überall klobige Eichenmöbel rumgestanden wären.

»Nimm Platz, Darius. Was zu trinken?«

Baum wendete sich einem reichlich mit Schnitzereien verzierten, ehemaligen Beichtstuhl zu. Da, wo früher der Platz des Priesters gewesen war, befand sich nun eine verspiegelte Hausbar. Darius war nie Kirchgänger gewesen, trotzdem wirkte die Umwidmung des Bußmöbels auf ihn seltsam blasphemisch.

»Kognak, Whisky, Wodka?«

»Wodka. Am besten Gorbatschow. Heut abend ist Glasnost angesagt.«

Darius kippte sein Glas, während Baum noch freundlich zuprostete.

»Kommen wir endlich zur Sache. Warum hast du mich damals fallenlassen?«

Baum schüttelte ernst den Kopf.

»Darius. Darius, *ich* hab dich damals nicht fallengelassen. Du bist gestolpert, und zwar über deine eigenen Füße.«

»Und das Disziplinarverfahren, das du mit absurden, fadenscheinigen Begründungen gegen mich eingeleitet hast?«

Baum stellte sein Glas ab und beugte sich vor, eindringlich.

»Ich habe dich immer geschätzt und gefördert, wo es ging. Aber du bist mit deinen Extratouren irgendwann untragbar geworden. Sag nicht, daß man dich nicht gewarnt hätte. Außerdem hättest du das Verfahren ja ruhig abwarten können, wenn du dich im Recht fühltest. Aber du hast es ja vorgezogen, vorher selbst den Dienst zu quittieren.«

Darius platzte der Kragen.

»Komm mir doch nicht so. Stand doch von vornherein fest, was bei der Disziplinargeschichte rauskommen würde. Ihr wolltet mich los werden, weil ich dabei störte, die Morde an den Jungen unter den Teppich zu kehren. Sex-Killer, so was paßte damals doch nicht ins Bild. Euch ging's doch mehr ums Sauberhalten der Statistik als um Aufklärung.«

Baum stand auf, holte die Flasche von der Bar und schenkte nach. Ruhig.

»Das ist ungerecht. Wir haben einen Täter ermittelt, der die betreffenden Morde gestanden hat.«

»Den falschen«, rief Darius erregt. »Und du hast es von Anfang an gewußt.«

Baums Gesicht rötete sich so plötzlich, wie eine umschaltende Verkehrsampel.

»Eine ungeheuerliche Behauptung. Das mußt du erst mal beweisen. Was willst du eigentlich? Meinen Namen in den Dreck ziehen? Mir nachträglich aus der Geschichte einen Strick drehen? Mich erpressen?«

Darius schaltete ein paar Gänge zurück.

»Red keinen Stuß. Ich will dir nichts am Zeug flicken. Mir geht's lediglich darum, den wahren Täter zu stellen. Du mußt mir dabei helfen. Er ist wieder aktiv. Ich weiß es. Komm also endlich damit rüber, was damals wirklich gelaufen ist.«

Baum tippte sich an die Stirn.

»Du hast ne Meise. Selbst wenn's so wäre, was geht das mich an? Ich bin nicht mehr im Dienst. Verbrechensaufklärung überlasse ich anderen.«

Darius war sprachlos. Baum war wirklich eiskalt. Keine Selbstzweifel, keine Skrupel.

»Hab ich dich richtig verstanden? Du willst wirklich tatenlos zusehen, wie das Morden eines Täters weitergeht, den ihr damals habt davonkommen lassen?«

Baum breitete die Arme aus und ließ sich in den Sessel zurückfallen.

»Nun hör doch endlich mit den alten Geschichten auf. Ich will dir ja helfen, allerdings anders als du denkst.«

Darius holte tief Luft, aber Baum kam ihm zuvor.

»Ich hab ein paar Erkundigungen über dich eingezogen. Du machst mies bezahlte Jobs, hast nichts auf dem Frack und deine Ehe ist gescheitert. Kurz: du bist ganz unten. Ich mach dir einen Vorschlag.«

Darius drängte es, seinem Gegenüber den Inhalt seines Glases ins Gesicht zu schütten. Aber dann siegte die Neugier und er ließ es vorerst.

»Das private Sicherheitsgewerbe boomt. Ein Freund von mir hat mit seiner Firma Secuprax enormen Erfolg und will eine weitere Dependance in Dresden eröffnen. Wenn ich mich dafür einsetze, könntest du der Chef der neuen Niederlassung werden. Fürstliche Bezüge garantiert. Du hättest dann natürlich keine Zeit mehr, in längst Vergangenem zu wühlen. Also, was ist?«

Darius stand wortlos auf, ging um den Couchtisch herum und riß Baum an den Revers hoch.

»Du bist noch genau das charakterlose Schwein von damals. Gehst über Leichen. Das Schicksal der Jungen ist dir scheißegal. Du kotzt mich an.« Wütend schubste er ihn zurück in den Sessel. Baum langte rüber zur Wand und zog an einer Kordel. Sekunden später betrat ein Mann in korrektem dunklen Anzug den Raum. Ganz offensichtlich der Butler. Von der Physiognomie her wirkte er allerdings eher wie der Rausschmeißer einer Bar. Als solcher sollte er jetzt offensichtlich auch fungieren.

»Der Herr möchte gehen.«

Anzug ruckte mit dem Kopf in Richtung Tür. Darius ließ

sich nicht zweimal bitten. Stumm schickte er sich an, den Raum zu verlassen. Er hatte Baum nichts mehr zu sagen.

»Laß dir raten.«

Die Stimme in seinem Rücken veranlaßte Darius, sich noch einmal umzudrehen.

»Du hast schon einmal nicht auf mich gehört und bist auf die Nase gefallen. Diesmal könnte es schlimmer ausgehen. Paß auf dich auf.«

*

Montagmorgen. Valerie Markowitz war wie immer als erste im Büro. Das lag nicht an übertriebenem Arbeitseifer. Sie liebte es einfach, sich allein mit einer Tasse Kaffee auf die vor ihr liegenden Tagesaufgaben einzustimmen, ein wenig die Zeitungen zu überfliegen.

Sicher, sie hätte das alles auch zu Hause tun können. Aber sie lebte allein, und die Trostlosigkeit der leeren Wohnung sprang sie gerade morgens mit Macht an. Trotzdem hatte sie sich bisher nicht entschließen können, dem Übel mit einer festen Beziehung zu begegnen. Ein paar mal hatte sie es einem ihrer Kurzzeitlover, die sie sich ab und an zwecks Ausgleichs ihres Hormonspiegels gönnte, erlaubt, bei ihr zu übernachten. Die morgendliche Gegenwart von stoppeligen, schlafdünstenden Männern in Unterhosen hatte sie dann allerdings jedesmal desillusioniert. Im harten Licht des Morgens war bisher jeder Märchenprinz zum Frosch mutiert.

Die Kaffeemaschine röchelte letzte Wassertropfen in den Filter. Sie stand auf und bediente sich. Dann widmete sie sich wieder der Zeitungslektüre. Mit den seriösen Blättern war sie bereits durch. Die Nachricht vom Leichenfund im Rhein hatte sie kaum zur Kenntnis genommen. Das änderte sich, als sie die Bild-Zeitung aufschlug. Auch die gehörte zur täglichen Pflichtlektüre.

Das Boulevardblatt hatte das, was den anderen nur eine kleine Meldung Wert gewesen war, zum nachrichtlichen Event hochgejazzt. Die fette Balkenüberschrift sprang ihr sofort ins Auge: »Gefesselter Junge von Schiffsschraube zerhackt«. Darunter ein paar Punkt kleiner: »Leiche trieb zwei Wochen im Rhein / Verbrechen oder Selbstmord? / Identifizierung schwierig«. Den dazugehörigen Artikel las sie mit Interesse.

Handschellen. Schon wieder. Sie ertappte sich dabei, daß sie den Stuhl, auf dem der merkwürdige Besucher vom Freitag gesessen hatte, bereits eine geraume Weile angestarrt hatte.

Ging die Phantasie mit ihr durch? Es gab nur einen Weg, das herauszufinden. Sie rief die Auskunft an und ließ sich die Nummer des Duisburger Polizeipräsidiums geben. Nach ein paar Minuten hatte sie einen der mit den Ermittlungen betrauten Kollegen an der Strippe.

»Valerie Markowitz, Kripo Leipzig. Ich hab ein paar Fragen zum Fall der gefesselten Wasserleiche. Bitte rufen Sie mich doch im Präsidium zurück.«

Es dauerte ein wenig, bis der Duisburger Kollege sich rückversichert hatte, mit wem er es da in Leipzig zu tun hatte. Endlich klingelte das Telefon auf Valeries Schreibtisch.

»Lassen Sie mich raten, was Sie von mir wissen wollen, Frau Markowitz: ob der Leiche das rechte Ohr fehlt? Stimmts?«

Valerie war platt.

»Genau das. Können Sie Gedanken lesen?«

Freundliches Lachen vom Kollegen.

»Mitnichten. Aber dieselbe Anfrage hatten wir bereits aus Düsseldorf. Der Hofgarten-Mord. Sie haben bestimmt davon gehört, sonst würden Sie nicht anrufen.«

Valerie bejahte und versuchte, ihr Interesse zu erklären.

»Hier in Leipzig hat's vor gut zehn Jahren ein paar

Mordfälle gegeben, die nach ähnlichem Strickmuster wie im aktuellen Fall in Düsseldorf verübt wurden. Handschellen, Ertränken und so weiter. Der Täter hat seinen Opfern stets ein Ohr abgeschnitten und quasi als Andenken mitgenommen. Als ich von der Sache in Düsseldorf erfuhr, bin ich natürlich stutzig geworden.«

»Aber wie ich hörte, liegt für die damaligen Fälle eine Verurteilung vor.«

»Das ist ja das Merkwürdige. Die Ereignisse scheinen sich zu wiederholen.«

»Nun ziehen Sie mal keine voreiligen Schlüsse. Ich kann nämlich auch ihnen nicht bestätigen, daß dem Jungen in unserem Fall ein Ohr abgeschnitten wurde. Die Schiffsschraube hat der Leiche den halben Kopf weggefetzt.«

Valerie war ein wenig enttäuscht. Hatte sie sich von Dorns Fabuliererei anstecken lassen? Sie machte sich mit ihren Spekulationen doch nur lächerlich. Aber der nette Kollege am anderen Ende der Leitung schien tatsächlich Gedanken lesen zu können und tröstete.

»Find ich prima, daß Sie sofort Kontakt mit uns aufgenommen haben. Wenn die polizeiliche Zusammenarbeit immer so spontan funktionierte, würde eine Menge Reibungsverlust vermieden. Ich halte Sie auf dem laufenden, wenn wir was Neues haben.«

Elch stürzte ins Büro, wie immer künstlich Hektik verbreitend.

»Muß gleich wieder weg. Dezernatsleiterkonferenz.«

Er begann in den Stapeln auf seinem Tisch zu wühlen.

»Wo sind denn bloß die verdammten Fotos.«

Valerie wußte, wonach er suchte, und zog mit sicherem Griff einen braunen Umschlag aus einem der Haufen.

»Danke, Valerie, wenn ich dich nicht hätte.«

Er bemerkte das aufgeschlagen vor Valerie liegende Boulevardblatt. Ihre Blicke trafen sich fragend. Sofort runzelte Elch die Stirn.

»Ich hab's auch bereits gelesen. Erwähn jetzt bitte nicht den Namen Dorn.«

»Das mit den Handschellen ist zumindest merkwürdig.«

»Nichts ist daran merkwürdig. Wahrscheinlich Selbstmord.«

Valerie tippte sich an die Stirn.

»Peter, so machen das Kinder doch nicht.«

»Von wegen.«

Elch stemmte beide Hände in die Hüften und dozierte.

»Ich erinnere mich an einen Fall, da hat sich ein Zwölfjähriger in einem öffentlichen Schwimmbad in 3,80 Meter Wassertiefe mit seinem Fahrradschloß an die unterste Stufe der Beckenleiter gekettet.«

Valerie erinnerte sich ebenfalls. Elch raffte seine Sachen zusammen und eilte zur Tür.

»Bin um zwölf zurück. Hol mir mal nachher ein Brötchen aus der Kantine, zu mehr reicht die Zeit heute nicht.«

Das mit dem Brötchen hätte er nicht sagen sollen. Wer war sie denn? Er wichtig zur Leiter-Runde und sie als Schlappenschammes in die Kantine. Nix da, würde wohl ein Fastentag für den Chef werden.

Ihr Blick fiel wieder auf den knalligen Bild-Bericht. Wenn Elch mit seiner Von-oben-herab-Tour ihren Widerspruchsgeist nicht so gekitzelt hätte, wäre sie wahrscheinlich zur Tagesordnung übergegangen. So aber faltete sie das Blatt energisch zusammen und sprang auf, wild entschlossen, jetzt selbst einmal in den Akten nachzulesen, was es eigentlich mit dem dubiosen Täufer-Fall auf sich hatte.

*

Lemberg hatte gerade erst seinen Dienst angetreten. Zu Hause am Frühstückstisch bekam er außer schwarzem Kaffee nichts herunter. Der Hunger stellte sich immer erst ein, wenn er das Präsidium betrat. Gerade hatte er in eins der mitgebrachten Brote gebissen und die Kleingartenzeitung aufgeschlagen, da klopfte es. Ärgerlich ließ er beides in der Schreibtischschublade verschwinden.

»Ja bitte«, nuschelte er heftig schluckend.

»Morgen Rupert, du hast da was am Kinn«, platzte Valerie fröhlich herein.

Lemberg war sofort versöhnt. Valerie hatte bei ihm einen Stein im Brett. Er hatte sich immer Kinder gewünscht. Wenn er eine Tochter gehabt hätte, wäre sie wahrscheinlich jetzt in ihrem Alter gewesen. Eine wie Valerie wäre ihm schon recht gewesen.

»Nett, daß du mal reinschaust, Valerie. Was kann ich für dich tun?«

Die junge Kommissarin kam sofort zur Sache.

»Erinnerst du dich an den Fall des sogenannten Täufers? Muß so gut zehn Jahre her sein. Ich würd mir gern mal die Akten ansehen.«

Lemberg hatte inzwischen gottlob den Mund leer, sonst hätte er sich jetzt verschluckt. Er griff zum Kaffeebecher und blies heftig ins dampfende Gebräu, um seine Überraschung zu verbergen.

»Klar erinnere ich mich. Der Fall wurde aufgeklärt. Es hat eine Verurteilung gegeben. Was interessiert dich an der alten Geschichte?«

»Ist schlicht private Neugier.«

Lemberg reimte sich einiges zusammen. Darius hatte zwar bei dem arroganten Elch auf Granit gebissen, dessen Kollegin aber ganz offensichtlich nachdenklich gemacht. So gab er sich mit der knappen Antwort zufrieden.

»Ich kann dir nichts versprechen, Valerie. Die Ermittlungsakten sind natürlich damals an die Staatsanwaltschaft gegangen. Aber bei wichtigen Fällen wurde immer schon so halboffiziell einiges archiviert. Vielleicht haben wir ja Glück.«

»Schau doch mal im Computer nach«, drängte Valerie eifrig.

Lemberg winkte ab.

»Da finden sich nur die offiziellen Kriminalakten. Was sonst noch so archiviert wurde, müssen wir schon nach der guten alten Pfadfindermethode raussuchen.«

Er stand auf und winkte Valerie.

»Komm mal mit.«

Sie betraten einen großen Keller. Regale bis unter die Decke, quer in den Raum reichende Gänge bildend. Lemberg bewegte sich zielsicher.

»Das war 1988, der Täter hieß Jablonsky.«

Valerie staunte über sein Gedächtnis. Lemberg bog in einen der Gänge ein.

»Wenn überhaupt was da ist, finden wir es hier.«

Er schritt die Reihe ab und orientierte sich.

»Schwein gehabt, hier oben steht der ganze Vorgang.«

Fünf schwarze Aktenordner, säuberlich beschriftet. Lemberg reckte sich und zog den ersten heraus. Merkwürdig leicht. Er sah hinein und wußte warum. Das Ding war leer. Ahnungen. Rasch schob er den Ordner zurück und überprüfte die anderen. Mit dem gleichen Ergebnis. Der Fall des Täufers war aktenmäßig nicht mehr erfaßt.

»Wie ist das möglich«, fragte Valerie erregt.

Lemberg stürmte zurück in sein Büro.

»Wir haben noch eine Chance. Ich ruf meinen Kollegen im Gerichtsarchiv an.«

Schon hatte er den Hörer am Ohr und erklärte seinen Wunsch. Es dauerte eine geraume Weile, dann veränderte sich Lembergs Gesichtsausdruck. Angespanntes Lauschen. Kopfschüttelnd legte er auf.

»Die haben auch nichts. Der Kollege meint, daß die Akten im Durcheinander der Wendezeit verloren gegangen sein müssen.«

Valerie war inzwischen aufs höchste interessiert.

»Sag mal, glaubst du an den Weihnachtsmann. Das hat doch Methode. Kann jemand außer dir an die Akten ran?«

»Eigentlich nicht. Bei einer Anfrage suche ich das Zeug persönlich raus und leite es dann weiter.«

Valerie überlegte.

»Wer hat denn sonst noch einen Schlüssel zum Archiv?«

»Mit nem Generalschlüssel kommt man natürlich auch ohne mich da rein.«

Sie sahen sich tief in die Augen. Beide wußten, daß nur Kollegen vom Dezernatsleiter an aufwärts im Besitz eines solchen Türöffners waren. Lemberg hatte eine Eingebung. Er ging zum Reißwolf und schaute in den Fangkorb. Kopfschütteln.

»Also irgendwas läuft hier. Ich bin mir sicher, daß ich das Ding Freitagnachmittag, bevor ich ins Wochenende gegangen bin, leer gemacht habe.«

Valerie trat neben ihn und griff mit beiden Händen in die millimeterfeinen Papierstreifen, die den Korb halb füllten.

»Nun schau mal schau, wenn das mal nicht der Inhalt der Akte von eben ist.«

»Zieh keine voreiligen Schlüsse«, wandte Lemberg ein. »Hier hat jemand Schriftstücke geschreddert, mehr nicht.«

Valerie sah ihn mit hochgezogenen Augenbrauen an.

»Kommt das öfter vor, daß in deiner Abwesenheit Akten vernichtet werden?«

»Bisher noch nicht.«

»Na also. Bißchen viele Zufälle.«

Sie zählte an den Fingern mit:

»Zwei mit Handschellen gefesselte Jungenleichen im Westen. Ein Exkollege taucht auf und behauptet, daß der dafür verantwortliche Täter bereits vor zehn Jahren hier ähnlich vorgegangen ist, man aber einen Unschuldigen dafür verurteilt hat. Und plötzlich verschwinden auf wunderbare Weise alle Akten des Falls. Merkwürdig, was?«

Aufmunternd sah sie den älteren Kollegen an, aber der schwieg.

»Na, ist doch sonnenklar. Irgendwer zieht da im Hintergrund die Fäden, um zu verhindern, daß ein damals bereits unbequemer Kollege irgendwas aufwühlt.«

Lemberg zuckte nur mit den Achseln. Aber eigentlich war er der Meinung, daß Valerie den Nagel auf den Kopf getroffen hatte. Daß er mit eben jenem unbequemen Kollegen erst am Vortag Kontakt gehabt hatte, verschwieg er allerdings. Häng dich nicht rein, dann kommst du auch nicht rein. Alte Überlebensregel. Erst mal schauen, wohin der Hase lief.

*

Lemberg hatte aufgeregt gewirkt, wollte sich aber am Telefon nicht erklären. Sie hatten sich zum Mittagessen in einer nahe des Präsidiums gelegenen Kneipe verabredet. Jetzt saßen sie sich gegenüber. Lemberg erstattete Bericht.

Die Gulaschsuppe schmeckte nach Chappy, der dazu gereichte Toast wirkte übernächtigt. Darius schob klaglos beides zur Seite. Gebannt hing er an Lembergs Lippen.

»Ich weiß natürlich nicht, wer da was in meiner Abwesenheit im Reißwolf vernichtet hat, aber der ganze Vorgang ist äußerst ungewöhnlich.«

Darius schüttelte den Kopf. »Die Geschichte setzt sich fort. Vertuschen, vertuschen, vertuschen. Und ich weiß auch, wer dahinter steckt.«

Lemberg hatte selbst so seine Vermutungen, konnte sich aber einiges nicht zusammen reimen.

»Du tippst auf Elch, stimmt's?«

»Klar, außer ihm und der Markowitz wußte doch keiner hier, daß ich wieder an der Sache dran bin. Und er hat einen Generalschlüssel.«

»Aber warum? Welches Interesse soll Elch daran haben, die Sache zu unterdrücken?«

Darius zuckte mit den Schultern.

»Vielleicht hängt er irgendwie mit Baum zusammen. Ich komm schon noch dahinter. Baum jedenfalls hat mächtig Fracksausen. Erst hat er versucht, mich zu bestechen, dann mir ganz offen gedroht.«

Lemberg, offensichtlich durch jahrelangen Kantinenbesuch vorgeschädigt, hatte die genußuntaugliche Qualität des Restaurantessens bisher nicht abhalten können. Jetzt aber hielt er doch inne und winkte mahnend mit dem Löffel.

»Laß bloß die Finger von Baum. Der ist ne Nummer zu groß für dich. Wenn der dich auf dem Zettel hat, dann sieh dich vor.«

Darius winkte wegwerfend ab.

»Baum bringt uns im Moment sowieso nicht weiter. Um den kümmere ich mich später. Ist was Persönliches. Jetzt geht's erst mal darum, die Spur des Täufers aufzunehmen. Da brauch ich nochmal deine Hilfe.«

Lemberg hob fragend die Augenbrauen.

»Kannst du mir eine Liste aller in den achtziger Jahren hier im Raum angezeigten Fälle besorgen, die im weitesten Sinne mit sexuellem Mißbrauch an Jungen zu tun hatten? Achte darauf, ob Uniformträger involviert waren.«

Lemberg schüttelte zu Darius' Erstaunen den Kopf.

»Bringt doch nichts. Ich kann's natürlich machen, aber die Liste wird nicht sehr lang sein. Du weißt doch selbst, daß man damals diese Geschichten bereits im Vorfeld abgebügelt hat.«

»Ist ja richtig, aber irgendwo muß ich doch ansetzen.«

Lemberg nickte und sah nachdenklich aus dem Fenster. Darius drängte nicht. Mit zum Victory-Zeichen hochgereckten Fingern orderte er zwei weitere Biere. Endlich wandte sich ihm der Ältere wieder zu.

»Da hat mal ein Pionierleiter im Ferienlager ein Mädchen unter Druck gesetzt und befummelt. Das Kind hat sich den Eltern anvertraut. Gartennachbarn von mir, daher weiß ich davon. Die sind natürlich sofort zur Polizei. Ging aber nach hinten los. Dem Mädchen hat man nicht geglaubt, den Eltern unmißverständlich klar gemacht, was es für Folgen haben kann, einen Pionierleiter ohne stichhaltige Beweise solchen Verdächtigungen auszusetzen.«

Der Bier bringende Kellner unterbrach. Sie hoben die Gläser und prosteten sich stumm zu. Dann fuhr Lemberg mit seiner Geschichte fort.

»In ihrer Not haben sich die Eltern an die Kirche gewandt. Und siehe da, sie waren nicht die einzigen. Man hat sie an die Pastorin der Gnadenkirche verwiesen, die sich mit Mißbrauchsfällen auskannte. Die hat dann dafür gesorgt, daß das Mädchen therapeutische Hilfe bekam. Der Pionierleiter war dann auch schnell weg vom Fenster. Ob die Pastorin da mit dran gedreht hat, kann ich nicht sagen. Aktenkundig ist jedenfalls nichts geworden.«

»Ist die Frau noch im Amt? Wie heißt sie?«

»Keine Ahnung, aber du wirst sie schon finden. Wenn überhaupt jemand, dann kann die dir weiterhelfen.«

*

In Valerie rang Neugier mit Pflichterfüllung. Oder fiel es gar mit staatsbürgerlicher Pflichterfüllung zusammen, wenn sie ihre private Neugier befriedigte? Genau, es war doch ihre verdammte Polizistinnenpflicht, dieser mysteriösen Sache nachzugehen.

Einfach den Kollegen Elch zu befragen, hätte nichts gebracht. Sie war felsenfest davon überzeugt, daß er beim Verschwinden der Akten die Finger mit im Spiel hatte. Er würde natürlich schlankweg alles ableugnen, und sie hatte ja nichts in der Hand.

Aber warum war Elch so daran gelegen, daß der Fall des Täufers im Dunkel blieb? Sie hatte nur eine Erklärung. Persönlich war er in den Fall ja nicht involviert gewesen. Also wollte er einem anderen den Rücken frei halten. Was versprach er sich davon, und um wen ging es? Plötzlich wußte sie, mit wem sie sprechen mußte, um Licht in die dunkle Angelegenheit zu bringen.

Sie griff zum Telefon und tippte eine hausinterne Nummer ein. Lemberg meldete sich augenblicklich.

»Rupert, wie hieß der Baum eigentlich mit Vornamen, und was macht er jetzt?«

Lemberg hatte im stillen bereits damit gerechnet, daß Valerie sich für Baum interessieren würde.

»Bernd, und er ist einer der ganz Großen im Immobiliengeschäft«, antwortete er matt, wissend, daß Valerie für abratendes Reden kein Ohr haben würde. Ein kurzer Dank, schon hatte sie aufgelegt.

Im Telefonbuch sprang ihr die fettgedruckte Adreßzeile von Immobilien-Baum in der langen Liste seiner Namensvettern sofort ins Auge. Keine private Nummer oder Anschrift. Also würde sie bei ihm im Büro vorbeischauen. Tröndlinring, prima, war ja ganz hier in der Nähe.

Elch war immer noch in der Besprechung. Das konnte noch dauern. Kurz entschlossen lief sie ins Nachbarbüro und murmelte den Kollegen etwas von Recherche zu und daß sie in einer Stunde zurück sei. Alle waren viel zu beschäftigt, um sich zu wundern. Valerie hatte es eilig.

*

»Haben Sie einen Termin?« Die Sekretärin war noch ziemlich jung, hatte aber schon diesen blasierten Tonfall, der Valerie sofort in Harnisch brachte.

»Nein, Schätzchen, aber ich bin sicher, daß Herr Baum mich sofort empfangen wird.«

»Da bin *ich* mir allerdings nicht so sicher«, giftete Schätzchen, das sich ungern so nennen ließ.

Valerie schlug lässig ihren schicken Blazer zurück und ließ die Jüngere wie unabsichtlich die Waffe in ihrem Schulterhalfter sehen. Dann zückte sie kurz ihren Dienstausweis.

»Probieren Sie's.«

Keine Minute später saß sie Baum im edel ausgestatteten Arbeitszimmer in der bequemen Ledergarnitur gegenüber. Schätzchen mußte Kaffee machen.

Lockere Stimmung. Sie hatten schon eine geraume Weile die Kollegen, die Baum noch kannte, durchgehechelt, als Valerie endlich zur Sache kam.

»Ich bin da auf etwas gestoßen, das mir Sorgen macht. Vielleicht können Sie mir da helfen.«

Baum nickte freundlich.

»Nur zu, immer raus damit. Ich helfe Ihnen gern.«

»Der Fall des Täufers, erinnern Sie sich noch daran?«

Baums Gesicht verdüsterte sich, was Valerie mit Interesse sah.

»Der Fall wurde erfolgreich abgeschlossen und zu den Akten gelegt.«

»Was man so erfolgreich nennt«, warf Valerie nachdenklich ein. »Bei den Akten ist der Fall jedenfalls nicht mehr.«

Baum war sofort in Habachtstellung.

»Was meinen Sie damit, sind erneut Ermittlungen aufgenommen worden?«

Valerie sah ihn mit hochgezogenen Augenbrauen amüsiert an.

»Ach, kommen Sie, Baum, Sie wissen doch bestimmt, was gelaufen ist. Sämtliche Akten wurden vernichtet.«

Baum wirkte sichtlich erleichtert, aber jetzt zeigte er Zähne.

»Kommen Sie mir nicht so. Wie soll ich von der angeblichen Aktenvernichtung gewußt haben?«

Valerie nahm ihren ganzen Mut zusammen.

»Da ist ein Kollege aus der Vergangenheit aufgetaucht, der Sie schwer belastet. Ein paar Tage später sind alle Akten vernichtet. Merkwürdige Koinzidenz, finden Sie nicht?«

Baum sprang zornig auf und begann im Zimmer auf und ab zu tigern.

»Ich kann mir schon denken, wer Ihnen diesen Floh ins Ohr gesetzt hat: Dorn, dieser abgedrehte Träumer. Den sollte ich wegen Verleumdung verklagen.«

Er blieb stehen und baute sich mit ausgestrecktem Zeigefinger vor Valerie auf.

»Wir haben damals keine Unschuldigen zu Geständnissen gepreßt und Killer frei rumlaufen lassen. Das ist doch absurd. Der Dorn spinnt, und Sie offensichtlich auch.«

Er schlug sich mit der flachen Hand gegen die Stirn.

»Und jetzt wollen Sie mir auch noch das Vernichten von Akten unterjubeln. Sie haben einen Knall, Fräulein.«

Fräulein, damit war er bei Valerie auf der ganz falschen Schiene. Jetzt kam auch sie in Wallung.

»Es ist wohl besser, wenn wir unser Gespräch im Präsidium fortsetzen, Herr Baum.«

Sie war aufgestanden.

»Ich erwarte Sie morgen früh.«

Aber Baum ließ sich so schnell nicht einschüchtern. Während Valerie stand, ließ er sich wieder in seinen Sessel fallen, schlug die Beine übereinander und lächelte überheblich.

»Ich werd den Teufel tun, unser Gespräch ist beendet, ein für allemal. Sagen Sie mir bloß noch eins. In welchem Auftrag sind Sie eigentlich hier?«

Baum fixierte Valerie, die schwieg.

»Dacht ich's mir doch. Auf eigene Faust.«

Er drohte wie ein Lehrer mit dem Finger.

»In Ihren Methoden weisen Sie unheilvolle Parallelen zu denen Dorns auf. Wohin den seine Extratouren gebracht haben, sehen Sie ja. Sie werden noch von mir hören.«

Valerie stürmte grußlos an der feixenden Sekretärin vorbei, die das Schärferwerden der Tonlage durch die geschlossene Tür mitbekommen hatte. Irgendwie dumm gelaufen. Warum mußte sie auch immer mit dem Kopf durch die Wand. Valerie schwante Übles.

*

Das Haus von Angelika Kienbaum lag mitten in der Stadt, der Zugang war aber fast so schwierig wie zu Dornröschens Schloß. Rings um das Gebäude unfrisierte Natur. Von der Straße aus war nur ein Zipfel vom Giebel zu sehen. Dann hatte Darius den Durchgang durchs Gesträuch erspäht. Im grünen Tunnel kam ihm die emeritierte Pastorin auf halbem Wege entgegen. Die zierliche, weißhaarige alte Dame winkte freundlich.

»Pünktlich wie ein Maurer. Sie müssen Herr Dorn sein.«

Darius bejahte und bedankte sich noch einmal überschwenglich dafür, daß sie am Telefon ohne langes Nachfragen sofort bereit gewesen war, sich mit ihm zu treffen.

»Nun machen Sie mal halblang. Ich hab doch jetzt Zeit, wo ich nicht mehr im Dienst bin. Kommen Sie, ich hab uns Tee gemacht.«

Die rüstige Seniorin schritt voran. Das Gesträuch öffnete sich zu einer kleinen Blumenwiese, der in diesem Jahr noch keine Sense ins Grün gefahren war. Fingerhut, Königskerze, Goldrute in voller Blüte. Bienen summten. Daß in der Ferne hektisch Autos hupten, paßte wunderbar zur Atmosphäre dieses Großstadtidylls. Mittendrin und trotzdem weit weg. Sie lotste ihn an einen Gartentisch unter einem Walnußbaum.

»Ich hab Mohnkuchen gebacken.«

Schweigend machten sie sich über den Kuchen her. Zeit schien hier keine Rolle zu spielen. Darius hätte ewig so im Sommer sitzen können, aber dann gab er sich einen Ruck und kam zur Sache.

Er gab einen präzisen Bericht über die damaligen Vorfälle und die aktuellen im Westen, über seine persönliche Geschichte und seine heutigen Motive. Pastorin Kienbaum hörte konzentriert zu, ohne ein einziges Mal zu unterbrechen. Als Darius endlich fertig war, lächelte sie und hob die Hände zu hilfloser Geste.

»Mit meiner Hilfe einen Mörder stellen? Zur Mrs. Marple tauge ich eigentlich wenig. Aber Ihr Kollege Lemberg hat schon recht, in den siebziger und achtziger Jahren hatte ich häufig mit den Opfern sexueller Gewalt zu tun.«

»Wie kam es eigentlich dazu, daß ausgerechnet die Kirche Anlaufstelle für so was wurde?« fragte Darius neugierig.

Die alte Frau zuckte mit den Achseln.

»Nicht nur für so was. Im März 1978 kamen Staat und lutherische Kirche bei einem denkwürdigen Treffen überein, sich in bestimmten Bereichen Autonomie zuzubilligen, während sie in anderen gemeinsames Handeln verabredeten.«

Darius hatte davon damals nichts mitbekommen. Interessiert fragte er nach: »Also so eine Art Konkordat?«

»Wenn Sie es so ausdrücken wollen. Fakt ist, daß die Kirche sich so unabhängige Strukturen erhalten konnte, die nicht zuletzt den Dissidenten auf Gemeindeebene Freiräume bot, sich zur Bürgerbewegung zu entwickeln.«

»Wirklich, ist hochinteressant, Frau Kienbaum, aber was hat das mit unserer Geschichte zu tun?«

»Na viel, sehen Sie das denn nicht? Sexuelle Gewalt

wurde selbstverständlich auch von DDR-Bürgern ausgeübt. Die Kriminalstatistik verzerrt das Bild da etwas. Auch in diesem Bereich waren wir durch unsere relative Unabhängigkeit mit die einzigen, an die sich Betroffene um Rat und Hilfe wenden konnten. Bei Sexualdelikten galt doch das Schweigetabu. Wenn überhaupt, dann diskreteste Ermittlungen. Die Opfer hat man oft erst gar nicht ernst genommen.«

Die alte Dame hatte sich regelrecht in Rage geredet. Darius war beeindruckt.

»Das sind genau meine Erfahrungen. Deshalb bin ich ja hier. Erinnern Sie sich an Vergewaltigungsfälle an Jungen, bei denen Handschellen eine Rolle spielten?«

Angelika Kienbaum nickte. Verkniffener Mund, trauriger Blick.

»Ich erinnere mich genau. Benno hieß der Junge, acht oder neun Jahre alt. Wurde von einem Maskierten mit Handschellen gefesselt und im Gesträuch am Kulkwitzer See vergewaltigt.«

»Der Täufer«, fuhr Darius erregt dazwischen.

Die Expastorin nickte. »Möglich. Der Täter wurde von Besuchern des nahen Campingplatzes gestört und konnte flüchten.«

»Das hat dem Jungen das Leben gerettet. Wie hieß er weiter? Den Nachnamen?«

»Ich weiß es nicht mehr.«

Darius war fassungslos.

»Wie können Sie sich so genau an jedes Detail, nur nicht an den Hausnamen Bennos erinnern.«

Die alte Dame zuckte entschuldigend mit den Achseln.

»Der Fall ist mir so genau im Kopf, weil ich selbst therapeutisch tätig wurde. Ich hab unter anderem auch Psychologie studiert. Ob ich ihm helfen konnte, weiß ich nicht. Die Eltern hatten einen Ausreiseantrag gestellt. Ich habe nie wieder etwas von dem Jungen gehört.«

»Versuchen Sie sich zu erinnern.«

Die alte Dame machte eine energische Handbewegung. Sie wehrte eindeutig ab:

»Bringt nichts. Das war so'n Allerweltsname. Den hab ich einfach nicht abgespeichert.«

»Haben Sie denn nichts Schriftliches?«

Erneut entschuldigende Geste.

»Wir haben damals unbürokratisch geholfen, nicht ermittelt.«

Darius' Gefühle schwankten zwischen Dur und Moll. Ein erster wichtiger Fingerzeig. Aber in welche Richtung? Ohne den Nachnamen kam er nicht weiter. Trotzdem, warmer Abschied mit dem Versprechen, in Verbindung zu bleiben.

*

»Damenbesuch«, raunte Oma Krüger, die gerade mit einer Kaffeekanne aus der Küche kam. Ihr Kopf ruckte in Richtung Gute Stube.

Darius, den Wohnungsschlüssel noch in der Hand, nickte freundlich und machte Anstalten, sich diskret in sein Zimmer zurückzuziehen.

»Für Sie«, zischelte die Alte mit verschwörerischem Grinsen.

Er zog die Augenbrauen erstaunt hoch. Aber bevor Oma Krüger ihm aufs Pferd helfen konnte, trat Valerie Markowitz auf den Flur.

»Hallo, Herr Dorn, treff ich Sie also doch noch. Ich warte schon seit einer halben Stunde. Hab mich ein bißchen mit Ihrer netten Vermieterin festgequatscht.«

Mein Gott, war die hübsch. Ihm ging es wie bei ihrem ersten Zusammentreffen. Spontane Zuneigung. Er beeilte sich, seine Überraschung zu überwinden. Händeschütteln, eine Idee zu lang.

»Freut mich wirklich, Frau Markowitz. Hab ich Sie also doch ein wenig neugierig machen können. Weiß Ihr Chef, daß Sie hier sind?«

Sie schüttelte den Kopf und warf den dicken, roten Zopf mit anmutiger Geste über die Schulter.

Oma Krüger übernahm die Initiative, drängte beide ins Wohnzimmer und nötigte sie zum Hinsetzen. Nachdem sie Kaffee ausgeschenkt hatte, zog sie sich zurück.

»Ich muß weg und bin erst spät zurück. Aber bei soviel Polizei im Haus kann ich ja beruhigt gehen.«

Noch mal zwinkerte sie den beiden zu, dann waren sie allein.

»Frau Krüger hat mir erzählt, daß Sie überfallen worden sind. Warum haben Sie denn keine Anzeige erstattet?«

Darius machte eine wegwerfende Geste.

»Nix passiert. Da waren zwei ohne Erfolg hinter meinem Portemonnaie her. Nach der Abfuhr neulich wollte ich wegen so einer Lappalie nicht schon wieder im Präsidium auflaufen.«

Valerie sah ihn nachdenklich an.

»Vielleicht hatten die Täter ja was ganz anderes im Sinn.«

Darius lachte auf.

»Na, was denn?«

Valerie schob ihre Unterlippe vor und warf ihm aus ihren jadegrünen Augen einen tiefen Blick zu. Umwerfend.

»Seitdem Sie hier aufgetaucht sind, passieren die merkwürdigsten Dinge.«

»Zum Beispiel?«

»Plötzlich sind alle Akten des betreffenden Falls verschwunden.«

Darius gab sich erstaunt. Er wollte Lemberg, seinen Informanten, nicht kompromittieren. Valerie fuhr fort:

»Mein Vorgesetzter mauert mit ungewöhnlichem Eifer, Ihr damaliger Chef Baum ist merkwürdig aufgeschreckt, und dann werden Sie zusammengeschlagen. Zufall oder Warnung?«

Darius zuckte mit den Achseln.

»Sie waren bei Baum?«

»Außerdienstlich. Ein Fehler. Da kommt für mich noch was nach. Baum will sich beschweren.«

Darius war aufs angenehmste überrascht. Freudig setzte er an:

»Sie glauben mir also?«

»Das hab ich nicht gesagt.«

»Warum haben Sie sich dann so aus dem Fenster gehängt?«

»Irgendwas ist faul an der ganzen Sache.«

Darius wartete. Valerie griff wieder nach ihrem Zopf. Er hätte sie stundenlang ansehen können.

»Ich hab mich via Internet in eine Fachgruppe eingeloggt, die sich mit Täterprofiling beschäftigt. Dieselbe Fesselungsart, Alter und Typ der Jungen, das Ohrabschneiden, die Tatsache, daß alle Taten am Wasser verübt wurden, deutet nach Meinung eines US-Profilers auf ein und denselben Täter hin.«

Darius nickte heftig.

»Meine Rede.«

»Auch für die lange Pause hatte der Psychologe eine ganze Latte von Erklärungen parat.«

»Na also.«

Valerie winkte herrisch mit dem Zeigefinger dazwischen.

»Aber eins ist doch merkwürdig. Die Kollegen im Westen sind doch keine Idioten. Wieso glauben gerade Sie, im Alleingang mehr zu erreichen?«

Darius grinste verschmitzt.

»Wie es aussieht, bleibt's nicht beim Alleingang.«

Valerie mußte unwillkürlich lächeln, aber bevor sie etwas erwidern konnte, hakte Darius nach.

»Ich will mich nicht aufspielen. Natürlich sind die Kollegen keine Idioten. Für die gibt's keine Verbindung zu der damaligen Mordserie, das ist der Knackpunkt. Ein gescheiterter DDR-Bulle wirkt wenig überzeugend.«

»Geständiger Täter gefaßt, verurteilt, verstorben«, murmelte Valerie nachdenklich, »man kann's ihnen nicht verübeln. Das Gegenteil wird nach Lage der Dinge kaum zu beweisen sein.«

Darius war nach ganz vorn auf die Sesselkante gerutscht. Eindringlich:

»Darum geht's doch auch gar nicht. Lassen wir das Vergangene ruhen. Wir müssen jetzt eine weitere Mordserie stoppen.«

Valerie fixierte ihn stumm aus zusammengekniffenen Augen. Endlich:

»Was schlagen Sie also vor?«

Darius griff nach ihrer Hand.

»Danke!«

Sie zog die Hand nicht zurück. Es war, als ginge ein Engel durch den Raum, nur einen Lidschlag lang. Dann lehnte sich Darius entspannt in den Sessel zurück.

»Ich hab mich ein wenig umgehört. Es gibt ein Opfer, das überlebt hat. 88 am Kulkwitzer See. Der Junge hieß Benno. Der Täter wurde gestört. Wahrscheinlich hat man den Vorfall nicht mit der Mordserie in Zusammenhang gebracht.«

Valerie hob zweifelnd die Augenbrauen.

»Warum nicht? Kollegen wieder zu dusselig?«

»Die Eltern hatten einen Ausreiseantrag gestellt. Für die Probleme solcher Leute hatte man damals nicht unbedingt ein offenes Ohr«, sagte er kalt.

Valerie hob entschuldigend beide Hände.

»Sorry.«

Darius winkte ab.

»Ich bin mir sicher, daß es der Täufer war. Finden Sie

den Nachnamen des Jungen heraus und stellen Sie einen Kontakt für mich her. Da müssen wir ansetzen.«

Valerie hatte einen Block herausgekramt und notierte, dann stand sie auf.

»Okay, Herr Dorn. Sie haben getan, was Sie tun konnten. Den Rest erledige ich auf meine Weise.«

Sie ging zur Tür. Perplex sprang Darius auf.

»Bitte? Ich dachte, wir arbeiten zusammen.«

Freundlich lächelnd schüttelte Valerie den Kopf.

»Ich werde mein Möglichstes tun, aber wenn es geht, streng nach Vorschrift. Mit Ihnen als Privatermittler kann ich unmöglich zusammenarbeiten.«

Sie winkte ihm noch einmal.

»Aber ich halt Sie auf dem laufenden.«

*

Elch sank in seinem Sitz immer mehr zusammen. Das Gefiedel ging erst zehn Minuten, aber er hatte bereits Fluchtgedanken. Schönberg. Ging so richtig ins Ohr. Zum ersten Mal beneidete er Hörgeräteträger, die konnten einfach abschalten. Er warf einen verstohlenen Blick auf die Uhr. Noch eine halbe Stunde, dann war erst mal Erholungspause. Er biß die Zähne zusammen. Schließlich war er Kulturmensch.

Er linste nach links. Baums Gattin, sphinxhaft versteinert, als habituelle Konzertgängerin offensichtlich schmerzresistent. Auch ihr Mann, einen Platz weiter, hielt sich wacker. Nur sein Gesicht nahm immer mehr den Ausdruck eines Zahnarztpatienten an. Elch freute sich, daß nicht nur er an der Kunst litt.

Im Fernsehen gab's jetzt Bundesliga. Bloß nicht daran denken. Baum hatte ihn mit seiner kurzfristigen Konzerteinladung ins Gewandhaus überrascht. Dem schlug man nichts ab. Irgendwie war das hier ja auch der passendere

Rahmen für einen, der sich zur gesellschaftlichen Elite zählte. Wer dazu gehören wollte, mußte eben auch Kröten schlucken. Also Ohren zu und durch.

Er lenkte sich ab, indem er gedanklich an einem geschliffenen Null-Summen-Statement über den Kunstgenuß feilte. Beim inhaltsfreien Schwadronieren während der Pause wollte er schließlich nicht ins Stottern kommen. Frenetischer Applaus und Bravo-Rufe rissen ihn aus seinen Gedanken. Sofort fiel er dankbar ins Gejohle ein.

Im Foyer waren die Baums gleich Zentrum einer illustren Gesellschaft Kunstsinniger. Elch mittendrin. Händeschütteln, fröhliches Schulterklopfen. Er brachte es sogar fertig, sich galant über die faltige Hand einer schildkrötenalten Frau in gewagtem Modezar-Fummel zu beugen, die Baum ihm als die Grande Dame der Musikkritik vorstellte. Er hatte nie von ihr gehört. Überhaupt war für ihn das Feuilleton nur der Zeitungsteil, über den man lästig hinwegblättern mußte, um zum Sportteil zu gelangen. Egal. Dabei sein war alles. Und das genoß er. Entspannt nippte er vom Möselchen im langstieligen Glas. Das hier entschädigte für einiges. Gerade wollte er sich engagiert einer jungen Frau zuwenden, die ihre ganz offensichtliche Insuffizienz zwischen den Ohren aufs Vorteilhafteste durch Volumen im offenherzigen Dekolleté auszugleichen wußte, da zupfte ihn Baum am Ärmel.

»Komm, Peter, gehen wir mal ein bißchen an die frische Luft.«

Elch riß sich nur ungern vom Anblick des Doppel-Airbags los. Aber vielleicht konnte man ja später noch einen privaten Crashtest vereinbaren. Etwas mißmutig stellte er sein Glas ab und folgte Baum nach draußen.

»Wie man hört, sind bei euch Akten verschwunden«, kam Baum gleich zur Sache.

Elch wunderte sich zwar ein wenig, wie Baum schon

davon wissen konnte, aber der Stolz über seinen vorauseilenden Gehorsam überwog.

»Mir ist da versehentlich was in den Reißwolf geraten«, flachste er mit kumpelhaftem Grinsen. »Waren aber nur olle Kamellen, da fragt keiner mehr nach.«

»Dein Wort in Gottes Ohr.«

Baums zweifelnder Tonfall ließ Elch aufhorchen.

»Keine Sorge, war keiner dabei, als mir die Panne passiert ist.«

»Schön für dich. So was kann einem ganz schön falsch ausgelegt werden.«

Baum wirkte erleichtert. Elch freute sich. Er hatte ja noch mehr auf der Pfanne.

»Leider ist mir ein ähnliches Mißgeschick auch bei der Staatsanwaltschaft unterlaufen.«

Baum blieb stehen.

»Du warst im Archiv?«

»Auch. Ein ehemaliger Klassenkamerad von mir ist da jetzt seit kurzem als Staatsanwalt tätig. Den hab ich besucht, und er hat mit mir eine kleine Hausführung veranstaltet. Natürlich hat er mir auch das Archiv gezeigt.«

»Und?« drängte Baum gespannt.

Elch behielt den süffisanten Tonfall bei.

»Hochinteressant. Beim Rausgehen fiel mir allerdings auf, daß ich irgendwo zwischen den Gängen meinen Schal verloren haben mußte. Ich bin dann rasch alleine zurück. Und gerade da, wo das Ding lag, sprangen mir ein paar Akter ins Auge. Ich hab sie kurz angesehen, in der Eile aber wohl falsch wieder eingeordnet.«

Baum lachte schallend. Elch sah ihn mit gespielter Beklommenheit an.

»So schnell findet die natürlich jetzt keiner mehr. Ob ich das melden muß?«

Baum winkte grinsend ab.

»Schwamm drüber. Bloß keine schlafenden Hunde wekken. Wo kein Kläger, da kein Richter.«

»Eben«, nickte Elch.

Sie gingen eine Weile schweigend auf und ab. Elch spürte, daß den anderen noch etwas umtrieb. Endlich blieb Baum stehen.

»Das ist alles schön und gut, Peter. Leider ist das Verschwinden der Akten bereits aufgefallen.«

Elch sog scharf die Luft ein.

»Unmöglich.«

»So? Heute nachmittag hatte ich Besuch von Frau Markowitz. Die wollte mit mir über den damaligen Fall sprechen und hat mich schlußendlich bezichtigt, mit dem Verschwinden der Akten zu tun zu haben.«

Elch war fassungslos.

»Die spinnt wohl.«

»Ganz offensichtlich, denn sie hat mich für morgen ins Präsidium bestellt. Sag mal, hast du deine Leute nicht im Griff?«

Elch ventilierte hektisch wie ein Fisch auf dem Trockenen.

»Also ehrlich, Bernd, ich hatte keine Ahnung ...«

»Reg dich nicht auf«, unterbrach Baum beschwichtigend. »Ich weiß doch, daß man sich auf dich verlassen kann.«

»Ich werde sie gleich morgen zur Rede stellen«, beeilte sich Elch zu erklären.

»Tu das. Dafür, daß die Schmeißfliege Dorn nicht weiter nervt, sorge ich schon selbst.«

III
Spur des Vergessens

Als Valerie Markowitz am Dienstagmorgen gewohnt früh das Büro betrat, schrak sie zusammen. Sie war nicht allein. Ihr Vorgesetzter, Peter Elch, saß bereits an seinem Schreibtisch und studierte die Tagespresse. Ihr schwante sofort Übles. Aber Elch blickte mit einem Lächeln auf.

»Morgen, Valerie«, er musterte sie von Zeh bis Fontanelle, »wie immer schön wie die Morgenröte.«

Valerie hatte schlecht geschlafen und fühlte sich ziemlich zerknautscht. Morgenröte, der hatte wohl 'ne Meise. Irgendwas lief hier. Sie war auf der Hut.

»Was ist denn mit dir los? Hab ich die Zeitumstellung verpaßt?«

Elch ließ seine Fingerknöchel knacken und sprang munter auf. Galant half er ihr aus der Jeansjacke. »Morgenstund hat Gold im Mund.«

Jetzt nahm sein Gesicht einen gespielt schmerzverzerrten Ausdruck an.

»Leider hatte sie für mich einen etwas bitteren Beigeschmack. Baum hat mich angerufen.«

Daher wehte also der Wind. Au Backe. Baum ließ wirklich nichts anbrennen. Sie setzte sich ergeben. Elch, die Hände in den Hosentaschen, blieb stehen und sah auf sie herab.

»Ich bin deshalb so früh hier, weil ich ungestört mit dir reden will.«

Seine Stimme nahm die besorgte Tonlage des enttäuschten Vaters an. Jetzt legte er auch noch eine Hand auf ihre Schulter.

»Valerie, Valerie, was hast du dir bloß dabei gedacht?«

Am liebsten hätte sie die übergriffige Geste mit ärgerlichem Schulterzucken abgewehrt, aber das Schuldbewußtsein nagte. Also ließ sie es und harrte stumm der Dinge, die da kommen sollten.

»Er behauptet, du hättest ihn in Zusammenhang gebracht mit Unregelmäßigkeiten, einer angeblichen Aktenvernichtung hier im Hause, und hättest ihn für heute einbestellt. Ich konnte es kaum glauben.«

Valerie fuhr auf ihrem Drehstuhl herum. Elchs Hand verschwand wieder in der Hosentasche. »Was heißt hier angeblich? Ich war im Archiv. Du weißt, worum es geht. Die Ordner sind da, säuberlich beschriftet, aber sie sind leer. So abwegig ist der Gedanke doch nicht, daß Baum einen alten Kumpel von früher gebeten hat, das für ihn unangenehme Material im Reißwolf verschwinden zu lassen.«

Elch preßte alle zehn Fingerkuppen gegen die Stirn und bedachte Valerie mit einem Blick, der deutlich seiner Überzeugung Ausdruck gab, daß ihr offensichtlich die eine oder andere Tasse im Schrank fehlte.

»Ein völlig normaler Vorgang, daß Akten von vor zehn Jahren abgeschlossenen Fällen irgendwann vernichtet werden. Sonst müßten wir bald anbauen. Und daß man nicht Ordner wegwirft, die wieder verwendet werden können, gebietet der gesunde Menschenverstand.«

»Im Gerichtsarchiv ist übrigens auch nichts mehr«, trumpfte Valerie auf und sah ihren Chef herausfordernd an. Der zuckte nur mit den Achseln.

»Und? Erinnerst du dich nicht mehr an die Fernsehbilder, wie die aufgebrachte Menge im Chaos der Wende massenweise Akten auf die Straße geworfen hat? Da ist einiges weggekommen.«

Valerie erinnerte sich. Was er anführte, war in sich schlüssig. Trotzdem. Sie öffnete den Mund, aber Elch kam ihr zuvor.

»Ich halte nichts von dunklen Verschwörungstheorien. Gehen wir die Sache doch mal professionell an. Welches Motiv sollte Baum haben, nach zehn Jahren jemanden zu bitten, Akten verschwinden zu lassen?«

»Weil Dorn möglicherweise recht hat. Vielleicht hat es damals – gelinde gesagt – Ermittlungspannen gegeben, und man hat den Falschen drangekriegt. Wär doch peinlich für Baum.«

»Warum?« konterte Elch sofort, »der ganze Vorgang wurde doch vom Staatsanwalt begleitet. Der hat Anklage erhoben, ein Richter hat den Mann verurteilt. Baum wäre der letzte in der Kette, den man verantwortlich machen würde. Überhaupt, Baum ist nicht mehr dabei, was geht das den noch an. Ist doch alles Mumpitz.«

Klang irgendwie logisch. Zweifel begannen zu nagen. Es gab doch für alles vernünftige Erklärungen. Trotzdem versuchte sie noch einmal zu punkten.

»Und der Überfall auf Dorn? Merkwürdiger Zufall, was?«

»Was für ein Überfall?«

»Dorn ist von zwei Typen zusammengeschlagen worden. Könnte doch ne Warnung sein, seine Nase nicht allzu tief in die Sache zu stecken.«

Elch runzelte erstaunt die Stirn.

»Ist das erste, was ich höre. Hat er Anzeige erstattet?«

»Nein. Nach dem, wie du ihn behandelt hast, hat er vom Kontakt mit der Polizei erst mal die Nase voll.«

Elch grinste schadenfroh.

»Spielt die beleidigte Leberwurst, was? Na, soll er, der Idiot. Aber woher weißt du davon? Warst du bei ihm?«

Valerie errötete, was Elch genau registrierte.

»Quatsch. Ich hab ihn zufällig in der Innenstadt getroffen. Er hat mich zu einem Kaffee eingeladen und mir davon erzählt«, log sie ärgerlich.

Elch ließ sich auflachend in seinen Ledersessel fallen. Wissender Blick über den Schreibtisch.

»Sag mal, Valerie, könnte es sein, daß hinter deinem auffallenden Interesse an der ganzen Sache etwas ganz anderes steckt? Jetzt kapier ich. Dorn hat's dir angetan.«

Er griff sich an die Stirn.

»Sag mal, müffelt sein Rauhbeincharme nicht ein bißchen zu sehr nach Schweiß und abgetragener Lederjacke? Wußte gar nicht, daß du auf alternde Prolls stehst.«

Valerie dachte über ihre Alternativen nach. Ihm eine semmeln? Das ölige Thunfischsandwich, das er sich als Frühstück mitgebracht hatte, auf seinem Angeberjackett zerdrücken? Ihn mit seiner albernen Krawattennadel piercen? Statt dessen fixierte sie ihn nur mit versteinertem Gesicht. Aber Elch legte noch eine Kohle drauf.

»Du benimmst dich wie ein Backfisch. Komm endlich zur Vernunft, bevor es zu spät ist. Liebe macht bekanntlich blind. Du solltest dir aber einen Rest Urteilsvermögen bewahren, um zu erkennen, was der Dorn wirklich will.«

Valerie bedachte ihr Gegenüber mit eisigem Blick.

»Peter, es reicht!«

»Ist ja schon gut. Die Sache mit Baum habe ich noch mal abbiegen können. Der wollte sich ganz oben beschweren.«

Er wartete. Sie schwieg eisern.

»Für einen anderen hätte ich das nicht getan. Ich schätze dich halt nicht nur als Kollegin, sondern auch als Mensch.«

Wieder Pause, tiefer Blick. Erwartete er jetzt ein Küßchen?

»Du setzt bei Dorn doch aufs falsche Pferd. Ein Versager, der ewige Loser.«

Ihr war klar, welches Pferd er für geeigneter hielt.

»Mädchen, du bist doch keine Anfängerin. Die Sache ist vom Tisch.«

Valerie hielt es kaum auf dem Sitz. Was bildete der Fatzke sich eigentlich ein?

Elch war für die Schwingungen, die Valerie intensiv aussandte, nicht empfänglich. Onkelig fuhr er fort: »Also Schwamm über die ganze Sache. Baum ist mir doch scheißegal, den kenn ich doch gar nicht. Aber um dich täte es mir leid. Noch mal kann ich nicht die Hand über dich halten.«

Was wollte er von ihr hören? Danke Papi, ich tu's bestimmt nicht wieder? Im Comic wäre über ihrem Kopf jetzt eine Blase entstanden, in der sich zwei Hände würgend um einen Hals legten.

Sie schwieg. Elch nahm es als devote Zustimmung und hielt es nun für angezeigt, Charme zu versprühen. Er sprang auf. Fröhlich:

»Vergessen wir die leidige Sache. Ich mach uns Kaffee.«

Elch werkelte durchaus kundig an der Kaffeemaschine. Prüfender Blick in den Wassertank. Bereits gefüllt. Gut so. Er brauchte nur noch Pulver in den Filter zu geben.

Valerie hätte ihm sagen können, daß sie gestern Entkalker eingefüllt, dann aber vergessen hatte, durchlaufen zu lassen. Doch sie schwieg.

Elch servierte mit Oberkellnergeste.

»Voilà, Madame.«

Sie schenkte ihm ein süßes Lächeln.

»Milch?«

»Danke, nicht nötig, Peter.«

Haifischgrinsen. Elch schien den intensiven Essiggeruch nicht wahrzunehmen. Valerie beobachtete, wie er die Tasse hob.

»Prösterchen.«

Sekunden später hing er würgend überm Waschbecken.

*

Oma Krüger nahm die Gardinen, die sie am Morgen gewaschen hatte, von der Leine im Hof. Sie sah auf die Uhr. 17 Uhr. Perfektes Timing. In einer Stunde begann ›Gute Zeiten – Schlechte Zeiten‹, ihre Lieblingsserie. Sie war mit sich zufrieden. Beherzt nahm sie den Wäschekorb vor den Bauch und schnaufte die Treppen zur Wohnung hoch. Das Aufhängen der Gardinen würde sie bis zum Beginn der Sendung schaffen.

Das Telefon klingelte, als sie gerade ganz oben auf der Leiter die letzten Röllchen in die Schiene fädelte. Sie entschloß sich, ihre Arbeit zu beenden und die störende Technik zu ignorieren.

Doch das Telefon gab keine Ruhe. Oma Krüger klappte die Stehleiter zusammen und verstaute sie ordentlich hinter der Tür. Das Klingeln hörte nicht auf. Sie runzelte die Stirn. Wenn das jetzt ihre Freundin Elsbeth war, konnte sie ihre Lieblingssendung für heute vergessen. Sie entschied, erst einmal die Namen aller deutschen Kaiser aufzusagen, wenn es dann noch immer klingelte, würde sie abheben.

Als sie beim unglücklichen Wilhelm II angelangt war, griff sie ärgerlich zu.

»Krüger.«

»Robert-Koch-Klinik. Wohnt bei Ihnen ein Herr Darius Dorn?«

Der Schreck fuhr der alten Frau in die Glieder.

»Ist ihm etwas passiert?«

»Herr Dorn hatte einen Unfall.«

»Ist es schlimm?«

»Das kann ich Ihnen nicht sagen. Jedenfalls muß er hier bleiben und braucht ein paar Sachen.«

Oma Krüger zögerte keinen Moment.

»Ich komme.«

Eilig ging sie in Darius' Zimmer und packte alles Notwendige zusammen. Kulturbeutel, Handtücher, Schlafanzug. Nichts vergessen? Also los.

Minuten später trat sie auf die Straße. Die Robert-Koch-Klinik war in Grünau. Sie eilte zur Straßenbahnhaltestelle. Den Mann, der in ihrem Rücken die Hofeinfahrt betrat, bemerkte sie nicht.

*

Darius hatte sich vom Chinesen ein Menü für zwei einpacken lassen. Überraschung für Oma Krüger. Wan-Tan-Suppe, Loempia, gebratene Nudeln mit Huhn und gebackene Honigbanane. Hoffentlich stand die alte Dame auf exotisch. Aber couragiert wie sie war, würde sie sich bestimmt auch auf ein kulinarisches Abenteuer einlassen.

Er stiefelte die Eilenburger Straße runter. Noch ein paar Ecken weiter, dann würde er am Ziel sein. Plötzlich setzte hinter ihm ein aufgebrachtes Hupkonzert ein. Er drehte sich um. Eine Nobelkarosse begleitete ihn im Schritttempo. Jetzt hielt der Wagen. Ein Mann – graue Livree, Dienstmütze, Sonnenbrille – stieg aus und ging auf ihn zu. Die wütenden Reaktionen, die die stauverursachende Limousine hervorrief, ignorierte er.

Darius überlegte. Irgendwoher kannte er den Typen.

»Herr Dorn, mein Chef will Sie sprechen. Bitte steigen Sie ein.«

Na klar, Baums knackiger Butler. Baum läßt bitten, und alle eilen. Kurz überlegte er, ob er die Nummer schlicht mit dem gereckten Mittelfinger beenden sollte. Wenn Baum was von ihm wollte, sollte der sich gefälligst zu ihm bemühen.

Aber dann siegte doch die Neugier. Höflich hielt ihm der Fahrer die Tür zum Fond auf.

»Schicke Uniform, die Sie da tragen«, mühte sich Darius um Konversation.

Der Muskelmann schwieg hochnäsig.

Autotüren wurden zugeschlagen, der Wagen wieder in

den Verkehr gefädelt. Darius machte es sich in den Polstern bequem. Sein Blick fiel auf die Essenstüte. Wäre ja irgendwie schade drum. Es raschelte, und schon füllte intensiver Essensdunst das Wageninnere. Wan-Tan-Suppe schwappte.

»Banänchen?«

Darius bot dem Chauffeur über die Schulter einen der knusprigen Brummer an. Verdammt heiß, er mußte einfach loslassen.

»Ist mir das jetzt peinlich, und das Zeug ist so klebrig.«

Der Fahrer sah stur geradeaus. Darius zuckte mit den Achseln und ließ sich in den Sitz zurückfallen. Dabei kippte die Tüte um und der Thermobehälter öffnete sich. Hühnchen mit Nudeln überall. Sauer-Scharf-Sauce versickerte in den Polstern. Darius betrachtete die Schweinerei zufrieden. Muskelmann würde nachher ganz schön was zu tun haben.

Sie hatten das Zentrum erreicht. In der Nähe der Alten Messe war die Fahrt zu Ende. Der Fahrer stieg aus, öffnete das Tor in einem provisorischen Bauzaun. Nachdem er den Wagen auf die Baustelle gefahren hatte, hielt er erneut und schloß das Tor sorgfältig ab. Darius hatte ein ungutes Gefühl.

Sie fuhren durch eine hohe Toreinfahrt auf einen großen Hinterhof. Überall Baumaterialien, Abraumcontainer, Maschinen. Genau in der Mitte war ein Kran aufgebaut. Der Fahrer hielt ihm die Tür auf.

»Kommen Sie.«

Darius stieg aus und sah sich um. Ringsum gähnten leere Fensteröffnungen. Ein riesiges Sanierungsprojekt. Es war totenstill. Die Bauleute hatten bereits Feierabend gemacht. Weit entfernt Stadtgeräusche.

»Was wird das hier, ein Geländespiel?«

»Sie werden erwartet.«

Darius überlegte, ob er sich nicht einfach umdrehen

und verduften sollte. Der Fahrer hatte sich bereits abgewandt und ging auf einen Lastenaufzug zu. Darius folgte wie zwanghaft. Er mußte einfach wissen, was Baum von ihm wollte.

Der Aufzug hielt in der obersten Etage. Sie traten auf eine große Dachterrasse. Herrlicher Blick über die Dächer. Nur das Geländer fehlte.

»Wo ist Baum?«

Der Hüne schüttelte milde lächelnd den Kopf. Mit einer flinken Geste zog er unter dem Fettfleck auf der linken Brustseite seiner Uniformjacke eine Pistole hervor. Sig-Sauer P6, registrierte Darius sachlich. Irgendwie hatte er so was geahnt.

»Baum kommt nicht. Der will mit einem kleinen Stinker wie dir nichts zu tun haben. Aber ich bin ja da.«

Herrische Geste mit der Waffe. Darius verstand und faltete die Hände im Nacken. Er sah in zwei kalte Augen.

»Geh ruhig ein paar Schritte vor, da ist die Sicht besser.«

Darius rührte sich nicht. Der andere nahm die Pistole in beide Hände und entsicherte. Kein Lächeln mehr. Darius schritt auf die Terrassenkante zu. Fünfzig Zentimeter vor dem Abgrund blieb er stehen.

»Was wollen Sie?«

Das Kichern in seinem Rücken hatte einen irren Unterton.

»Eigentlich soll ich dir nur eine kleine Lektion erteilen. So als Warnung, was passieren kann, wenn man seine Nase zu tief in anderer Leute Angelegenheiten steckt.«

Darius sah in die Tiefe. Mittels Bauchatmung versuchte er die aufkommende Panik niederzuringen.

»Ich hab's kapiert. Sie können Baum bestellen, daß ich morgen abreise.«

Wieder das irre Kichern.

»Abreisen, ja, das ist gut. Aber nicht morgen, viel, viel früher.«

Darius sah nach unten und kapierte. Er mühte sich um Festigkeit in der Stimme.

»Mit mir als Leiche hat Baum ein dickes Problem am Hals. Sie werden Ärger bekommen.«

»Wegen deines Selbstmordes wird sich Baum keinen Kopf machen, und daß mir ein kleines Mißgeschick passiert ist, dafür hat er sicher Verständnis. Du doch sicher auch, Mißgeschicke sind dir ja nicht fremd, wenn ich an die Schweinerei im Wagen denke.«

Der Typ war ja völlig durchgeknallt. Der wollte ihn tatsächlich killen, weil er dessen Anzug bekleckert hatte.

»Spring.« Die Stimme hatte alles Freundliche verloren. »Oder muß ich dir erst das Knie perforieren?«

Darius' Hirn ratterte die verbleibenden Möglichkeiten durch. Er hatte keine Wahl. Mit einem Aufschrei stürzte er sich in die Tiefe.

Er erwischte die Stahltrosse des Krans, die keine zwei Meter entfernt von ihm baumelte, mit beiden Händen knapp unterhalb der Terrassenkante. Sofort hakte er sich mit den Füßen fest, ehe er durchrutschen konnte. Das Seil schwang unter seinem Gewicht mächtig aus. Er sah nach oben. Muskelmann hing in Bauchlage weit über der Kante. Der Lauf der Pistole folgte der Pendelbewegung des Seiles.

So was schaffte nur ein wirklich guter Schütze, und der Typ war offensichtlich keiner. Er gab den Versuch auf, ohne einen Schuß abgegeben zu haben. Der Oberkörper verschwand. Kurz darauf setzte sich der Lastenaufzug geräuschvoll in Bewegung.

Darius zog sich die Ärmel der Lederjacke über die Hände. Jetzt kam es darauf an. Wie ein Feuerwehrmann an der Stange ließ er sich nach unten rutschen. Trotz Lederschutz taten seine Handflächen höllisch weh. Er achtete nicht darauf.

Als seine Füße den Boden berührten, rumpelte der Aufzug noch in Höhe des zweiten Stocks. Der entscheidende

Vorsprung. Er griff sich eine Schaufel und hastete zum Fahrstuhleinstieg im Parterre. Gerade schaffte er es noch, sich hinter eine Säule zu quetschen, da lief der Aufzug ein.

Das Scherengitter flog fast augenblicklich auf. Der Hüne brach heraus, wirbelte um die eigene Achse und sicherte mit beidhändig gefaßter Waffe in alle Richtungen. Stille. Konzentriertes Lauschen. Dann setzte er sich schleichend in Richtung Hof in Bewegung.

Darius faßte die Schaufel wie ein Tennisrackett. Zwei Schritte mußte der Gegner noch tun. Und los. Mit kraftvoller Drehbewegung wirbelte er aus dem Schutz des Pfeilers. Glänzende Vorhand. Steffi Graf hätte ihre helle Freude gehabt. Das Schaufelblatt traf flach in das überraschte Gesicht. Das häßlich knackende Aufschlaggeräusch war Musik in Darius' Ohren.

Schwer atmend sah er in das Gesicht des Mannes, der wie ein Sack zu Boden gegangen war. Rasch prüfte er Puls und Atmung des Bewußtlosen, dann bettete er ihn in stabile Seitenlage. Mehr konnte, mehr wollte er für den Verletzten nicht tun.

Sein Blick fiel auf die Waffe, die gegen die Wand geschlittert war. Rasch hob er sie auf. Dafür würde er bald Verwendung haben. Erst die beiden Typen in der Hofeinfahrt, dann dieser Vogel hier. Baum übertrieb es ein wenig. Aber jetzt war Schluß.

Warum mußte er plötzlich daran denken, was Dietz zugestoßen war? Quatsch, soweit reichte Baums Arm doch nicht. Oder doch? Schließlich wußte der durch Dorns Nachfrage in Leipzig, daß er wieder an der alten Sache dran war. Und plötzlich kam ihm eine noch viel irrere Idee. Unsinn. Er rief sich zur Ordnung. Mußten die angespannten Nerven sein. Aber der ungeheuerliche Verdacht hatte sich bereits tief in sein Hirn gebrannt.

*

Oma Krüger stand an der Haltestelle und studierte den Fahrplan. Die nächste Bahn kam erst in zwanzig Minuten. Sie nahm auf einem der Plastiksitze im Wartehäuschen Platz. Irgend etwas nagte in ihr. Sie hatte das sichere Gefühl, etwas vergessen zu haben. Aber je mehr sie grübelte, um so weniger wollte sich ein Ergebnis einstellen. Waren das die Vorboten von Alzheimer? Offensichtlich nicht. Ihr Hirn gab plötzlich die Blockade auf. Die Suppenknochen, die sie vor über drei Stunden aufgesetzt hatte. Sie sprang auf. Genug Zeit, um noch einmal umzukehren.

*

Der Mann arbeitete ohne Hast. Mit dem veralteten Türschloß hatte er keine Schwierigkeiten. Er brauchte keine Minute, dann schloß er die Wohnungstür hinter sich. Sofort stieg ihm nahrhafter Geruch in die Nase. Im sicheren Bewußtsein, daß die Wohnung verlassen war, folgte er der Duftspur in die Küche. Auf dem Herd brodelte es heftig in einem Topf. Der Mann schüttelte den Kopf. Seine behandschuhte Hand drehte den Wärmeregler auf Null.

Er verließ die Küche und streifte durch die Wohnung. Das Gästezimmer hatte er schnell gefunden. Ohne dessen Tür wieder zu schließen, ließ er sich darin in einen Sessel fallen. Kurzer Blick auf die Uhr. Es konnte nicht mehr lange dauern. Dorn mußte eigentlich in der nächsten Viertelstunde eintreffen.

Der Blick des Mannes fiel auf eine Zigarettenschachtel auf dem Beistelltischchen. Er rang mit sich. Die Sucht siegte. Er zündete sich eine an und inhalierte tief. Minuten genußvollen Rauchens. Er drückte die Kippe aus und ließ sie in der Brusttasche seines Hemdes verschwinden. Fast gleichzeitig brannte er eine neue an. Erneuter Blick auf die Uhr. Wo blieb Dorn?

Im Schloß der Wohnungstür rasselte ein Schlüssel. Endlich. Der Mann sprang geschmeidig auf und wieselte geräuschlos hinter die offene Zimmertür. Die Handschuhfaust verschwand in der Hosentasche. Mit leisem Klicken sprang die doppelt geschliffene Klinge eines Stiletts aus dem Griff.

*

Oma Krüger schimpfte mit sich. Nicht abgeschlossen. Wie unvorsichtig. Wurde sie doch langsam alt? Unsinn. Sie schob es auf die Eile beim Aufbruch. Bereits im Flur schnupperte sie. Verbrutzelt roch es noch nicht. Rasch lief sie zur Küche. Mit einem Blick nahm sie wahr, daß alle Drehknöpfe am Herd auf Null standen. Merkwürdig. Sie nahm den Deckel vom Topf. Dampf entwich. Wie war das möglich? Die Suppe war noch kochend heiß. Sie hatte keine Erklärung dafür. Ungute Gefühle. Achselzuckend wandte sie sich zum Gehen.

Im Flur roch sie den Zigarettenrauch. Stocksteif blieb sie stehen. Gedanken- und Herzrasen, Prickeln unter der Haut. Dann gab sie sich einen Ruck und machte ein paar Schritte aufs Gästezimmer zu.

»Sind Sie das, Herr Dorn?«

Aber das war ja gar nicht möglich.

»Ist da jemand?«

*

Darius grub in den Taschen seiner Lederjacke nach dem Wohnungsschlüssel. Als er ihn ins Schloß stecken wollte, fiel sein Blick auf den ausgefransten Ärmel seiner Lederjacke. Plötzlich kam Verständnis für die Reaktion von Baums Gorilla auf, der ihn wegen einer zugesifften Jacke hatte umbringen wollen. Er schwelgte nachträglich in Gewaltphantasien. Das gute Stück. Lange Jahre täglicher Begleiter. Eines der ganz wenigen Dinge, an denen er wirklich hing. Jetzt konnte er sie in die Tonne hauen. Eine Ära ging zu Ende.

Im Flur blieb er abrupt stehen. Was war denn hier los? Alles, was an der Garderobe gehangen hatte, lag auf dem Boden verstreut. Die Schublade des Telefontischchens war herausgezogen und umgestülpt worden.

»Frau Krüger?«

Ungute Stille. Er stieß die Küchentür auf. Das schon erwartete Bild. Durchwühlte Schränke, verstreutes Inventar. Selbst die Gefäße für Mehl, Salz, Zucker waren ausgeleert worden. Der Einbrecher hatte ganze Arbeit geleistet. Nur der Form halber warf er einen Blick ins Schlafzimmer. Auch hier das Chaos nach planmäßiger Durchsuchung.

Die Tür seines Zimmers stand offen. Auf der Schwelle lag ein Frauenschuh. Unwillkürlich griff er zur Sig-Sauer. Bilder längst vergangener Polizistentage blitzten in seinem Hirn auf wie Tatortfotos. Noch bevor er den Raum betreten hatte, wußte er, was ihn erwartete.

Oma Krüger lag rechts neben der Tür auf der Seite. Unter ihrem Kopf ein großer, rostroter Fleck. Er sah sofort, daß er nicht erst nach ihrem Puls zu fühlen brauchte. Die alte Frau war regelrecht geschächtet worden.

Entsetztes Starren. Irgendwas kroch sauer die Speiseröhre hoch. Es würgte ihn. Er mußte sich abwenden. Ruhe bewahren. Es war klar, was jetzt zu tun war. Er ging zum Telefon. Plötzlich wurde er sich der Waffe, die er immer noch in der Hand hielt, bewußt. Möglicherweise würde man ihn durchsuchen. Dann hätte er einiges zu erklären. In der Wohnung verstecken? Die würde mit Sicherheit erst mal versiegelt werden. So schnell käme er an das Teil dann nicht wieder ran.

Schon stand er im Hausflur und sah sich um. Vor dem dämmrigen Treppenhausfenster vegetierte eine mickrige Aralie. Er wischte sorgfältig seine Fingerabdrücke von der

Pistole und verstaute sie unter der Pflanze im viel zu großen Übertopf. Es war ja nicht für lange.

Nachdem er die Polizei informiert hatte, blieb er am Telefontisch sitzen. Das Entsetzen kehrte zurück. Er zündete sich eine Zigarette an. Zum ersten Mal fand er Zeit, über das Geschehene nachzudenken. Alles deutete auf einen Wohnungseinbruch hin. Oma Krüger hatte das Pech gehabt, zu früh nach Hause zurückzukehren.

Er stand auf und besah sich das Türschloß. Keine Einbruchsspuren. Und trotzdem, das hier war nicht das Werk eines Profis, soviel war klar. Die gingen so nicht vor. Die Bestialität der Tatausführung ließ eher an einen durchgeknallten Junkie denken, der in Panik geraten war.

Zorn und Trauer stiegen in ihm hoch. Daß die nette, alte Dame so hatte sterben müssen. Er massierte seine Stirn mit beiden Händen. Irgendwie schien er den Menschen, die mit ihm zu tun hatten, Unglück zu bringen. Dietz, Oma Krüger, beide tot. Und auch er selbst schien das Unheil anzuziehen. Der Überfall durch die beiden Schläger, der Mordversuch von eben. Bereits bei der Abfahrt nach Leipzig wäre er fast unter den Zug geraten. Vielleicht war ja auch das kein Zufall gewesen.

Seine Gedanken begannen sich immer schneller im Kreis zu drehen. Im Fokus des Strudels nahm ein Gesicht immer klarere Konturen an. Baum. Hinter allem steckte Baum. Und die Mordserie von vor über zehn Jahren. Baum hatte wahrscheinlich ganz persönliche Gründe, die Aufklärung damals zu boykottieren.

Darius zündete sich eine neue Zigarette an und zwang sein Denken in gewohnt analytische Bahnen. Bloß nicht durchdrehen, rein spekulativem Wunschdenken erliegen. Warum sollte Baum eine harmlose Rentnerin umbringen lassen? Nein, das war Unsinn. Wenigstens mit der Sache hier hatte er nichts zu tun.

Getrappel auf der Treppe riß ihn aus der Grübelei. Er

ging zur Wohnungstür und öffnete. Elch, Valerie Markowitz, ein Mann in Zivil, den er nicht kannte, und ein paar Uniformierte, die sich im Hintergrund hielten.

»Sie schon wieder. Mein Gott, Dorn, nichts als Ärger mit Ihnen«, raunzte Elch sofort grußlos. »Wo liegt die Tote?«

Darius sah an Elch vorbei. Valeries freundlich besorgter Blick tat gut. So ging er nicht auf Elchs gereizten Ton ein, drehte sich wortlos um und ging voran.

Elch kniete sofort neben der Leiche nieder.

»Kehle durchgeschnitten«, konstatierte er sachlich.

»Potzblitz, Sie sind schon ein kriminalistisches As. So schnell macht Ihnen keiner was vor«, zischte Darius.

»Halten Sie den Mund, zu Ihnen komme ich später.«

Er wandte sich an seinen Kollegen.

»Schau dich mal in der Wohnung um. Sieht aus, als ob die Frau einen Einbrecher überrascht hat.«

Dann wieder zu Darius:

»Wo waren Sie eigentlich heute abend?«

»Ein Alibi? Hab ich. Fragen Sie doch mal bei Baum nach.«

Elch runzelte die Stirn. Ungläubiges Staunen.

»Bitte?«

Valeries Blick wechselte gespannt zwischen beiden hin und her. Plötzlich lärmte es auf dem Flur. Die Männer der Spurensicherung waren da. Emsige Betriebsamkeit.

Elch schien abgelenkt, kam nicht mehr auf seine Frage zurück.

»Sie müssen sich eine andere Bleibe suchen. Teilen Sie mir sofort die neue Adresse mit. Wir haben noch zu reden.«

Valerie folgte Darius zur Wohnungstür.

»Wie haben Sie das mit Baum gemeint?«

»Später. Ich ruf Sie an.«

*

Die Küche im Vereinshaus des Tennisclubs war vorzüglich. Aber Kommissar Elch stocherte appetitlos auf seinem Teller herum. Bernd Baum, sein Gegenüber, ließ sich dadurch nicht stören und aß mit Genuß.

Elch sah auf die Uhr. Viel Zeit blieb nicht mehr. Um 14 Uhr wurde er im Büro zurückerwartet. Den ganzen Vormittag hatte er sich mit dem Mordfall Krüger befaßt. Dorns Andeutung war ihm nicht aus dem Kopf gegangen. Er machte sich Sorgen.

»Dorns Zimmerwirtin ist gestern ermordet worden«, eröffnete er endlich die Partie.

Baum sah ohne Erstaunen auf.

»Die Rentnerin in Reudnitz? Ich hab die Meldung in der Zeitung gelesen. Bei der hat er gewohnt?«

Elch nickte und schob endgültig den Teller weg.

»Sieht so aus, als hätte sie einen Einbrecher überrascht.«

»Und, habt Ihr schon was Greifbares?«

»Noch nicht. Dorn hat übrigens die Leiche gefunden. Irgendwie merkwürdig.«

Baum hatte den Mund voll und lachte durch die Nase. Heftige Schluckbewegungen.

»Du glaubst doch nicht im Ernst, daß *der* die Alte umgebracht hat?«

»Nein, ist aber schon ein komischer Zufall. Wo Dorn auftaucht, passieren die merkwürdigsten Dinge. Mir kam plötzlich der Gedanke, daß der Mord vielleicht etwas mit seiner privaten Schnüffelei zu tun haben könnte.«

Elch wand sich wie ein Aal, aber es mußte heraus.

»Dorn hat eine merkwürdige Andeutung gemacht. Er sagte wörtlich: Fragen Sie doch mal bei Baum nach.«

Baum hatte das Kauen eingestellt und wartete interessiert. Elch gab sich einen Ruck.

»Bernd, falls du etwas über die Sache weißt, wäre es besser, du sagst es mir.«

In Baums Gesicht arbeitete es. Jetzt schob auch er den Teller beiseite. Zwischen beiden stand nun nichts mehr. Mit der Serviette wischte er sich sorgfältig den Mund ab und griff zum Mineralwasser. Nachdenklich fixierte er den anderen über den Glasrand.

»Du glaubst im Ernst, der Mord sei so eine Art Warnung an Dorn, sich aus meinen Angelegenheiten rauszuhalten?«

»Mir kam so der Gedanke.«

Baum fletschte die Zähne. »Und jetzt treibt dich die Sorge um, daß du durch unsere Bekanntschaft mit in den Strudel der Ermittlungen gerissen wirst?«

Elch hob entschuldigend beide Hände. Baum lachte plötzlich laut los.

»Du spinnst, Peter. Die Ermittlungen kannst du mit aller Seelenruhe in jede nur erdenkliche Richtung führen. Mit der Sache hab ich nicht das geringste zu tun. Ich bin doch kein Mörder.«

»Hab ich ja nie behauptet«, beeilte sich Elch sichtlich erleichtert zu erklären, »aber manchmal läuft ja was aus dem Ruder.«

Baum zeigte ihm respektlos den Vogel.

»Quatsch, bleib auf dem Teppich, mein Junge. Die Phantasie geht mit dir durch.«

Sein Gesicht nahm einen freundlich ernsten Ausdruck an. Kurz legte er eine Handfläche auf Elchs verkrampft auf dem Tisch ruhende Faust.

»Wir wollen offen wie zwei Freunde miteinander reden. Dorn hat ein Alibi. Ich kann's bestätigen. *Das* hat er mit seiner Andeutung gemeint.«

Elch hob interessiert die Augenbrauen und wartete.

»Es stimmt, ich hab Dorn tatsächlich durch einen meiner Mitarbeiter ein Angebot machen lassen. Er hat es ausgeschlagen, meinem Mann dafür Nase und Zähne eingeschlagen.«

Baum kicherte.

»Vielleicht hat der meinen Vorschlag zu nachdrücklich unterbreitet, Dorn unterschätzt, ihm offen gedroht. Ich weiß es nicht. Gebracht hat die Aktion jedenfalls nichts.«

Elch fiel ein Stein vom Herzen. Der Mordfall Krüger war erst mal vergessen. Jetzt mußte er bei Baum wieder Punkte machen.

»Du hast das Problem Dorn also weiterhin am Hals«, stellte er teilnahmsvoll fest.

Baum winkte wegwerfend ab.

»Der ist nicht das Problem. Was hast du denn bei der vorwitzigen Markowitz erreicht?«

»Dorn scheint sie mit Erfolg angebaggert zu haben. Keine Ahnung, was da genau läuft. Ich hab nachdrücklich mit ihr gesprochen. Ich hoffe, sie hat's kapiert.«

Baum grinste schmierig, als wolle er einen Herrenwitz erzählen.

»Die Kleine ist doch ein strammer Feger. Vielleicht solltest du Dorn ein wenig Konkurrenz machen. Oder traust du dir das nicht zu?«

Elch kapierte nicht gleich. Baum half ihm auf die Sprünge.

»Ich habe ein Boot auf dem Kulkwitzer See. Mach mit ihr doch am Wochenende mal nen kleinen Segeltörn. Sowas stärkt die Corporate Identity.«

Elch fand die Idee gar nicht schlecht. Auf Valerie hatte er schon lange ein Auge geworfen, aber bisher waren sie sich nie so richtig näher gekommen. Segeltörn. Prima Idee.

»Immer das Angenehme mit dem Nützlichen verbinden«, erklärte Baum weiter, »mach sie dir verpflichtet. Da werden doch immer mal wieder attraktive Fortbildungslehrgänge, sogar im Ausland, angeboten. Stell ihr so was in Aussicht. Ich kümmere mich schon darum, daß das klar geht.«

Elch glaubte ihm aufs Wort. Baum konnte mit seinen

Verbindungen einiges möglich machen. Der wußte, wie's gemacht wird. Valerie wäre erst mal ein paar Wochen mit anderem beschäftigt, und hinterher würde sie die Hand nicht beißen, von der noch weitere Gefälligkeiten zu erwarten waren. So lief das doch. Und es funktionierte. Immer.

Genau wie bei ihm, stellte er plötzlich etwas beschämt fest. Und wie aufs Stichwort bekam auch er jetzt wieder ein Zückerchen.

Baum war aufgestanden.

»Entschuldige, ich muß los. Schön, daß wir uns mal ausgesprochen haben. Ruf mich wegen des Boots an.«

Nach ein paar Schritten drehte er sich noch einmal um.

»Ach übrigens, ehe ich es vergesse, hab da was läuten hören. In der oberen Etage steht ein Personalwechsel bevor. Kannst schon mal mit den Hufen scharren.«

Sprach er und eilte von dannen. Zurück ließ er einen scharf nachdenkenden Hauptkommissar in freudiger Erregung.

*

Darius sah sich um. Es war alles da. Kühlschrank, Spülstein, daneben eine mit Kohle zu befeuernde Kochmaschine mit umlaufender Reling, die eigentlich ins Museum gehörte. Ein voluminöses Sofa, mit Kissen übersät. Er wußte gleich, daß er prima darauf schlafen würde. Verschossene Blümchentapete und anheimelnde Kaufhausbilder, die ihn an das Wohnzimmer seiner verstorbenen Eltern erinnerten.

Ein Regulator tickte. Trotzdem schien die Zeit hier stehengeblieben zu sein. Über der Tür ein Dichterspruch, verschnörkelt auf Holz gemalt: »In meines Hauses stillem Raum herrscht der Traum.« Darius mußte grinsen. Hauptmann hätte sich wohl nicht träumen lassen, daß er damit einmal das Lebensgefühl einer ganzen Generation von Datschen-Besitzern in der DDR auf den Punkt bringen würde.

Lemberg hatte, nachdem er von Darius' momentaner Wohnungslosigkeit erfahren hatte, ihm seine Laube geradezu aufgedrängt. Darius war ihm dankbar. Ohne große Ziererei hatte er das Angebot angenommen. Angesichts seines recht schmalen Budgets war es das beste, was ihm passieren konnte.

Er begann seine wenigen Habseligkeiten auszupacken. Dann inspizierte er den Kühlschrank. Abmagern würde er nicht. Lemberg – oder war es seine Frau gewesen – hatte an alles gedacht. Sogar Bier gab es. Als er in einem Plastikgefäß auch noch eine riesige Portion fertig zubereiteten Gulasch fand, den er nur noch aufzuwärmen brauchte, überkam ihn regelrecht die Rührung. Er mußte sich unbedingt revanchieren. Später. Im Moment hatte er anderes im Sinn.

Aus der Brusttasche fummelte er ein Handy – auch von Lemberg. »Zur Sicherheit«, hatte der gemeint. Er wählte die Auskunft an und ließ sich die Privatnummer von Valerie Markowitz geben. Die schien neben dem Apparat gesessen zu haben. Sie nahm sofort ab.

»Dorn hier. Haben Sie heute abend schon was vor?«

»Ich habe bereits auf Ihren Anruf gewartet.«

»Prima. Ich lade Sie zum Essen ein.«

»Was schlagen Sie vor?«

»Gulasch, Pellmänner, Salat.«

»Ich meine eher, welches Restaurant Sie vorschlagen.«

»Lembergs Laube. Ich koche selbst.«

»Spannend. Sagen wir gegen acht.«

Darius erklärte ihr kurz den Weg, schon war das Gespräch beendet. Die junge Kommissarin wurde ihm immer sympathischer. Kein langes Wenn und Aber. Die wußte, was sie wollte.

Er sah auf die Uhr. Noch ein knappes Stündchen. Er

mußte sich ranhalten. Sofort begann er damit, den Herd anzuheizen, dann holte er frühe Kartoffeln und Salat aus dem Garten. Als alles fertig war, pflückte er noch einen Strauß Löwenmäulchen, drapierte ihn in einem wassergefüllten Einmachglas und stellte ihn auf den Tisch, den er unter dem Laubdach des ausladenden Kirschbaums gedeckt hatte. Er war stolz auf sich.

Eine Fahrradklingel schrillte.

»Jemand zu Hause?«

Darius eilte um die Laube nach vorn zum Zaun. Er war überwältigt. Aus ihrem zum Pferdeschwanz zurückgenommenen Haar hatten sich ein paar Strähnen gelöst, die vom Gegenlicht der tiefstehenden Abendsonne überstrahlt wurden. Die helle, sommersprossenübersäte Haut kontrastierte aufs vorteilhafteste.

Eine Göttin, schoß es ihm durch den Kopf. »Mit tollen Titten«, mischte sich der kleine Mann im Ohr anzüglich ein. Darius brachte ihn sofort zum Schweigen. So was gehörte jetzt wirklich nicht hierhin. Aber schlagartig wurde ihm klar, daß es da neben der Unterstützung bei der Jagd nach dem Täufer noch etwas ganz anderes gab, was er von der Frau wollte. Ein längst totgeglaubter, pubertärer Glücksschauder lief ihm über den Rücken.

Sie aßen und tranken in ausgelassener Stimmung. Darius bediente, Valerie lobte überschwenglich. Er fühlte sich jung und leicht, wie lange nicht mehr. Plötzlich merkte er, daß er den Löwenanteil des Gesprächs allein bestritt. Fast seine ganze Lebensgeschichte hatte er ausgebreitet. Valerie hatte nur kurze Nachfragen gestellt, sich ansonsten aber aufs Zuhören beschränkt. Selbst von Roman hatte er ihr erzählt.

»Sülz ich dich voll?«

Sie lächelte ihn kopfschüttelnd an.

»Aber ganz im Gegenteil, das hätte ich dir schon gesagt.«

Freudig wurde ihm bewußt, daß sie instinktiv zum du übergegangen waren.

Es war inzwischen ziemlich dunkel geworden.

»Ich geh uns mal ein Windlicht holen.«

Als er zurückkehrte, zerriß ein erster Donner die idyllische Atmosphäre. Das Sommergewitter kam so plötzlich, als hätte jemand einen Schalter umgelegt. Blitze zuckten, vereinzelt vorankündigende Regentropfen.

»Gehen wir ins Haus.«

Der Ortswechsel leitete den Themenwechsel ein. Darius kam endlich zur Sache.

»Hast du die Identität des Jungen, von dem die Pastorin erzählt hat, klären können?«

Valerie nickte abwesend.

»Davon später. Ich mußte bei meinem Chef bezüglich deines Alibis ganz schön bohren. Du sollst dich zur Tatzeit mit Baum auf einer Baustelle getroffen haben. Was war los?«

Darius gab einen kurzen Bericht der Ereignisse. Valerie bekam große Augen.

»Ich verstehe dich nicht, ein Mordversuch, du mußt Anzeige erstatten.«

Darius grinste jungenhaft.

»War ja nur ein Versuch. Ich hab mich auch direkt persönlich bei Baums Handlanger revanchiert. Also, Schwamm drüber.«

Valerie fixierte ihn ernst, drängte aber nicht weiter. Sie kniff die Augenbrauen zusammen.

»Baum muß ja ganz schön was zu verbergen haben, wenn er sich so weit aus dem Fenster lehnt. Würde mich nicht wundern, wenn sich noch irgendwelche Verbindungen zum Mord an deiner Zimmerwirtin ergeben.«

»Das macht keinen Sinn. Daß er mir die beiden Schläger neulich auf den Hals geschickt hat, okay. Und auch sonst fügt sich langsam eins zum anderen. Aber mit dem Mord an der alten Dame hat er bestimmt nichts zu tun.«

Darius berichtete von den Vorfällen in Düsseldorf.

»Mir ist das damals gar nicht aufgefallen. Dietz war ein extremer Kokser. Hohe Drehzahl, verstehst du, Kokain puscht. So jemand pennt nicht am Steuer ein.«

»Du meinst, der Unfall war inszeniert?«

Darius zuckte die Achseln.

»Baum wußte bereits, daß ich wieder an der alten Sache dran bin. Vielleicht hat er da was in Auftrag gegeben. Daß nicht ich hinter dem Steuer des Taxis gesessen habe, war purer Zufall, niemand wußte davon.«

Valerie schüttelte ungläubig den Kopf.

»Wenn an dem Wagen manipuliert worden wäre, hätte man das längst rausgefunden.«

»Okay, okay. Vielleicht hat man Dietz ganz einfach von der Straße abgedrängt. Keine Ahnung, wie es gelaufen ist. Ist jetzt auch müßig, darüber nachzudenken. Aber mir fällt es immer schwerer, an Zufälle zu glauben.«

»Nehmen wir mal an, du hast recht, und Baums Arm reicht wirklich bis nach Düsseldorf. Aus welchem Grund sollte er den ganzen Zirkus veranstalten? Bloß weil man ihm einen peinlichen und sicherlich folgenschweren Ermittlungsfehler nachweisen könnte? Das reicht doch nicht als Motiv.«

Darius ließ ein paar Sekunden verstreichen, ehe er die Bombe platzen ließ.

»Und wenn Baum viel unmittelbarer mit der damaligen Mordserie zu tun hätte? Wäre auch interessant zu wissen, ob er vielleicht gerade, als der Junge im Hofgarten umgebracht wurde, zufällig geschäftlich in Düsseldorf war.«

Valerie brauchte einen Moment, um das zu verdauen.

»Du meinst, Baum ist ... du spinnst.«

Darius winkte ab.

»Lassen wir das. Spekulationen bringen uns eh nicht weiter. Offizielle Ermittlungen gegen Baum werden zu nichts führen, ganz zu schweigen von der Tatsache, daß ja auch niemand bereit ist, sie aufzunehmen.«

Valerie konnte das nur bestätigen. Sie dachte intensiv an das Gespräch mit ihrem Vorgesetzten. Ohne konkrete Hinweise würde sie dienstlich nicht noch einmal wegen Baum ein Risiko eingehen.

»Wir müssen den Kindermörder fassen«, sagte Darius ernst, »dann klärt sich alles andere auch auf. Unsere Chance ist es, bei Benno anzusetzen. Das einzige Opfer, das überlebt hat. Wie ist der Nachname, wo wohnt er?«

In Valeries Kopf rasten die Gedanken. Sie mochte Darius, mochte ihn sogar sehr. Das war kein Windbeutel. Ein Typ, den man ernstnehmen, dem man vertrauen konnte, da war sie sich sicher. Und dennoch. Hatte die berufliche Kränkung, die man ihm damals zugefügt hatte, dazu geführt, daß er einer Zwangsvorstellung aufsaß? Sie hatte Elchs plausible Erklärungen für alles Vorgefallene im Ohr. Hatte er recht, ließ sie sich durch ihre immer stärker werdende persönliche Zuneigung zu Darius auf gefährliche Abwege bringen? Okay. Sie würde das eine vom anderen trennen, schließlich war sie Profi. Aber genau deshalb konnte sie nach allem auch nicht einfach zur Tagesordnung übergehen.

»Ich werde Kontakt mit Benno aufnehmen, noch morgen. Dann sehen wir weiter.«

Darius verstand. Bitter:

»Ich bin also draußen. Du vertraust mir nicht.«

Valerie schüttelte traurig den Kopf. Spontan ergriff sie seine Hand.

»Natürlich vertraue ich dir, aber ich muß das auf meine Weise erledigen. Es geht nicht anders. Glaub mir, ist besser so, für uns beide.«

Die Berührung der kühlen, trockenen Hand traf ihn wie ein Stromschlag. Er hätte das Gefühl gerne noch Stunden ausgekostet. Aber schon war der Moment vorüber. Valerie stand auf.

»Ich muß jetzt gehen.«

»Ich bring dich.«

Sie radelten schweigend durch die nächtliche Stadt. Darius mußte Valerie, die tief in Gedanken versunken schien, immer wieder von der Seite anschauen. Zärtliche Schwingungen. Er ertappte sich dabei, daß er plötzlich an Zukünftiges dachte, und er konnte sich diese Zukunft nur noch mit Valerie vorstellen. Gedanken an Roman tauchten auf. Vielleicht wurde ja doch noch alles gut.

Das Sommergewitter hatte die Stadt erfrischt. Die Nachtluft war wie Seide. Er hätte ewig so weiter fahren können. Dann waren sie am Ziel. Die Turmuhr der nahe gelegenen Kirche schlug Mitternacht.

Sie standen, die Räder am Lenker haltend, etwas unsicher wie zwei Teenager vor der Tür des alten Mietshauses.

»Kaffee wär jetzt nicht schlecht«, traute sich Darius endlich zu sagen, unschuldig im Ton, aber nicht ohne Hintersinn.

Valerie bedachte ihn mit einem spöttischen Lächeln.

»Bißchen früh für Kaffee, würde dich viel zu sehr aufregen.«

Plötzlich beugte sie sich vor und hauchte ihm einen Kuß auf die Wange.

»Ich melde mich.«

Unter der Haustür blieb sie noch einmal stehen.

»Darius!«

»Ja?«

»Sei vorsichtig.«

Schon fiel die Haustür ins Schloß. Er starrte noch eine ganze Weile auf die Stelle, die sie gerade verlassen hatte. Lange war er nicht mehr so glücklich gewesen.

*

Darius war es etwas peinlich gewesen, Lemberg schon wieder um einen Gefallen zu bitten, aber der hatte sofort zugestimmt und ihm seinen Wagen überlassen. Donnerstagmorgen. Darius wartete bereits seit Stunden, den Wagen Valeries, der unweit des Präsidiums parkte, im Blick.

»Gleich morgen früh«, hatte sie gesagt. Jetzt ging es bereits auf elf. Trotzdem war ihm keine Ungeduld anzumerken. Warten war etwas, das er bereits als junger Polizist gelernt und als Taxifahrer später zur Meditation kultiviert hatte. Wie ein Buddha saß er regungslos hinter dem Steuer. Allerdings quoll der Aschenbecher inzwischen über.

Darius' Gedanken bewegten sich auf fast vergessenen Pfaden. Mitte Vierzig und verknallt wie ein Teenager. Er mußte über sich selber lächeln. Aber er ließ es zu. Lustvoll schwelgte er in verkitschten Bildern voll süßer Verheißung. Hand in Hand mit ihr am Strand, während Roman in den Wellen jauchzte. Gemeinsam im offenen Sportwagen durch toskanische Landschaften. Sein Arm um ihre Schulter, ihr Kopf an der seinen. Und immer wieder drängten sich nicht jugendfreie Bilder dazwischen, die eigentlich im Vormittagsprogramm nichts zu suchen hatten. Er hätte noch lange so träumen können, da tauchte das Objekt seines Sehnens auf.

Jeans, knappe Lederjacke, schicke Stiefeletten. Das heute zu zwei Zöpfen geflochtene Haar verlieh ihr etwas Amazonenhaftes. Umwerfend. Geschmeidig wie eine Gazelle durchquerte sie auf langen Beinen den fließenden Verkehr. Auf der anderen Straßenseite sprang sie in ihren Wagen und nutzte sofort eine Lücke im Verkehrsfluß. Darius mußte sich ranhalten.

Mit Tempo die Harkortstraße runter, am Ratsholz vorbei, dann westlich in Richtung Windorf. Da wohnte doch Baum. Sie wollte doch nicht ...? Nein. Weiter ging es in Richtung Hartmannsdorf. Vorbei am Naturbad Süd-West am Elster Mühlgraben. Hier war die Sache mit Benno passiert.

Valerie verlangsamte plötzlich die Fahrt und bog nach

rechts in die Siedlung an der Albersdorfer Straße ein. Vor einem der schlichten Siedlungshäuser hielt sie an. Darius parkte in einiger Entfernung und näherte sich zu Fuß. Valerie hatte bereits die Türklingel betätigt, da trat er von hinten an sie heran.

»Hey, Valerie, das ist ja ein Zufall, wir haben offensichtlich dasselbe Ziel.«

Valerie war baff. Ehe sie noch protestieren konnte, öffnete eine verhärmt wirkende Frau in Kittelschürze die Haustür. Darius hatte mit flinkem Blick den Namen auf dem Klingelschild entziffert. Forsch übernahm er das Reden.

»Tag, Frau Masulke, das hier ist die Kommissarin Markovitz, mein Name ist Dorn. Es dreht sich um das, was Ihrem Sohn Benno vor zehn Jahren drüben am See zugestoßen ist. Da sind einige neue Erkenntnisse aufgetaucht. Dürfen wir hereinkommen?«

Die Frau blickte etwas unsicher. Valerie, die sich offensichtlich entschlossen hatte, gute Miene zum bösen Spiel zu machen, zückte sofort ihren Dienstausweis.

»Kripo Leipzig, wir haben nur ein paar Fragen, es wird nicht lange dauern. Lebt Ihr Sohn noch bei Ihnen?«

Die Frau bedachte die beiden mit traurigem Blick, dann wandte sie sich um.

»Kommen Sie.«

Ein düsterer Flur. Aus der Küche roch es nach Kohl. Sie folgten der Frau in ein bieder-gemütlich eingerichtetes Wohnzimmer. Darius sog Vergangenheit ein. Es hätte das Haus seiner Eltern sein können.

Trotzdem, irgendwas stimmte hier nicht. Schwermut schwappte ihnen entgegen. Am Fenster in einem Fernsehsessel ein grauhaariger Mann. Die gefalteten Hände reglos auf einer karierten Decke, die Augen blicklos in den Garten gerichtet. Er schien ihr Eintreten nicht wahrzunehmen.

»Nehmen Sie doch Platz«, forderte die Frau höflich auf und rückte Sessel zurecht. Sie bemerkte Darius' Blick.

»Das ist Felix, mein Mann. Für das, was mit ihm los ist, haben die Ärzte einen komplizierten Namen. Ich hab ihn vergessen. Man kann es auch schlicht ›gebrochenes Herz‹ nennen. Trifft es genau so gut.«

»Warum?« hauchte Valerie befangen.

Die Frau seufzte.

»Er hat den Jungen gefunden, auf dem Dachboden. Walkman auf den Ohren, verbundene Augen, eine Schlinge um den Hals.«

Jetzt weinte die Frau stumm. Zwei glitzernde Tränen rollten zum Kinn. Sie wischte sie sofort weg, als sie den Blick ihres Mannes, kindliches Erschrecken im Gesicht, plötzlich auf sich gerichtet fühlte. Sofort stand sie auf und ging zu ihm. Beruhigend zärtliches Streicheln.

»Ist alles gut, Felix, alles in Ordnung.«

Der Mann entspannte sich sofort wieder. Sein Blick erlosch. Er war schon wieder nach innen, in andere, schönere Welten abgetaucht.

Darius hatte das Bild mit dem Trauerflor auf der Anrichte erspäht. Ein lachender, blonder Junge in Pionier-Uniform. Es zog ihm das Herz zusammen.

»Was ist passiert?«

Die Frau hatte sich wieder gefaßt.

»Todesnähe, verstehen Sie? Benno hat dem Teufel ins Gesicht geschaut. Er konnte es nicht aushalten und wir ihm nicht helfen. Da hat er Schluß gemacht.«

Harter Blick, verkniffener Mund.

»Das Ungeheuer hat ihn eigentlich bereits damals umgebracht, wir haben es nur nicht bemerkt.«

»Haben Sie denn keinerlei Unterstützung erfahren? Polizei, psychologische Beratungsstellen«, warf Valerie kopfschüttelnd ein.

Über das Gesicht der Frau ging ein mitleidiges Lächeln.

»Sie sind aus dem Westen, ich merk's an der Sprache. Sie wissen nicht, wie das damals war. Wir hatten einen Ausreiseantrag gestellt.«

Plötzlich schien sie sich an den Grund des Besuchs zu erinnern.

»Wieso sind Sie hier? Hat man den Täter endlich gestellt, hat er noch andere Kinder auf dem Gewissen?«

»Wir haben Grund zu der Annahme, daß es sich um einen Serientäter handelt, der lange Zeit Ruhe gegeben hat. In letzter Zeit hat es allerdings wieder Vorfälle gegeben, die auf den damaligen Täter hindeuten. Erinnern Sie sich. Können Sie uns irgendwie helfen?«

Valerie beugte sich gespannt vor, aber die Frau zuckte resigniert die Achseln.

»Ich wüßte nicht, wie. Nach Bennos Tod hab ich mich außer um meinen Mann um nichts mehr gekümmert. Selbst der Kontakt zur Gemeinde ist eingeschlafen.«

»Also hat die Pfarrerin auch nicht helfen können«, sagte Darius, wie zu sich selbst.

»Frau Kienbaum? Die hat sich rührend um Benno bemüht, aber irgendwann wollte er nicht mehr hin, wollte nirgends mehr hin. Angst, verstehen Sie? Nach dem Vorfall hatte Benno mehr Angst vor dem Leben als vor dem Tod.«

Erneut stumme Tränen. Dann zornig:

»Die Pfarrerin ist schon in Ordnung, aber zur Kirche bin ich nie wieder gegangen. Mit einem Gott, der sowas zuläßt, will ich nichts zu tun haben.«

Sie schlug die Hände vors Gesicht. Valerie und Darius wechselten hilflose Blicke.

»Wir müssen jetzt gehen, Frau Masulke. Schade, daß Sie uns nicht helfen konnten, aber wir halten Sie über die Ermittlungen auf dem laufenden.«

Sie standen auf. Frau Masulke begleitete sie schweigend durch den Flur zur Haustür. Sie hatte die Klinke schon in der Hand, da drehte sie sich plötzlich um.

»Warten Sie, ich will Ihnen noch etwas zeigen.«

Sie wandte sich zur Treppe. Im ersten Stock betraten sie ein helles, freundlich eingerichtetes Zimmer. Poster an den Wänden, Sporttrophäen im Regal, ein Aquarium. Klar, wer hier gelebt hatte.

»Wir haben nichts verändert«, flüsterte die Mutter. Als hätte es einer Erklärung bedurft.

Sie ging zum Schreibtisch, zog die Mittelschublade heraus und entnahm ihr eine Mappe.

»Das sind die Bilder, die Benno bei der Pfarrerin gemalt hat. Gemalte Alpträume, aber ich mußte sie einfach aufheben.«

Die Frau trat ans Fenster und sah hinaus.

»Sehen Sie es sich ruhig an.«

Darius nahm am Schreibtisch Platz und schlug die Mappe auf. Valerie blickte ihm über die Schulter. Die Frau hatte recht. Tiefe Blicke ins Abgründige, in eine zerstörte Kinderseele. Sechs Zeichnungen, unterschiedliche Motive, aber nur ein Thema: Terror durch übermächtige Gewalt.

Darius breitete die Bögen auf dem Tisch aus und verglich.

»Das dürfte unser Mann sein.«

Er tippte auf eine auf allen Bildern immer wiederkehrende Gestalt in Schwarz.

»Dürfen wir das mitnehmen? Könnte vielleicht hilfreich für uns sein. Sie bekommen die Bilder auf jeden Fall zurück.«

Die Frau nickte. Darius stand auf. Schweigend gingen sie nach unten. Auf dem Eingangstreppchen wandte sich Darius noch einmal um.

»Wir werden den Mann finden, der Ihrem Sohn das angetan hat. Das verspreche ich Ihnen.«

Die Frau nickte mit schwachem Lächeln. Aber ihr Blick sagte deutlich, daß das nach allem für sie keine große Rolle mehr spielte.

Valerie wartete, bis sie das Gartentörchen hinter sich geschlossen hatten. Dann brach die Schimpfkanonade los.

»Also, das ist ja wirklich das letzte, mich in eine solch peinliche Situation zu bringen. Spinnst du?«

Darius schwieg, wissend, daß Verteidigungsreden jetzt nichts brachten.

»Gibt sich kackfrech als Polizeibeamter aus, das muß man sich mal vorstellen. Amtsanmaßung. Wenn das rauskommt, steht dir 'ne Menge Ärger ins Haus.«

Sie war stehengeblieben. Wütend stampfte sie mit dem Fuß auf.

»Hast du dir eigentlich mal überlegt, daß du mit deinen Hoppla-jetzt-komm-ich-Touren auch mich in Schwierigkeiten bringst? Was ist, wenn die Masulke im Präsidium nachfragt?«

»Es war wichtig, daß ich dabei war. Ich habe etwas entdeckt, das dir mangels DDR-Erfahrung entgangen wäre«, erklärte er ruhig.

»An mickrigem Selbstbewußtsein leidest du wirklich nicht.«

Sie tippte sich an die Stirn, aber ihr Interesse war geweckt. Lediglich ihr Ärger hielt sie davon ab, gleich neugierig nachzufragen.

»Komm, setzen wir uns in deinen Wagen. Ich will dir etwas zeigen.«

Ohne ihr Einverständnis zu signalisieren, setzte sich Valerie wortlos in Bewegung. Darius betrachtete ihr Profil. Mein Gott, war sie hübsch, selbst wenn sie zornig war.

Im Wagen klappte er die Mappe auf und blätterte sie langsam durch.

»Achte auf die immer wiederkehrende schwarze Gestalt. Fällt dir etwas auf?«

Valerie tat es nicht gern, aber sie mußte trotz intensivem Starren verneinen.

»Der rote Strich am rechten Arm. Sieh hin, auf allen Bildern das gleiche.« Zorn wich professionellem Interesse.

»Was bedeutet das?«

»Könnte sich um die Armbinde der ›Freiwilligen Helfer‹ handeln.«

»Klär mich auf.«

»Das waren Hilfspolizisten, nach dem Modell der sowjetischen Miliz strukturiert. Geführt von einem Abschnittsbevollmächtigten der Vopo. Die wurden im schutzpolizeilichen Streifendienst eingesetzt, oft aber auch in Fahndungsmaßnahmen einbezogen.«

»Die waren also in Zivil und nur an ihrer roten Armbinde kenntlich.«

»Genau, mit dem Polizeiemblem drauf. Zusätzlich hatten sie noch einen Ausweis, der ihnen eingeschränkte polizeiliche Vollmacht verlieh. Die durften zum Beispiel Hausbücher und Kraftfahrzeuge kontrollieren.«

Valerie runzelte die Stirn.

»Moment mal, das paßt doch nicht. Ein Zwölfjähriger hätte darüber doch Bescheid gewußt. Warum hat er das bei der Polizei nicht angegeben?«

»Bei dem Verein, in dessen Reihen er seinen Vergewaltiger vermuten mußte?« Darius schüttelte den Kopf. »Unmöglich, mir wird das alles immer klarer. Dem Jungen ist sein ganzes Weltbild zusammengebrochen. Traumatisierender Überfall durch einen ›Freund und Helfer‹. Wem sollte er noch vertrauen? Er konnte sich nicht mehr sicher fühlen.«

Sie schwiegen. Valerie sah starr geradeaus. Endlich murmelte sie nachdenklich gegen die Windschutzscheibe:

»Das würde erklären, warum man den Serientäter von damals nicht gefaßt hat. Wahrscheinlich hatte er die Möglichkeit, sich über den Gang der Ermittlungen genauestens zu informieren. Vielleicht war er sogar selbst mit einbezogen.«

Sie wandte sich Darius zu.

»Deine Theorie bezüglich Baum scheidet damit aber wohl aus.«

Darius fiel es schwer, sich von liebgewordenen Vorstellungen zu verabschieden.

»Warten wir's ab. Baum hat seinen Job von der Pieke auf gelernt, war immer stolz drauf. Bevor er beim K Karriere gemacht hat, war er auch mal Abschnittsbevollmächtigter. Komisch, nicht?«

Valerie machte eine wegwerfende Handbewegung.

»Keine Feindbilder kultivieren. Laß uns lieber darüber nachdenken, wie wir weiter vorgehen. Zum ersten Mal haben wir etwas halbwegs Greifbares.«

Das selbstverständliche »wir« tat Darius wohl. Es drängte ihn, ihre Hand zu greifen, aber er ließ es sein.

»Im Archiv der Landespolizeidirektion müßten sich Unterlagen über die freiwilligen Helfer von damals finden lassen. Kannst du da ran?«

»Nicht ohne Elchs Plazet.«

»Vergiß es. Vielleicht kann Lemberg ja was deichseln.«

Valerie schüttelte energisch den Kopf.

»Kommt nicht in Frage, keine Extratouren mehr. Mit Elch, oder gar nicht.«

Entschlossen steckte sie den Schlüssel ins Zündschloß.

»In zwanzig Minuten im Büro. Dann erzählst du Elch, was du mir gerade gesagt hast. Müßte doch mit dem Teufel zugehen, wenn der jetzt nicht Feuer fängt.«

Darius hatte da so seine Zweifel.

*

»Wie sind Sie denn an die Adresse der Masulkes gekommen?«

Die drei saßen in alter Sitzordnung an den Schreibtischen. Darius hatte Bennos Bilder ausgebreitet. Elch hatte sie nicht angerührt, nur schweigend zugehört.

»Von der Pfarrerin«, erklärte Darius ungeduldig.

»Sie haben sich hoffentlich nicht als Polizeibeamter ausgegeben. Wenn mir da irgendwas zu Ohren kommt, rappelt's im Karton.«

Rascher Blickwechsel zwischen Valerie und Darius. Elch registrierte ihn genau.

»Hab ich nicht«, wehrte Darius ungeduldig ab, »aber vielleicht können wir endlich mal zur Sache kommen, statt uns mit albernen Marginalien aufzuhalten.«

Elch straffte sich.

»Nicht diesen Ton, Dorn, und was hier Sache ist, bestimme ich.«

»Laßt uns doch die Ruhe bewahren«, schaltete sich Valerie begütigend ein. »Die auf allen Bildern wiederkehrende rote Armbinde deutet auf einen dieser Hilfspolizisten hin. Das engt den Täterkreis erheblich ein.«

»Quatsch«, brauste Elch auf. »Man hat den Täterkreis bereits vor über zehn Jahren auf eine Person eingeengt, und die hat gestanden und ist verurteilt worden. Basta.«

»Und der Mord in Düsseldorf, die in Duisburg im Rhein gefundene Leiche?« versuchte es Valerie noch einmal.

Elch klopfte ärgerlich mit den Knöcheln auf den Tisch.

»Valerie, ich dachte, das Thema wäre zwischen uns hinreichend besprochen. Laß dich doch nicht von den Hirngespinsten eines Exkollegen, von dem man sich aus gutem Grund getrennt hat, kopfscheu machen. Es gibt nichts zu ermitteln.«

Darius steckte den Affront kommentarlos weg. Er hatte bereits geahnt, daß es so laufen würde. Aber Valerie war über die Taktlosigkeit ihres Vorgesetzten empört. Heißer Solidaritätsflash. Das hatte Darius nicht verdient. Aber zumindest die Fronten waren jetzt ein für allemal klar.

»Hören Sie, Dorn, vielen Dank für Ihren polizeihistorischen Vortrag. An mehr besteht kein Bedarf. Und jetzt packen Sie Ihre albernen Bilder ein, wir sind hier nicht auf einem Kindergeburtstag.«

Darius verzog keine Miene, aber Valerie traf es, als habe man sie geohrfeigt.

»Belästigen Sie uns nicht mehr. Gehen Sie zurück nach Düsseldorf und tun Sie das, was Sie wirklich können, fahren Sie Taxi. Die Polizei sind wir.«

Darius stand auf, raffte die Bilder zusammen und verließ, ohne einen der Anwesenden noch eines Blickes zu würdigen, das Büro. Valerie riß es in der Seele, Elch feixte breit. Dem hatte er es aber gegeben.

»Hoffentlich hat der Hampelmann jetzt endlich begriffen, wo der Hammer hängt.«

Valerie saß wie versteinert. Elch entging es nicht, und sofort bemühte er sich um atmosphärische Verbesserung.

»Okay, Valerie, war ein bißchen heftig. Aber die Nervensäge hält sich ja auch dran. Einer mußte ihm schließlich mal die Grenze aufzeigen.«

Valerie schwieg verbissen.

»Ich hab schon mitgekriegt, daß der Typ dir sympathisch ist. Smarter Bursche. Hat ganz offensichtlich einen Schlag bei Frauen.«

Im Gegensatz zu dir, dachte Valerie, schwieg aber weiter eisern.

»Aber du mußt doch zugeben, daß wir uns mit dem hanebüchenen Quatsch, mit dem er jetzt wieder ankam, nicht aufhalten können.«

Valerie sah das ganz anders. Sie wollte gerade aufbegehren, da kam ihr Elch mit einem erstaunlichen Vorschlag in Molltonlage zuvor:

»Valerie, meine Liebe, dir ist doch nicht verborgen geblieben, wie sehr ich dich gerade auch persönlich schätze. Laß uns doch nicht zulassen, daß Dorn einen Keil zwischen uns treibt.«

Sie war platt. Nur die Überraschung über die plötzliche

Gesprächswende hielt sie davon ab, dem Sülzbaron sofort zu zeigen, wo es langging.

»In letzter Zeit ist es zwischen uns ja zu einigen Irritationen gekommen.«

Ganz offensichtlich, wenn Irritation irgend etwas mit »irren« zu tun hatte. Sie unterdrückte spontanes Nicken. Was wollte der Typ eigentlich von ihr?

»Wir müssen uns mal richtig aussprechen. Hast du am Wochenende Zeit?«

Valerie kam aus dem Staunen nicht mehr raus.

»Ich lade dich zu einem kleinen Segeltörn ein. Picknick auf dem Boot und so. Da redet es sich doch gleich viel leichter. Außerdem habe ich dir einen Vorschlag zu machen, der dich freuen wird.«

Valerie rätselte. Reden? Vorschlag? Sollte doch wohl nicht auf einen Antrag hinauslaufen? Nein, unmöglich. Mußte sich um was anderes handeln. Schließlich hatte er davon gesprochen, daß es sie freuen würde. Neugier. Warum eigentlich nicht? Vielleicht ließ sich so auch nebenbei erfahren, warum er in der Sache Dorn so auffällig mauerte.

»Samstag um drei, Bootshaus am Kulkwitzer See, gebongt?«

Valerie nickte matt.

*

»Tut mir leid, Darius, aber ich fürchte, da kann ich dir auch nicht weiter helfen. Ohne offiziellen Auftrag komm auch ich an diese Unterlagen nicht ran.«

Die Stimme kam irgendwo von jenseits des übermannshohen Stangenbohnenspaliers.

»Ohne Elch läuft also nichts«, seufzte Darius ins Grüne, weiter fleißig Bohnen in seinen Eimer rupfend.

»So würd ich das nun nicht sagen«, tröstete Lemberg, der am Ende der Reihe angekommen war und nun zu

Darius trat. »Vielleicht gibt's da noch eine andere Möglichkeit.«

Ohne dessen Nachfrage abzuwarten, wandte er sich mit seinem Eimer in Richtung Laube. Vor der saß Frau Lemberg auf einer Bank und schnippelte die geernteten Bohnen in eine große Plastikwanne. Die Sonne stand bereits tief, aber ringsum in den Gärten herrschte noch emsige Betriebsamkeit. Freitagabend, man bereitete sich auf ein Gartenwochenende vor. Grills wurden angeheizt, Bratwurstduft hing in der Luft.

»Laß gut sein, Mutter, morgen ist auch noch ein Tag. Ich krieg langsam Hunger.«

Er verschwand in der Laube und kehrte mit einem Geschirrtablett zurück. Unter dem ausladenden Kirschbaum begann er den Abendbrottisch zu decken.

»Jemand zu Hause?«

Das Gartentörchen quietschte, um die Ecke bog Valerie.

»Je später der Abend, um so schöner die Gäste«, freute sich Lemberg. Darius entdeckte zum ersten Mal die tiefe Wahrheit, die in dem abgedroschenen Spruch steckte. Die Fruchtbarkeitsgöttin betrat die idyllische Gartenszene.

»Oh, ihr wollt gerade zu Abend essen, ich hoffe, ich störe nicht.«

Eiliges Verneinen, dreistimmig.

Schon saß man gemeinsam am Tisch und tafelte fürstlich. Frau Lemberg hatte alle Register gezogen. Nur beim Stichwort Rhabarberwein verneinten alle, eine Spur zu heftig. Lemberg brummelte irgendwas von »Kostverächter« und ging statt dessen Bier holen.

»Ich mußte dich einfach sehen, um dir zu sagen, wie leid es mir tut, wie Elch dich behandelt hat.«

Valerie griff nach Darius' Hand. Der schmolz dahin. Frau Lemberg, Pilcher-Lektüre-geschult, begriff sofort, legte den Kopf schief und beobachtete die Szene freundlich von der Stirnseite des Tisches.

»Ich hatte wirklich keine Ahnung, daß der so ein sturer Esel ist. Ist ja schon auffällig, wie der jede neue Erkenntnis vom Tisch wischt.«

»Würde mich nicht wundern, wenn auch dahinter Baum steckt«, krächzte Darius, der sie eigentlich viel lieber weiter nur still angeschaut hätte, und schluckte den Kloß im Hals herunter.

Valerie zog sofort die Hand weg. Energisches Kopfschütteln.

»Hör mir auf mit Baum, das entwickelt sich bei dir ja zur fixen Idee. Elch hat mehrmals fallenlassen, daß er keinerlei Kontakt zu dem Mann hat.«

»Wer's glaubt.«

»Unsinn, der will sich schlicht Ärger vom Hals halten. Elch will noch richtig was werden bei dem Verein, und mit Dreck aufwühlen macht man keine Karriere.«

Darius dachte sich seinen Teil und widersprach nicht. Intensives Überlegen, wie er sie dazu veranlassen könnte, ihre Hand wieder so angenehm zu plazieren.

Lemberg kam mit dem Bier und schenkte ein. Gläser rasselten aneinander.

»Und wenn doch mehr dahinter steckt, dann finde ich das raus, gleich morgen«, sagte Valerie nachdenklich in die Gemütlichkeit.

Darius' Bierglas stoppte abrupt zwischen Mund und Tischdecke. Fragender Blick. Valerie grinste spitzbübisch.

»Er hat mich zum Segeln eingeladen. Kulkwitzer See, morgen um drei.«

Mit leichtem Rums setzte Darius sein Glas ab. Das Bier im Mund schmeckte plötzlich sauer. Er schluckte.

»Macht ihr das öfter?«

Valerie registrierte amüsiert die Ärgerfalte über Darius' Nasenwurzel. Sie schüttelte den Kopf.

»Absolute Premiere. Er will verhindern, daß du einen Keil in unser angeblich so gutes Verhältnis treibst. Private

Aussprache und so, außerdem will er mir einen Vorschlag machen.«

»Nachtigall, ick hör dir trapsen. ›Vorschlag machen‹ nennt man das also heute, wie unromantisch. Der Typ will dich schlicht anbaggern«, reagierte Darius heftig.

»Was man ja durchaus verstehen kann«, mischte sich Lemberg etwas anzüglich ein.

»Vatter!« brachte Frau Lemberg ihren Gatten sofort empört mit einem Wort zum Schweigen. Der beschäftigte sich sofort wieder mit Einschenken.

»Ist doch egal, was er vorhat, privat kann er bei mir eh nicht landen«, Valerie goß Öl auf die Wogen. Ihre Hand lag wieder an alter Stelle. In Darius' Gesicht ging die Sonne auf.

»Ist doch ne prima Gelegenheit, zu versuchen, ihn wegen der Recherche in Sachen ›Freiwillige Helfer‹ umzustimmen. Vielleicht läßt sich ja doch noch was machen«, erklärte sie fröhlich.

Darius erinnerte sich plötzlich an das, was er Lemberg beim Bohnenpflücken noch hatte fragen wollen.

»Wie hast du das denn vorhin gemeint? Siehst du noch eine andere Möglichkeit, an Informationen zu kommen, als über das Archiv?«

Lemberg nickte gewichtig, wischte Schaum vom Mund und rückte umständlich an seiner Hornbrille.

»Nun ja, man sollte Archive nicht überschätzen. Da findet man natürlich nur das, was man für würdig hielt, archiviert zu werden.«

Binsenweisheit. Darius trommelte mit den Fingern.

»Und ich befürchte fast, daß du das, was du suchst, nämlich Hinweise auf einen einschlägig auffällig gewordenen Milizionär, gerade nicht finden wirst.«

Lemberg gestattete sich erst einmal einen tiefen Zug aus dem Humpen. Wischen, Brille fummeln. Endlich:

»Historiker nennen so was ›mündliche Überlieferung‹. Vielleicht solltest du lieber jemanden fragen, der damals selbst dabei war. Könnte ergiebiger sein. Wenn da mal jemand wegen seiner sexuellen Orientierung aus der Rolle gefallen ist, hätte sich das unter den Kameraden bestimmt herumgespochen.«

Die Idee war gut, aber wie sollte er an die alten Kameraden herankommen?

»Denkst du da an jemand bestimmten?«

Lemberg nickte bedächtig. Darius wurde ungeduldig. Wenn der Alte jetzt wieder erst zum Bierglas griff, würde er ihn zwicken. Es kam nicht dazu.

»Klaus Fricke. Der betreibt einen Trödelladen hier ganz in der Nähe. Das Geschirr, von dem wir gerade essen, hab ich bei ihm gekauft. Da sind wir so ein bißchen ins Reden gekommen.«

Darius horchte auf. Klaus Fricke, der Name war ihm bekannt. Einer von Elisas Jugendfreunden hatte so geheißen. Nach ihrer Hochzeit hatte er sie noch einige Male besucht, dann war der Kontakt eingeschlafen. Sollte es sich um den gleichen Mann handeln?

»Ist das so ein Großer, Gutaussehender, mit ziemlich viel Muskeln?«

»Genau, der war in seiner Jugend eine ziemliche Sportskanone, *die* Leipziger Schwimmerhoffnung. Jede Menge Ehrungen und Auszeichnungen, heftig von der Partei protegiert.«

Er war es. Darius erinnerte sich genau, wie Klaus damals stets das hohe Lied auf die Errungenschaften des Arbeiter- und Bauernstaates gesungen hatte. Ein Hundertfünfzigprozentiger. Ihn wunderte es nicht, daß der sich auch als freiwilliger Helfer der Volkspolizei hervorgetan hatte.

»Und wieso macht der jetzt in Trödel? Was ist aus seiner sportlichen Karriere geworden.«

Lemberg winkte ab.

»Ist ziemlich abrupt abgeknickt. Bis zur Wende hat er als

Trainer und Verbandsfunktionär ganz oben mitgemischt. Dann ist er in den Strudel, den die aufkommenden Doping-Vorwürfe gegen DDR-Sportler und ihre Betreuer auslösten, geraten. Sportlich hat der kein Bein mehr an den Boden gekriegt.«

Lemberg lachte kopfschüttelnd.

»Das ist vielleicht 'ne Marke. Völlig verbittert. In seinem Laden betreibt er einen regelrechten Kult mit Sozialismus-Devotionalien. Einer von diesen DDR-Nostalgikern. Der hat bestimmt noch Kontakt zu seinen Kumpeln von damals.«

Darius überlegte. So, wie der drauf zu sein schien, würde er wohl nur schwerlich mit Negativbotschaften über den Verein, dessen Fahne er immer noch hoch hielt, rauskommen. Dann hatte er eine Idee. Elisa, die mußte ihm das Terrain bereiten. Darius erinnerte sich genau, daß Klaus Elisa damals ziemlich angehimmelt hatte. So konnte es gehen. Außerdem standen die Zeichen bei seiner Ex-Frau günstig. Nach ihren Plänen mit Roman war sie bei ihm in einer gewissen Bringschuld. Er würde sie anrufen.

*

Sie erkannte Elch bereits von Ferne, obwohl er heute äußerst untypisch gekleidet war. Leichter blauer Lacoste-Pullover, dito Bootsschuhe, schneeweiße Shorts, auf dem Kopf eine fesche Skippermütze. So stellte sie sich die verschnüfften Eton-Boys vor, wenn's zum Wassersport ging. Bei der Wahl des Beinkleids hätte er aber vielleicht doch lieber die lange Variante wählen sollen. Der Anblick der bleichen Stachelstelzen ließ bei Valerie sofort den Wunsch nach einer Schneebrille aufkommen. Ihren Östrogenpegel hob so etwas jedenfalls nicht.

Elch schien sich auszukennen. Er hatte das Boot, eine Sechs-Meter-Jolle mit kleiner Kajüte, bereits klargemacht.

Kundig werkelte er mit Haken, Rollen, Tampen. Valerie betrat den Bootssteg der Segelsportanlage, da sah er auf und erkannte sie. Fröhliches Winken. Gelenkig sprang er auf den Steg und kam ihr mit weit ausgebreiteten Armen entgegen. Küßchen links, Küßchen rechts. Valerie wurde sofort steif wie ein Brett, muckte aber nicht. Das fing ja gut an.

»Hallöchen, Valerie, du siehst umwerfend aus.«

Sie hatte bewußt verwaschene Jeans, Schlabber-T-Shirt und ausgelatschte Joggingtreter gewählt, um schon kleidungsmäßig zu signalisieren, daß es ihr nicht um Amouröses ging. Elch schienen die Verpackungsmängel allerdings nicht zu irritieren. Beherzt legte er den Arm um ihre Schulter.

»Schön, daß wir uns mal außerdienstlich treffen, da kommt man sich doch gleich viel näher.«

Ganz offensichtlich. Aus seiner Achselhöhle wehte sie Old Spice an. Sie beschleunigte sofort die Gangart, so daß sein Arm von ihrer Schulter rutschte.

»Wußte gar nicht, daß du hier ein Boot liegen hast.«

Nebeneinander standen sie an der Kante und sahen auf die Jolle. Mit Grabscherei war erst mal Schluß.

»Hab ich auch nicht. Ist vom Verein geliehen. Aber ich bin im Besitz aller Segelscheine. Du kannst dich mir also ruhig anvertrauen«, erklärte er stolz.

Na denn. Sie ignorierte seine helfend gereichte Hand und sprang beherzt ins Boot. In der unter dem Anprall auf- und abschwankenden Kiste wurde ihr sofort klar, daß Segeln nicht ihr Ding war. Bilder von kübelnd über der Reling hängenden Schiffspassagieren kamen ihm in den Sinn. Zum Glück lag der See glatt wie ein Spiegel. Nur ein laues Lüftchen wehte. Die Sonne stand einsam im wolkenlosen Babyblau. So schlimm würde es wohl nicht werden.

Geschickt bugsierte Elch das Boot vom Steg, dann setzte er Segel. Trotz kaum wahrnehmbarer Brise schnürten sie, immer mehr Fahrt aufnehmend, ins gleißende Weit des Sees hinaus. Nur leichte Schräglage, kaum Schwanken. Valerie entspannte sich. Irgendwie hatte das doch was.

Er saß lässig an der Pinne, sie seitlich, ein dicker Plastik-Fender quasi als Schutzwall zwischen sich und Captain Lästig. Sie small-talkten bereits eine halbe Stunde. Valerie kannte inzwischen alle Stationen, die ihr Chef vom glänzenden Abitur bis Leipzig durchlaufen hatte. Ein toller Hecht. Da nahm er das Boot ein wenig aus dem Wind. Nur noch langsame Fahrt. Er band das Ruder fest.

»Mensch, ist das heiß.«

Schon hatte er den Fender beiseite geschubst und saß neben ihr im Schatten des Segels.

»Du läßt mich ja die Unterhaltung fast allein bestreiten. Nun mußt du aber auch mal was von dir erzählen.«

Valerie hatte dazu keine Lust. Gegen diesen Überflieger konnte sie sowieso nicht anstinken. Sie wollte endlich zur Sache kommen. Sein Arm hatte sich bereits wieder nach links vorgearbeitet. Noch liebkoste er nur die Bootskante, doch sie spürte es schon an ihrer Schulter tentakeln. Unwillig duckte sie weg.

»Du, laß mal.«

Die Hand verschwand augenblicklich, genau wie sein freundlicher Gesichtsausdruck. Kein guter Gesprächsanfang.

»Ich hab ne Bitte an dich, Peter.«

Kalkuliert mischte sie ihrer Stimme ein wenig Klein-Mädchen-Tonlage bei. Sein Gesicht glättete sich.

»Nur raus damit.«

»Es betrifft Dorn.«

Elch nickte ohne Erstaunen.

»Ich hab mir schon so was gedacht. Du scheinst über die neuerlichen Kapriolen, die er wieder geschlagen hat, ja bereits informiert gewesen zu sein. Sag mal, seht ihr euch eigentlich öfter?«

Valerie konnte nicht verhindern, daß sich ihre Wangen röteten.

»Unsinn, wir sind uns zufällig begegnet, da hat er mir von den Bildern erzählt.«

Elch schnaufte verächtlich.

»In dieser Riesenstadt scheint ihr ja ständig übereinander zu stolpern. Komm schon, Valerie, mach mir doch nichts vor.«

Sie trat die Flucht nach vorn an.

»Das, was er auf den Bildern entdeckt hat, ist doch nicht von der Hand zu weisen. Warum forschen wir nicht ein bißchen nach, ob einer dieser Hilfssheriffs von damals wegen Sittlichkeitsgeschichten auffällig geworden ist. Kann doch nicht schaden. Für dich ist es doch ein leichtes, über den Staatsanwalt Zugang zu besagten Archiven zu bekommen.«

Elch massierte sich mit flacher Hand die Stirn. Er ging überhaupt nicht auf das Gesagte ein.

»Ich hab mit Frau Masulke telefoniert. Die hat mir euren Auftritt genauestens geschildert. Du kannst dir meine Überraschung vorstellen.« Betretenes Schweigen.

»Ich habe ihr erklärt, daß es keine neuen Ermittlungen im Fall ihres Sohnes gibt, daß es sie nicht geben muß, da der Mann, der wahrscheinlich auch für diese Tat verantwortlich ist, bereits vor zehn Jahren verurteilt worden ist.«

Elch fixierte Valerie mit beschwörendem Blick.

»Als ich ihr mitteilte, daß der Täter in der Haft verstorben ist, wirkte sie erleichtert. ›Nun haben wir endlich Frieden‹, hat sie gesagt. Den solltet ihr den Leuten nicht nehmen.«

»Aber darum geht's doch gar nicht«, wehrte sich Valerie.

Elch schnitt mit herrischer Handbewegung jegliches Verteidigungsreden ab.

»Wenn ihr davor schon keinen Respekt habt, dann darf

ich dich daran erinnern, wohin es führt, wenn Kripo-Mitarbeiter ohne Auftrag und gegen den ausdrücklichen Willen ihrer Vorgesetzten ihre Stellung mißbrauchen, um private Recherchen durchzuführen.«

Brauchte er nicht, Valerie wußte Bescheid.

»Es geht mir um dich.« Er massierte ihren Unterarm. Sie hatte im Moment nicht den Schneid, sich dagegen zu wehren. »Ich bin bereit, über die Sache hinweg zu sehen, und auch Dorn werde ich keinen Strick daraus drehen. Aber einmal muß Schluß sein. Wir haben mit dem Mordfall Krüger wahrlich genug am Hals.«

Er rutschte zurück ans Ruder.

»Genug davon. Schau mal, da drüben am Ufer, an den überhängenden Weiden, da ankern wir.«

Warum das denn? Es gab doch gar nichts mehr zu besprechen. Ihn nach dem Grund für sein auffälliges Verhindern jeglicher Ermittlungen in der Sache zu befragen, danach, ob er vielleicht doch etwas mit Baum am Hut hatte, traute sie sich jetzt sowieso nicht mehr. Elch hatte im Moment einfach die besseren Karten. Und die wollte er jetzt ausspielen. Valerie schwante Übles.

»Ich hab uns ein bißchen was zusammengepackt. Hol doch mal die Kühltasche hoch.«

Ergeben krabbelte sie zum Kajütenabgang. Unten war es schummrig. Links und rechts gepolsterte Bänke, dazwischen ein abnehmbarer Klapptisch, mit dem man die Sitzbänke zu einer raumbreiten Schlafgelegenheit umbauen konnte. Sie schwor, daß sie die heute nicht brauchen würden.

Sie klappte die Kühltasche auf. Elch hatte an alles gedacht. Wer hätte es anders erwartet. Nur einen Korkenzieher für die Weißweinflasche suchte sie vergebens.

Sie sah sich um. Unterhalb der Decke verlief ringsum ein schmaler Regalschrank, der mit nach oben klappbaren Türchen verschlossen war. Sie kniete sich auf die Bank und öffnete das erste Fach. Jede Menge Kram, aber kein Flaschenöffner. Im nächsten wurde sie fündig, allerdings anders, als sie erwartet hatte.

Papiere, Schreibutensilien. Ein kleines gerahmtes Bild lag obenauf. Instinktiv nahm sie es heraus. Sie hielt sich das gerahmte Foto dicht vor die Augen. Kein Zweifel, das war das Boot, auf dem sie sich gerade befanden. ›Bernd I‹, sie hatte es vorhin deutlich am Bug gelesen. Im Heck stand, unverkennbar, Baum, den Blick wie Graf Luckner aus zusammengekniffenen Augen in die Ferne gerichtet.

Zufall? Unsinn. Das hier war sein Boot, eindeutig. Die Erkenntnis traf sie wie ein Keulenschlag. Also doch. Elch hing mit Baum enger zusammen, als er zugeben wollte. Ob er auf dessen Lohnliste stand? Das würde einiges erklären. Ihre Gedanken überschlugen sich.

»Kommst du zurecht?« schallte es von oben.

Sie fuhr zusammen. Rasch verstaute sie das Bild wieder.

»In der Kühltasche ist kein Korkenzieher.«

Sie konnte das Krächzen ihrer Stimme nicht verhindern. Elch schien nichts zu merken. Fröhlich rief er zurück:

»Ich hab einen am Taschenmesser.«

Valerie wuchtete die Kühltasche das kleine Treppchen hoch. Inzwischen war sie richtiggehend gespannt, was er ihr vorzuschlagen hatte. Sie sah ihren Chef plötzlich mit ganz neuen Augen. Irgendwas stank hier ganz gewaltig.

Elch warf Anker und reffte das Segel. Friedliche Stille.Unweit im Röhricht stand ein Reiher. Von Ferne Glokkenläuten. Wie im Bilderbuch.

Sie saßen sich gegenüber. Elch prostete ihr zu.

»Du wolltest mir etwas vorschlagen?« lenkte Valerie gleich das Gespräch in die richtige Bahn.

Elch nickte gewichtig.

»Schau, Valerie, ich kann mir begründete Hoffnung auf baldige Beförderung machen. Ich bin aber keiner, der nur an sich denkt und verdiente Kollegen im Regen stehen läßt.«

Ein echter Philanthrop, war ja was ganz neues. Sie sah ihn nur erwartungsvoll an.

»Das Bundeskriminalamt bietet einen sechswöchigen Profiler-Lehrgang in Washington D. C. an. Ich hab' mich dafür eingesetzt, daß du daran teilnehmen kannst.«

Mit freudig erwartungsvollem Blick sah er sie an. Valerie gab sich einen Ruck.

»Ist ja riesig. Echt nett von dir, daß du an mich gedacht hast. Du bist schon in Ordnung, Peter.«

Peter legte sich noch mehr ins Zeug.

»Wir sind doch ein gut funktionierendes Tandem. Warum sollte das anders werden. Wenn ich aufsteige, wirst auch du deine Chance kriegen. So Zicken wie die mit Dorn müßtest du natürlich lassen.«

Aha, die Botschaft war eindeutig. Valerie war über den unverblümten Korruptionsversuch platt. Für wen hielt der sie eigentlich? Nur mit Mühe zügelte sie den Drang, ihn mit einem Schubs ins Wasser zu befördern.

»Reden wir endlich von etwas anderem.«

Schwupp, Elch hatte überfallartig die Seite gewechselt und saß wieder dicht neben ihr. Sein mageres, nacktes Knie preßte sich gegen ihren Oberschenkel. Unerträglich. Wie kam sie hier bloß wieder raus.

Die Witterung kam ihr zu Hilfe. Im Norden war, von beiden unbemerkt, eine düstere Wolkenwand aufgezogen. Ferner Donner rollte.

»Du, ich glaub das Wetter schlägt um.« Valerie richtete sich, Erleichterung in der Stimme, auf.

»Das zieht vorbei.« Elch tat gewichtig sein Wissen als erprobter Fahrensmann preis und zog sie auf ihren Platz zurück.

Doch er irrte. Wind kam auf. Der Regen setzte so abrupt ein, als habe jemand einen Hahn aufgedreht. Blitze zuckten.

»Bring mich an Land, mir wird das hier unheimlich.«

Sie preßte Elchs Arm und gab sich ängstlich. Alles war besser als das drohende Schäferstündchen mit Elch.

Der warf sich, ganz Ritter, sofort in die Brust und begann emsig zu werkeln.

»Geh nach unten. Ich mach das schon. Brauchst keine Angst zu haben, ich bring dich sicher in den Hafen.«

Valerie schickte ein Dankgebet gen Himmel.

IV
Machtspiele

Ein metallisches Schrappen weckte Darius. Er hatte einen netten Sonntagabend mit den Lembergs im Garten verbracht. Es war spät geworden. Die ganze Zeit hatte er gehofft, daß sich Valerie nach ihrem ominösen Ausflug mit Elch noch melden würde. Sie hatte es nicht getan. Da, schon wieder, das kam von der Eingangstür. Er tauchte endgültig aus einem wirren, düsteren Traum an die Oberfläche des Bewußten. Reflexartig griff er nach der Waffe unter dem Kopfkissen und entsicherte.

Lauschen. Geräuschlos schwang er die Füße auf den Boden und glitt zur Tür. Er meinte draußen das Schleichen vorsichtiger Schritte zu vernehmen, die sich der gegenüberliegenden Stirnseite des Häuschens näherten. Sofort zog er so leise wie möglich den Innenriegel weg und betätigte die Türklinke. Sie ließ sich nicht nach unten drücken. Darius war seine Situation augenblicklich klar. Gefangen, alle Fenster vergittert, Maus in der Falle.

Er wandte sich um. Beide Flügel des Fensters an der Frontseite hatte er wegen der Hitze weit geöffnet. Die leichten Tüllgardinen bewegten sich sacht im sanften Durchzug. Der volle, bereits tief stehende Mond malte durch die Vergitterung ein bizarres Schattenbild auf die Dielen. Plötzlich tauchte die dunkle Silhouette eines Mannes im Fenster auf. Motorradhelm mit heruntergeklapptem Visier. Darius' Nackenhaar sträubte sich. Er starrte schockiert, fasziniert. Feindlicher Besucher vom anderen Stern. Er hob die beidhändig gefaßte Waffe und rief sich zur Ordnung. Irgendwie kam ihm das Bild bekannt vor. Aber er konnte es nicht zuordnen.

Der Mann hielt etwas in der Rechten, das er jetzt am Boden absetzte. Leises Klirren von Glas. Seine Hand grub in der Hosentasche.

Ein Feuerzeug wurde kurz versuchsweise angeknipst. Der Mann bückte sich. Schlagartig wurde Darius klar, was er vorhatte. Keine Zeit mehr für strategisches Überlegen.

»Hände in den Nacken und stehen bleiben, sonst loche ich deinen Helm, ich bin bewaffnet.«

Der Mann ließ sich augenblicklich zur Seite fallen. Etwas Gläsernes zerbarst splitternd auf den Platten. Intensiver Benzingeruch. Darius stürzte ans Fenster. Die Sig-Sauer bellte wütend, aber ziellos in die Nacht. An der Längsseite der Laube war Getrappel zu hören.

Darius' Gedanken rasten. Versuchter Brandanschlag. Wenn der Typ hartnäckig genug war, würde er es von der anderen Seite erneut probieren. Wollte er nicht zum Broiler mutieren, mußte Darius hier raus. Schnell.

Die Angst wirkte auf sein Hirn wie der Turbo-Booster auf den Rechner. Durchs Dach. Heureka, die rettende Idee. So würde es gehen. Schon hatte er die Leiter an die Klappe zum niedrigen Dachboden der Laube gelegt. Hektisch zerrte er an den Pfannen, die sich mit widerborstigem Verkanten sträubten. Er drehte sich um, ging in die Hocke und preßte mit aller Macht die Schultern nach oben. Häßliches Splittern und Knacken. Lemberg würde Fratzen schneiden.

Nachdem ein erstes Loch entstanden war, ließen sich die anderen Pfannen leicht herausnehmen. Er schwang sich nach draußen. Hoffentlich hatte der andere keine Schußwaffe. Hier oben gab er ein prächtiges Ziel ab. Er sicherte, die Waffe mitschwenkend, nach allen Richtungen. Nichts.

Plötzlich rasselte nicht weit entfernt das metallene Haupttor der Kleingartenanlage. Darius entspannte sich.

Der Typ hatte die Flucht ergriffen. Verfolgung sinnlos, bei dem Vorsprung.

Darius ließ sich vom Dach herab, ging zur Vordertür und entfernte den unter die Klinke geklemmten Spaten. Einfach und doch wirksam. Dann besah er sich das, was der Mann am Vorderfenster zurückgelassen hatte. Eine zerbrochene Flasche. Im Hals klemmte noch ein Stück Stoff. Nach der Anspannung kam der Schrecken der Erkenntnis, daß er nur um Haaresbreite mit dem Leben davongekommen war. Schweiß brach ihm aus. Hätte ihn das leise Geräusch nicht geweckt, die Laube wäre sein Krematorium geworden.

Nach der Angst kam die Wut. Baum, dieses Schwein. Er brauchte ein Ventil. Er lief in die Laube, griff sich Handy und Notizbuch. Schon tutete es am Ohr. Er sah auf die Uhr. 4 Uhr 12. Trotzdem kam die Verbindung recht zügig zustande. Es wunderte ihn nicht, offensichtlich wartete man im Hause Baum auf Vollzugsmeldung.

Die Stimme von Baums Mann fürs Grobe. Er erkannte sie sofort. Distanziert, keine Verstimmung über die frühe Störung verratend. Der war es also nicht gewesen. Verständlich, wahrscheinlich laborierte er noch an den Bügelfalten, die er ihm neulich ins Gesicht geplättet hatte. Darius kam direkt zur Sache.

»Hol Baum ans Rohr, aber ein bißchen pronto.«

»Wer spricht bitte?«

»Tut nichts zur Sache, tummel dich und hol deinen Herrn und Meister.«

»Herr Dorn, wenn ich nicht irre. Ich muß Sie leider enttäuschen, Herr Baum ist geschäftlich unterwegs. Ich erwarte ihn erst Montagabend zurück.«

Natürlich, Don Baum sorgte für ein wasserdichtes Alibi, während seine Handlanger die Drecksarbeit machten.

»Bestell ihm, daß er sein Blatt überreizt hat. Ich mach ihn ...«

»Halt endlich die Schnauze, du Arsch«, unterbrach der Butler mit heiserem Zischen, jegliche Contenance vergessend. »Du stehst bei mir ganz oben auf dem Zettel. Beim nächsten Treffen knips ich dich aus.«

Dann war die Leitung tot. Darius hielt das Handy kopfschüttelnd in der Hand. Die hatten wirklich Nerven. Offene Drohung, nach allem, was vorgefallen war. Das Maß war voll. Er würde sich Baum vornehmen, und es würde ziemlich rauh zugehen.

*

An Schlaf war nicht mehr zu denken. Darius beruhigte seine Nerven mit schwarzem Kaffee und einer Selbstgedrehten, dann machte er sich an die Reparatur des Daches. War gar nicht so kompliziert. Werkzeug gab's satt, und auf dem Dachboden fand er Latten und einen Stapel Ersatzpfannen.

Morgengold, ein herrlicher Sommertag kündigte sich an. Er hatte bereits aufgeräumt, unter dem Gartenschlauch geduscht. Jetzt wußte er nicht mehr, womit er sich noch beschäftigen sollte. Müßig rauchend saß er unter dem Kirschbaum und betrachtete das glitzernde Collier der Tautropfen in einem filigranen Spinnennetz zwischen den Zweigen. Seine Gedanken beschäftigten sich mit ganz etwas anderem.

Ein Blick auf die Uhr zeigte ihm, daß es gegen sieben ging. Jetzt machte sich in Düsseldorf Roman für die Schule fertig. Elisa war wahrscheinlich in der Küche mit der Zubereitung des Frühstücks beschäftigt. Gute Gelegenheit, sie ans Telefon zu bekommen.

War es das Widerstreben, Lembergs Telefonrechnung durch ein Ferngespräch zu belasten, oder war da noch etwas anderes? Emotionale Sperre. Er rief nicht an. Vielleicht kam er ja auch ohne ihre Protektion zurecht.

Er schnippte die Kippe ins Grün und stand auf. Frickes Trödelladen lag mitten in Gohlis, hatte Lemberg erwähnt. Hegelstraße, bequem zu Fuß erreichbar. Hoffentlich öffnete Fricke sein Geschäft bereits um acht. Er machte sich auf den Weg.

In den Mann, der seit drei Stunden unter der Wetterpelerine einer Hollywoodschaukel, gleich im ersten Garten am Haupttor, ausgeharrt hatte, kam Leben, als er das Metalltor schlagen hörte. Er ließ Darius einigen Vorsprung, dann streckte er sich und folgte ihm gemächlich.

*

Der Trödelladen war noch geschlossen. Auf einem Pappschild, das hinter der vergitterten Scheibe in der Eingangstür baumelte, standen die Geschäftszeiten. Darius sah auf die Uhr. Er mußte noch eine Viertelstunde warten.

Links und rechts der Tür befand sich je ein bogenförmiges Schaufenster. Die Auslagen waren vollgestellt mit Gebrauchsgütern jeglicher Art, aber auch mit Büchern, Bildern, Uniformteilen. Er mußte an das abgerissene Schulterstück der Vopo-Uniform denken, das er im Hofgarten gefunden hatte. Wahrscheinlich hatte Mani recht, das besagte gar nichts. Die ehemaligen Insignien der Staatsmacht wurden überall zu Hauf verramscht, waren zu Sammlerstücken von Militaria-Freaks geworden.

Er preßte die Stirn an die Scheibe und versuchte ins Innere zu sehen. Auch hier war Fülle der vorherrschende Eindruck. Ein breiter Tresen mit uralter Registrierkasse, darüber ein zwei Quadratmeter großes, blutrotes Banner mit gesticktem Thälmann-Konterfei. Etliche uniformierte Schaufensterpuppen, verstaubte Bücherregale, Stellagen mit sich bis unter die Decke stapelndem Ramsch. Das beste aber war eine Art großes, von der Decke baumelndes

Mobile, bestehend aus Hammer, Zirkel, Lorbeerkranz in Sperrholz, liebevoll schwarz-rot-golden bemalt. Darius konnte sich ein Grinsen nicht verkneifen. Klausens Verhältnis zum ersten Arbeiter- und Bauernstaat auf deutschem Boden schien wirklich ungebrochen.

In Darius' Rücken knatterte ein Zweitakter und erstarb, der unverwechselbare Sound einer Schwalbe. Er hatte selbst früher so ein Moped besessen. Und richtig, Klaus Fricke kettete gerade sorgfältig das Vorderrad des Zweirad-Oldtimers aus heimischer Produktion an einen Laternenmast. Darius hatte ihn erkannt, noch bevor der seinen Helm abgenommen hatte. Ein Hüne, fast zwei Meter groß. Obwohl der inzwischen auch in die Jahre gekommen war und die Höhepunkte seiner sportlichen Karriere längst Schnee von gestern waren, wirkte er immer noch durchtrainiert und athletisch. Darius ging ihm grinsend entgegen. Fricke starrte ihn verdutzt an, dann ging ein Lächeln des Erkennens über sein Gesicht.

»Na, das ist ja eine Überraschung, Darius, muß jetzt fast fünfzehn Jahre her sein.«

Darius tänzelte in Boxerhaltung und knuffte ihm spielerisch eine Gerade vor die Brust.

»Kann hinkommen, Klaus. Zeit, mal zu schauen, was du so treibst.«

Der andere griff sofort Darius' erneut vorschießenden Arm, tauchte elegant darunter weg und setzte einen Hüftwurf an. Darius klopfte lachend ab.

»Hör auf, du hast gewonnen. Bist ja noch ganz gut in Form.«

»Für einen Dreikäsehoch wie dich reicht es noch allemal«, frotzelte der Sportliche und setzte Darius sanft wieder auf den Bürgersteig.

»Mensch, wie ich mich freue, komm rein, Darius, ich mach uns Frühstück.«

Das Öffnen der Ladentür setzte einen Mechanismus in

Gang. Die ersten Takte von ›Auferstanden aus Ruinen‹ erklangen in Game-Boy-Sound. Klaus sah Darius erwartungsvoll an.

»Klasse, was?«

Darius nickte freundlich mit durchaus ambivalenten Gefühlen. Ihn wunderte inzwischen gar nichts mehr.

Er wurde in ein ebenfalls vollgestopftes, aber mit Kühlschrank und Kochplatten ausgestattetes Hinterzimmer gelotst. Klaus machte sich emsig ans Werk. Minuten später zog der Duft von Kaffee und gebratenen Eiern durch den Raum.

»Wenn man sich bei dir so umsieht, scheinst du ja die Fahne der DDR immer noch hochzuhalten. Hat ja fast museale Züge.«

Klaus kicherte, überhaupt nicht gepiekt.

»Ist vielleicht ein Schüßchen Trotzreaktion dabei. Ich hab eigentlich nur gute Erinnerungen, die Zeit meiner großen Erfolge, meiner beruflichen Karriere.«

»Und was inzwischen alles rausgekommen ist, die alles durchdringende Überwachung, das Unterdrücken jeglicher Opposition? Kannst du doch unmöglich unterschreiben.«

»Natürlich nicht. Das hab ich halt damals einfach nicht zur Kenntnis genommen, vielleicht auch nicht nehmen wollen. Dafür hab ich ja auch die Quittung bekommen. Schau dich um. Vom hochdotierten Sportfunktionär Fricke zu Trödel-Klaus, der sich gerade so über Wasser hält.«

»Verbittert?«

»Quatsch. Vielleicht ein bißchen darüber, wie das mit der Wende gelaufen ist, daß man wieder so schnell dabei war, die Welt in Schwarz und Weiß aufzuteilen. War doch nicht alles Mist bei uns.«

»Das chemische Aufpumpen der Sportler doch wohl auf jeden Fall.«

Kaum war ihm der provozierende Satz entronnen, wünschte er ihn schon ungesagt. Zu spät. Auf Klaus' Stirn bildete sich eine steile Ärgerfalte.

»Okay, okay, wenn man vom Rathaus kommt ... Wir haben damals sportliche Höchstleistungen als unsern Beitrag im politischen Kampf der Systeme betrachtet. Das Sollen gründet halt im Sein.«

Darius sann intensiv, wie er eine Gesprächswende bewerkstelligen konnte. Auf philosophisch angehauchte Politdebatten hatte er jetzt keine Lust. Aber Klaus war so schnell nicht zu bremsen.

»Die Implosion des damaligen gesellschaftlichen Zustandes war Folge der bei uns leider überfälligen Abrechnung mit stalinistischer Erblast. Aber die Idee des Sozialismus ist damit nicht diskreditiert. Der ist für mich nach wie vor geschichtliche Notwendigkeit. Schau dich um in der Welt, und du mußt mir recht geben.«

Wie der reden konnte. Statt sich mit Antiquitäten und Secondhandtrödel zu beschäftigen, sollte er lieber Leitartikel fürs ›Neue Deutschland‹ schreiben. Oder war das das gleiche, nur auf einer anderen Ebene?

Darius, tief über den Teller gebeugt, beschäftigte sich erst mal mit Speck und Eiern. Wogenglättende Gesprächspause. Man redet nicht mit vollem Mund. Klaus schenkte Kaffee nach und schob eine Packung f6 rüber. Friedenspfeife.

»Wie ist es dir denn so ergangen? Bulle bist du ja keiner mehr, das hab ich bereits damals mitbekommen.«

Darius, froh über den Themenwechsel, berichtete genauestens, schönte weder sein abruptes, berufliches Aus noch sein Beziehungsdesaster mit Elisa. Klaus schien ehrlich interessiert.

»Das mit Elisa tut mir leid. Ich hab dich immer um sie beneidet.« Wehmütiges Lächeln, dann ernst: »Warum bist du zurückgekommen? Nur um einen Bekannten wiederzusehen? Das kann's doch nicht allein gewesen sein.«

Endlich waren sie beim Thema. Darius erklärte sich vorsichtig, unter Aussparung aller Details, die den anderen nur verwirrt hätten.

»Du glaubst also, daß derselbe Täter am Werk ist. Warum wendest du dich nicht an die Kripo?«

»Ich hab's versucht, die nehmen einen ehemaligen DDR-Polizisten nicht ernst.«

Geschickter Schachzug. Wasser auf Klaus' Mühlen. Der nickte sofort verständnisvoll. Inflamiert:

»Wie kann *ich* dir helfen?«

»Du warst doch mal ›Freiwilliger Helfer‹ der Volkspolizei?«

Klaus nickte stolz.

»Schöne Zeit damals. Und wir haben die Kameradschaft rüber retten können. Mit ein paar von den Kumpels treff ich mich noch regelmäßig zum Stammtisch.«

Bingo. Das lief ja wie am Schnürchen. Jetzt bloß keinen Fehler machen. Er entrollte die Bilder, die Benno bei der Pastorin gemalt hatte.

»Sieh dir das mal an.«

Klaus nahm sich Zeit, betrachtete jedes Blatt intensiv. Dann sah er kopfschüttelnd auf.

»Was muß man einem Kind angetan haben, daß solche Sachen in seinem Kopf rumspuken. Wer hat das gemalt?«

Darius erzählte die Geschichte der Masulkes. Dann deutete er auf den auf allen Bildern wiederkehrenden roten Strich am Arm der gemalten Drohgestalt.

»Eine Armbinde. Der Vergewaltiger könnte ein ›Freiwilliger Helfer‹ gewesen sein.«

Vergeigt. Darius sah förmlich, wie Klaus die Rolladen runter ließ. Ärgerfalte zwischen den Augen, sanftes Wangenröten, pochende Ader am sehnigen Hals.

»Du spinnst! Langsam kann ich die Polizei verstehen, ist wirklich nicht ernst zu nehmen.«

Darius hob beschwichtigend beide Hände.

»Ruhe bewahren, niemand will euerm Verein nachträglich an den Karren fahren. Könnte doch aber sein, daß ein faules Ei dabei war«, versuchte er zu retten, was zu retten war. »Für mich wäre es wichtig zu wissen, ob da mal einer wegen irgendwelcher Sittlichkeitsgeschichten aufgefallen ist. Frag doch mal unter deinen Kumpeln nach. So was hätte sich doch rumgesprochen.«

»Eben«, konterte Klaus mit abschließender Handbewegung, »und mir ist nie was zu Ohren gekommen. Triebtäter hat es in unseren Reihen nicht gegeben, basta.«

»Fragen kostet doch nichts«, versuchte es Darius noch einmal bittend.

»Du bist bei mir an der falschen Adresse. Den Kameraden Dreck hinterherwerfen, daran beteilige ich mich nicht, das besorgen schon genug andere. Laß uns von etwas anderem reden.«

Wollte, konnte Darius aber nicht. Erregt sprang er auf.

»Deinen Corpsgeist in allen Ehren, aber hier geht es darum, einem Serienkiller das Handwerk zu legen. Sollen noch mehr Kinder dran glauben?«

Klaus legte die Stirn in beide Hände. Es arbeitete. Da ging die Ladentür, ›Auferstanden aus Ruinen‹. Fricke erhob sich aufatmend.

»Kundschaft, entschuldige mich mal für einen Moment.«

Darius kitzelte rasch seine Handy-Nummer auf einen Zettel.

»Ist schon okay, Klaus. Ich muß los. Wenn dir doch noch etwas einfällt, ruf mich an.«

*

In unmittelbarer Nähe des Trödelladens befand sich ein kleiner Kiosk, der neben Alkoholika, Zeitschriften und Zigaretten auch belegte Brötchen und Kaffee feilbot. Ein Mann klopfte an das Schiebefenster und ließ sich bereits zum dritten Mal seinen Kaffeebecher nachfüllen. Dann trat er wieder hinter einen auf dem Bürgersteig plazierten Drehständer, der mit Ansichtskarten bestückt war.

Vorsichtig setzte er den schwappenden Kaffee auf der rückwärtigen Fensterbank ab und brannte sich erneut eine Zigarette an. Die neben seiner Tasse liegende überregionale Tageszeitung, bereits vor einer Dreiviertelstunde erstanden, rührte er nicht an. Dafür ließ er Frickes Laden nicht aus den Augen. Die Gehwegplatten rund um den zu seinen Füßen abgelegten Motorradhelm waren bereits dicht mit ausgetretenen Kippen gesprenkelt.

Reglos stoisches Warten, unterbrochen nur von wie zwanghaft perpetuierenden Raucherbewegungen und kleinschlückigem Kaffeenippen. Erst als Darius auf die Straße trat, änderte der Mann sein Verhalten. Die halbgerauchte Zigarette wurde sofort ausgetreten. Hastiger Griff zur Zeitung, raschelndes Entfalten.

Darius verharrte einen Moment unschlüssig vor dem Laden. Er sah auf die Uhr. Dann schien er sich entschieden zu haben. Er überquerte die Straße in Richtung Trinkhalle. Der Mann hinter der Zeitung zuckte zusammen. Rasch schob er den Helm mit dem Fuß noch weiter hinter den Drehständer.

»Van Nelle, zware, und Papier. Geben Sie mir auf den Fuffi bitte Kleingeld raus, ich muß dringend telefonieren.«

Unwilliges Gebrummel aus dem Kioskinneren. Aber dann doch das Klimpern von Hartgeld.

»Haben Sie auch Briefmarken?«

Darius drehte am Ständer und wählte eine Ansichtskarte von Leipzig. Der Mann erstarrte zur Salzsäule. Plötzlicher Hand- und Achselschweiß. Darius bezahlte, klebte die Marke auf die Karte und steckte sie unbeschriftet in seine Gesäßtasche. Ohne den Zeitungsleser eines Blickes zu würdigen, ging er in Richtung Arthur-Bretschneider-Park davon.

Der Mann atmete erleichtert aus. Die Zeitung landete im Papierkorb. Rascher Griff zum Helm. Er wechselte die Straßenseite und folgte, Darius' Rücken fest im Blick, mit Sicherheitsabstand. Die Hegelstraße runter, dann quer durch den Park am Hallenbad vorbei. Darius steuerte das Postamt nahe der Christuskirche an. Der Mann sah ihn darin verschwinden und innen, gleich neben dem Eingang, eine Fernsprechzelle betreten.

*

Bevor er zum Hörer griff, schrieb Darius schnell ein paar Zeilen an Roman auf die eben erstandene Karte. Er wollte gerade schwungvoll mit »Papa« unterschreiben, da zögerte er. Ob wohl auch Eberhard nach der Adoption von Roman so angesprochen werden wollte? Plötzlich heftige Verlustängste. Ihm wurde eng ums Herz. Nach hinten auskeilend öffnete er die Zellentür. Mit der eindringenden Frischluft hauchte ihn eine Erinnerung an. Roman und er, hoch über den Dächern von Düsseldorf. »*Du* bist mein Papa, bist und bleibst die Nummer eins.« Er entspannte gerührt. Breit setzte er den nur ihm zustehenden Titel unter das Geschriebene. Das tat gut.

Seelisch gestärkt warf er entschlossen das erste Fünfmarkstück in den Schlitz und wählte die Düsseldorfer Nummer seiner Ex-Frau. Der Anruf war unvermeidlich. Er hatte es bei Fricke gründlich vermasselt. Vielleicht gelang es ja Elisas Charme, das Ruder herumzureißen. Er haßte es, seiner Ex-Frau als Bittsteller zu begegnen. Aber es ging nicht anders. Er mußte in den sauren Apfel beißen.

Es tutete endlos in der Leitung, dann hatte er Elisas Stimme am Ohr. Darius machte es kurz.

»Ich ruf aus einer Telefonzelle in Leipzig an und mein Münzvorrat ist begrenzt. Kommen wir also gleich zur Sache. Du mußt mir einen Gefallen tun.«

»Worum geht's?«

»Erinnerst du dich noch an Klaus Fricke?«

»Das Schwimmeras? Natürlich.«

»Der hat jetzt hier einen Trödelladen. Ruf ihn an und überzeuge ihn, daß er mir helfen muß.«

»Helfen? Womit?«

»Klaus weiß schon, worum es geht. Sag ihm, daß es entscheidend von ihm abhängt, ob ein aktiver Kindermörder gefaßt wird.«

Elisa lachte gekünstelt auf.

»Ach, daher weht der Wind. Privatermittler Dorn streitet wieder für die Gerechtigkeit. Da laß mich mal fein raus, lächerlich machen kannst du dich alleine.«

Darius hätte sie am liebsten geschüttelt. Aber jetzt war nicht die Zeit, zu streiten. Kalt gab er zurück:

»Muß ich dich daran erinnern, daß du auch etwas von *mir* willst.«

Elisa sog scharf die Luft ein, sagte aber nichts.

»Du hast bei Klaus einen Stein im Brett. Ruf ihn an und versprüh deinen Charme. Diese Klaviatur beherrschst du ja meisterhaft, wenn du etwas erreichen willst.«

Schweigen, aber Darius spürte ihre Wut. Was war bloß los? Sie hatten sich doch einmal geliebt. Ein Gefühl, das inzwischen rückstandslos verdampft war. Jetzt sprachen zwei Fremde miteinander. Es klackerte im Münzschacht. Darius füllte nach. Da meldete sich Elisa wieder.

»Okay, ich mach's. Aber bitte mich nie wieder um irgend etwas.«

Darius atmete auf. Sofort milder gestimmt:

»Ich danke dir, Elisa. Sag mal, ist Roman zufällig in der Nähe?«

»Roman liegt im Krankenhaus.«

Im Bruchteil einer Sekunde wieder von Null auf Hundert.

»Bitte? Was fehlt ihm?«

»Verdacht auf Hirnhautentzündung.«

»Ist es schlimm?«

»Man weiß noch nicht genau, was los ist.«

Darius zwang sich, nicht zu brüllen.

»Warum hast du mich nicht sofort informiert. Schließlich bin ich sein Vater.«

»Ich habe es versucht. Aber unter der Nummer, die du angegeben hast, war niemand zu erreichen.«

Sie hatte recht, Oma Krüger konnte nicht mehr ans Telefon gehen. Seine Wut verpuffte und wich tiefer Sorge.

»Wo liegt er?«

»Evangelisches Krankenhaus in Bilk.«

»Ich komme, noch heute.«

Grußlos legte er auf. Emsiges Blättern im Leipziger Telefonbuch, dann hatte er die Nummer der Reiseauskunft am Bahnhof gefunden. Der nächste Zug nach Düsseldorf fuhr in einer Stunde. Den würde er nehmen. Die Abrechnung mit Baum, die Jagd nach dem Täufer, war jetzt alles nicht mehr wichtig.

Er überlegte kurz, ob er in den Garten zurückkehren sollte, um ein paar Sachen zusammenzupacken. Nein, kostete zuviel Zeit. Er würde sich telefonisch bei Lemberg abmelden. Und Valerie? Im Präsidium wollte er sie nicht anrufen. Kurz entschlossen wählte er die Taxizentrale an.

Eine Viertelstunde später fuhren sie vor dem alten Mietshaus, in dem Valerie wohnte, vor. Darius bat den Fahrer zu warten und stieg aus. Er sah sofort, daß sie bereits vor dem Erscheinen des Briefträgers die Wohnung verlassen hatte. Aus dem Briefschlitz lugte ein Din-A4-Kuvert und eine Fachzeitung. Er steckte seine Nachricht dazu, dann ließ er sich zum Hauptbahnhof bringen.

*

Im dichten Gedränge der Reisenden war es für den Mann nicht schwer, Darius Dorn unbemerkt zu folgen. Nachdem der eine Fahrkarte gelöst hatte, eilte er zielstrebig die Treppe zu den Bahnsteigen des riesigen Kopfbahnhofs hoch. An Gleis vier begann er unruhig auf und ab zu tigern.

Der Mann warf einen Blick auf die Anzeigetafel und wußte sofort, wohin die Reise gehen würde. Er hatte noch acht Minuten. Im Laufschritt eilte er zurück zu den Fahrkartenschaltern. Die Unmutsäußerungen der davor Wartenden ignorierend, drängte er sich, Entschuldigungen murmelnd, rücksichtslos vor und löste ebenfalls ein Ticket nach Düsseldorf.

Gerade als der Zug einlief, war er zurück am Gleis. Wo war Dorn? Hektisches Äugen. Da, vorn am Zug, machte er ihn in einem Pulk Reisender, der sich an einer der sich eben öffnenden Wagentüren gebildet hatte, aus. Gut so. Der Mann eilte ans entgegengesetzte Zugende, sah sich noch einmal sichernd um und stieg ein.

Er wählte einen Platz ganz hinten am Gang. Den Motorradhelm schob er weit unter die Sitzbank. Achtsam hielt er die Menschen, die sich auf der Suche nach Sitzplätzen durch den Gang schoben, im Blick, jederzeit bereit, aufzuspringen und in der nahen Toilette Deckung zu nehmen.

Das Hin-und Herwogen verebbte. Dorn tauchte nicht auf. Eine blecherne Lautsprecheransage. Türen schlugen. Mit leichtem Ruck setzte sich der Zug in Bewegung. Der Mann entspannte sich. Sein Blick fiel auf das Piktogramm einer brennenden Zigarette. Raucherabteil. Glück gehabt. Sofort fummelte er eine zerdrückte Schachtel heraus und steckte sich eine an. Tiefes Inhalieren. Der Mann lehnte sich zurück.

*

Darius hatte keinen Blick für die vorbeiziehende Landschaft. Die durch die Bahnfahrt erzwungene Muße ließ der Sorge um den kranken Sohn die Zügel schießen. Hirnhautentzündung, war das lebensbedrohlich? Seine medizinischen Kenntnise beschränkten sich auf den Gebrauch von Heftpflaster und Aspirin. Aber irgendwo hatte er abgespeichert, daß die Krankheit bleibende Hirnschäden verursachen konnte. O Gott, bloß das nicht. Es hielt ihn kaum auf dem Sitz. Er ertappte sich dabei, wie er, der bei sich nie eine spirituelle Ader vermutet hätte, plötzlich mit dem Herrgott zu handeln begann. Wenn du Roman davonkommen läßt, dann werde ich ...

Er wischte sich über die Augen. Ruhe bewahren. In die Sorge mischte sich Wut auf Elisa. Warum hatte sie nicht besser auf den Jungen achtgegeben? Er wußte, daß das ungerecht war, aber er brauchte jetzt einfach ein gedankliches Ziel, um hilflosen Zorn, Sorge und aufkommende eigene Schuldgefühle loszuwerden.

Vier Stunden später erreichten sie Düsseldorf. Am Zeitungsstand sprang ihm die Schlagzeile des ›Express‹ ins Auge. »Hofgartenmorde vor der Aufklärung?« Er griff sich ein Exemplar aus dem Ständer und überflog den reißerisch aufgemachten Artikel. Die Verhaftung des Schweden hatte eine Lawine ins Rollen gebracht. Immer mehr Jungen waren bereit gewesen, auszusagen. Die Polizei hatte die Bahnhofsszene minderjähriger Stricher aufgerollt. Kommissar Noll wurde mit den Worten zitiert: »Die Schlinge um den Hauptverdächtigen zieht sich zu.«

Darius schüttelte den Kopf. Kein Wort vom Leichenfund in Duisburg. Noll war auf dem falschen Dampfer. Er steckte das Blatt zurück. Was ging das ihn noch an?

Zwanzig Minuten später betrat er das Foyer des Krankenhauses in Bilk. Kurze Nachfrage beim Zivi am Empfang. Ohne Umwege fand er den labyrinthischen Weg zur Kinderstation. Er stieß eine gläserne Schwingtür auf.

Bunte Kinderbilder an den Wänden. Hier war er richtig. Zimmer 311. Mußte weiter hinten im Flur liegen. Er eilte weiter.

»Hallo!«

Scharf, bestimmt, Widerspruch erstickend. Diesen Kommandoton beherrschten nur Lehrerinnen und Stationsschwestern. Es riß ihn sofort herum. Überraschung. Der Stimme nach hatte er einen grobknochigen Zerberus in strenger, weißer Tracht erwartet, statt dessen stand ihm eine Julia Roberts gegenüber. Auch ihr makelloses Gebiß wies keinerlei Härchen auf.

»Kann ich Ihnen helfen?«

Artig: »Ich bin der Vater von Roman Dorn. Ich war verreist und hab erst heute von seinem Kranksein erfahren. Wie geht es ihm?«

Ein mopsiger Mittdreißiger in Weiß war zu ihnen getreten. Stethoskop um den Hals: ganz klar, ein Arzt. Sofort übernahm er das Reden.

»Ich kann Sie beruhigen. Roman hat alles überstanden. Wir behalten ihn noch eine Woche, nur zur Beobachtung, da. Gehen Sie ruhig zu ihm.«

Der Arzt deutete Darius' sorgenvolle Miene sofort richtig. Vorauseilendes Abwiegeln.

»Er wird nichts zurückbehalten, das kann ich Ihnen versichern. Alles in Ordnung.«

Darius lugte vorsichtig ins Krankenzimmer. Roman, Walkmanstöpsel in den Ohren, lauschte konzentriert. Er hatte ihn noch nicht bemerkt. Für Sekunden ließ Darius den Anblick, den der hübsche, blonde Junge in den Kissen bot, auf sich wirken. Einen Lidschlag lang blitzte das trauerbeflorte Erinnerungsfoto Bennos, das er bei den Masulkes gesehen hatte, vor seinem geistigen Auge auf. Er hatte einen Auftrag, eine Mission. Und plötzlich war er sich ganz sicher, daß er sie erfolgreich zu Ende führen würde.

Roman sah auf.

»Papa!« jubelte er.

Das Kissen landete auf dem Boden. Schon lagen sie sich in den Armen.

»Endlich! Mama konnte dich nicht erreichen.«

»Jetzt bin ich ja da.«

Der Junge plapperte in überbordendem Mitteilungsdrang. Darius drängte ihn sanft ins Bett zurück und zog sich einen Stuhl heran. Da war keine Gefahr, daß peinliche Gesprächspausen entstehen könnten. Sie hatten sich so viel zu sagen. Darius nahm keinen Blick vom klaren, offenen Gesicht des Jungen. Der wollte alles ganz genau wissen und löcherte ihn mit Fragen über seinen Leipzig-Aufenthalt. Darius dosierte pädagogisch.

Irgendwann tauchte die Schönheit in Weiß in der Zimmertür auf, tippte stumm mit dem Zeigefinger auf ihre Armbanduhr und verschwand. Darius kapierte. Die Zeit war wie im Fluge vergangen. Er stand auf.

»Och, jetzt schon? Wann kommst du wieder?«

Darius griff nach der Hand des Sohnes.

»Hör mal, Roman, wir müssen jetzt vernünftig sein. Ich muß morgen mit dem ersten Zug nach Leipzig zurück. Dauert nur noch ein paar Tage.«

Roman schluckte tapfer seine Enttäuschung herunter und mühte sich um ein Lächeln.

»Ist schon in Ordnung, Papa.«

Plötzlich hatte Darius eine Idee.

»Verdammt langweilig hier, was? Was hältst du davon, wenn ich einen Freund bitte, dir während meiner Abwesenheit ein wenig die Zeit zu vertreiben?«

»Auch ein Kripomann?« wollte Roman sofort in begeisterter Neugier wissen.

»Hat er nix mit zu tun, aber er wird dir gefallen. Laß dich überraschen.«

Er drückte dem Jungen einen Abschiedskuß auf die Stirn und wandte sich zum Gehen.

»Papa?«

Er drehte sich noch einmal um.

»Wirst du den Mann, der die Kinder umbringt, schnappen?«

Darius sah in die gläubigen Augen des Jungen. Das genügte. Hätte ihm der Bundeskanzler persönlich einen Fahndungsauftrag gegeben, er hätte ihn nicht ernster genommen.

»Das verspreche ich dir.«

*

Wohin? In seine karge, verwaiste Wohnung drängte es ihn nicht. Wieder einmal wurden ihm Einsamkeit und Unbehaustheit schmerzlich bewußt. Er tat, was er immer tat, wenn dunkle Depressionswolken begannen, sich über ihm zusammenzuballen. Zehn Minuten später betrat er das Café Maurer.

In der Kneipe befand sich noch kein Gast, trotzdem ging es bereits hoch her. Mani stand gebückt mit dem Rücken zum Tresen und giftete zornig in die Durchreiche. Heftiges Antwortgekeife aus der Küche. Haussegen in Schieflage. Darius kannte das.

Wortlos setzte er sich an den Tresen und hörte zu. Da bemerkte ihn Mani. Sofort flog die Schiebetür der Durchreiche mit einem Rums zu. Manis Gesicht hellte sich auf.

»Darius, altes Haus, kommst gerade recht. Ich kann Aufheiterung gebrauchen.«

Mit theatralischer Geste wies er in Richtung Küche.

»Ein Kreuz, ein Leid, ein böses Weib, hat mir der Herr gegeben.«

Mani zapfte Biere an und holte die Wodkaflasche. Darius, der wußte, daß Lotte hier die Hosen an hatte, grinste verständnisvoll.

»Worum ging's denn diesmal?«

Wegwerfende Handbewegung vom Wirt.

»War mit Kumpeln ne Woche auf Tour. Bin heute erst zurückgekommen. Sauerlandstern«, komplizenhaftes Äugskenkneifen, »war echt gesellig.«

Darius, dem bierselige Männer in Rudeln immer ein Greuel gewesen waren, schüttelte verwundert den Kopf.

»Daß du auf so was stehst«, aber dann doch solidarisches Trösten. »Gibt halt keinen Genuß ohne Reue, uralte Weisheit, also, prost.«

Sie hoben die Schnapsgläschen, synchrones Kopf in den Nacken rucken. Mani bot Zigaretten an.

»Aber jetzt erzähl du mal. Wie war's denn in Leipzig?«

Darius erstattete genauestens Bericht. Mani kam aus dem Staunen nicht mehr raus.

»War ja ein richtiger Abenteuerurlaub. Verschwundene Akten, Überfälle, schöne Frauen. Spannend. Kann ich natürlich mit dem piefigen Sauerlandstern nicht gegen anstinken.«

Darius zuckte nur mit den Achseln.

»Ich fahr morgen früh wieder zurück. Hab da eine recht vielversprechende Spur aufgenommen.«

Er berichtete vom Schicksal des Benno Masulke und vom Kontakt zu Klaus Fricke, über den er sich Informationen über die »Freiwilligen Helfer« erhoffte.

»Moment mal, Darius«, unterbrach Mani, »Fricke, ist das etwa die Sportskanone von damals?«

»Genau der.«

Mani lachte kopfschüttelnd auf.

»Ich werd nicht mehr. Daß der es nötig hatte, bei diesen idiotischen Hilfspolypen mitzumachen. Diese Wichtigtuer haben mich immer angekotzt. Der Fricke muß ja ein ziemlicher Idiot sein.«

Darius überlegte einen Moment. Er hatte die Truppe der Freizeitpolizisten selbst immer ein wenig belächelt, aber so kraß wie Mani wollte er nicht urteilen.

»Nun laß mal, der Klaus ist schon in Ordnung. Der hat halt dran geglaubt, tut er heute noch. Mir ist das durchaus sympathisch, wenn einer an seinem Ende festhält.«

Mani tippte sich nur an die Stirn.

»Mit dem Argument könntest du auch die Haltung der ewig gestrigen Tattergreise hierzulande rechtfertigen.«

Darius war sofort auf Hundertachtzig. Seine Faust krachte auf den Tresen, Hintern vom Sitz gelupft.

»Jetzt mach aber mal einen Punkt. Willst du unsere Leute mit Nazis vergleichen? Hätt ich von dir am wenigsten erwartet.«

Mani hob beschwichtigend beide Hände.

»Komm, reg dich ab, hat doch keiner gesagt.«

Neue Gäste betraten das Lokal. Mani mußte zapfen. Darius ließ sich auf den Hocker zurückplumpsen. Als der Freund sich ihm wieder zuwenden konnte, wechselte Darius das Thema.

»Roman liegt im Krankenhaus. Verdacht auf Hirnhautentzündung. Die haben das aber im Griff. Er muß noch eine Woche zur Beobachtung da bleiben. Könntest du den mal besuchen, während ich weg bin? Der kommt da um vor Langeweile.«

Mani, froh, die Scharte von eben wieder auswetzen zu können, nickte spontane Zustimmung.

»Ehrensache, Darius. Ich hab zwar keine Kinder, aber zu Jungs immer ein gutes Verhältnis gehabt.«

Er überlegte kurz. Spitzbübisches Grinsen.

»Mir kommt da schon eine Idee, die deinem Jungen bestimmt gefallen wird.«

Darius reichte ihm die Hand über den Tresen.

»Danke, Mani, ist ja nicht für lange. Schätze, daß ich in ein paar Tagen wieder im Lande bin.«

*

Das Handy dudelte kurz vor Magdeburg. Darius fühlte die Blicke seiner Mitreisenden auf sich gerichtet. Rasch sprang er auf und betrat den Gang. Es war Valerie.

»Hi, Darius, endlich erreiche ich dich. Warum hast du mich nicht mal angerufen?«

Er sah auf die Uhr.

»Weil ich bereits um fünf wieder am Leipziger Hauptbahnhof eintrudele. Sehen wir uns?«

»Ich hol dich ab. Wie geht es Roman?«

»Alles in Ordnung, aber davon später.«

»Also bis nachher. Ich freu mich.«

Beglückt steckte er das Handy weg. Die vorbeiziehende Landschaft strahlte plötzlich. Er fühlte sich wie der heimgekehrte verlorene Sohn. Da war jemand, der auf ihn wartete, der sich auf ihn freute. Endorphine satt. Er starrte aus dem Fenster, ohne bewußt etwas wahrzunehmen. Aus der Vogelperspektive betrachtete er trauerlos die Wüstenei seines Lebens. Wenn er seine Mission erfüllt hatte, wartete eine viel größere Aufgabe auf ihn. Er mußte die verkarstete Steppenlandschaft wieder urbar machen. Und er wußte auch schon, mit wem er da gemeinsam gärtnern würde.

Valerie wartete bereits am Bahnsteig. Der Luftsog, den der einlaufende Zug verursachte, ließ ihr langes, rotes Haar, das sie heute offen trug, wie ein leuchtendes Banner aufflattern. Augenblicklich schoß ihm die Zeile eines Liedes, das sie bei den Pionieren oft gesungen hatten, durch den Kopf: »Drum weh, du flammende, du rote Fahne, voran dem Wege, den wir zieh'n.« Er mußte lächeln. Jawoll, so war es. Wohin diese Fahne da drüben auch wehen mochte, er würde folgen. Großes Pionierehrenwort.

Keine Minute später standen sie sich gegenüber. Artiges Händeschütteln. Und wieder diese pubertäre Befangenheit. Darius gab sich einen Ruck. Er zog die junge Frau an sich und umarmte sie. Küßchen auf beide Wangen. Dicht an ihrem Ohr:

»Ich freu mich so, dich zu sehen.«

Tremolierende Hände auf Rücken, Umarmung eine Spur länger als begrüßungsüblich. Für Sekunden genossen beide die Körperlichkeit des anderen, dann gaben sie sich frei.

»Schön, daß du wieder da bist«, sagte sie schlicht, aber etwas atemlos. »Laß uns was essen gehen, ich hab Hunger wie ein Wolf.«

Er dackelte widerspruchslos hinterher.

Es war nicht weit. Valerie hatte sich für die »Luise« entschieden, ein großes Eckbistro, schräg gegenüber dem Schauspielhaus an der Bosestraße. Mit Genuß schnabulierten sie sich durch die lange Liste köstlicher Vorspeisen, die hier angeboten wurden. Dazu gab's kühlen Weißen. Festtagsstimmung.

»Mußt du heute noch ins Präsidium?«

Valerie schüttelte kauend den Kopf. Schlucken, nippen.

»Heute nicht mehr. Hab mir für den Rest des Tages frei genommen.«

Darius hatte eigentlich vorgehabt, noch am heutigen Abend seine offene Rechnung mit Baum zu begleichen. Er gab den Plan sofort ohne Bedauern auf. Sie hatte sich frei genommen, für ihn. Heute stand Wichtigeres auf dem Programm. Die Abrechnung mit Baum mußte warten.

»Wie ist denn der Segeltörn mit Käpt'n Elch verlaufen?« fragte er wie beiläufig.

Valerie legte sofort das Besteck beiseite. Ernst:

»Genau deswegen hab ich dich sofort sprechen wollen.«

Sie berichtete von der erstaunlichen Entdeckung, die sie in der Kajüte gemacht hatte. Darius straffte sich.

»Also doch! Glaubst du mir nun endlich, daß Elch mit Baum unter einer Decke steckt? Die verschwundenen Akten, das Abblocken jeglicher Ermittlungen, jetzt wird einiges klar.«

Valerie nickte matt.

»Aber warum? Was verspricht er sich davon? Daß Peter sich so einfach kaufen läßt, kann ich kaum glauben.«

»Du siehst es doch. Wahrscheinlich geht's da gar nicht um schlichtes Geld. Seilschaften, verstehst du. Baum hat hier mächtig Einfluß, und Elch will hoch hinaus.«

Valerie drehte den Stiel ihres Weißweinglases nachdenklich zwischen Daumen und Zeigefinger.

»Das paßt. Er hat mir von einem bevorstehenden Karrieresprung erzählt und auch mir einiges in Aussicht gestellt. Natürlich nur, wenn ich die alten Geschichten ruhen lasse.«

Darius bedachte sie mit einem sardonischen Grinsen.

»Und? Wie hast du dich entschieden?«

Valerie deutete eine Ohrfeige an.

»Idiot!«

Sofort griff er nach ihrer auf dem Tisch ruhenden Hand.

»Hast du dich beim Segelverein rückversichert, wem das Boot gehört?«

»Mach ich noch. Am Samstag war ich erst mal froh, von dem Kahn runter zu sein. Peter hat seinen geballten Charme versprüht. Mir ist fast schlecht geworden. Wäre mir nicht der Wettergott zur Hilfe gekommen, hätte er mich wahrscheinlich noch in die Kajüte gezerrt.«

Darius' Gesicht verfinsterte sich. Valerie nahm den plötzlichen Stimmungswechsel amüsiert zur Kenntnis. Einlenkend wechselte sie das Thema: »Was hast du denn bei dem Trödler, von dem Lemberg erzählt hat, erreicht?«

»Leider überhaupt nichts. Corpsgeist. Der Typ hat mein Ansinnen, sich unter den alten Kameraden umzuhören, rundweg abgelehnt.«

Schweigen. Sie sahen sich ratlos an. Darius überlegte, ob er ihr von dem neuerlichen Mordanschlag berichten sollte. Wozu? Das würde er selbst mit Baum abmachen. Also ließ er es.

»Wir laufen überall gegen Wände«, sagte sie resigniert.

»Ohne Elchs Einwilligung kann ich im Zentralarchiv nicht nach auffällig gewordenen Freiwilligen Helfern forschen.«

»Vielleicht kann Elisa den Fricke ja noch umstimmen. Sie hat versprochen, es zu versuchen. Der war damals ziemlich verschossen in sie«, sagte er, sich um Optimismus in der Stimme mühend.

Aber im Grunde rechnete er sich auch davon nur geringe Chancen aus.

»Auf jeden Fall werde ich noch einmal mit Baum sprechen.«

Valerie winkte ab.

»Was versprichst du dir davon? Glaubst du, daß der, nach allem, was wir jetzt wissen, überhaupt mit dir redet? Bringt doch nichts.«

Darius war da ganz anderer Meinung. Baum würde mit ihm sprechen, ihm endlich die Wahrheit sagen. Dafür würde er schon sorgen. Aber er wollte Valerie mit dem Prozedere, wie er Baum zum Reden bringen würde, nicht belasten. Er winkte dem Kellner. Während sie auf die Rechnung warteten, sah sie ihn spitzbübisch an.

»Und nun?«

»Schlag was vor.«

»Nach der Freßorgie hier ist mir nach Laufen. Bringst du mich nach Hause?«

Herzhopser. War das eine Einladung? Er konnte nur beklommen nicken.

Sie gingen eine ganze Weile schweigend durch die dämmrige Stadt. Jeder hing eigenen Gedanken nach. Irgendwann wurde es Darius zuviel. »Wie kommt ihr eigentlich im Mordfall Krüger voran?«

Valerie blieb stehen und wandte sich ihm zu. Nachdenklich:

»Überhaupt nicht. Das ist ja das Merkwürdige. Kein Tip aus der Szene, nichts. Wir konnten selbst mit der Hilfe ihres Sohnes nicht feststellen, ob der Krüger überhaupt was geraubt wurde. Ihr bißchen Schmuck war jedenfalls noch da.«

»Denkst du, was ich denke?« sagte Darius, sie eindringlich fixierend.

»Du meinst Baum und Genossen?« Kopfschütteln. »Paßt irgendwie nicht. Aber wer weiß, inzwischen halte ich einiges für möglich. Ich schau einfach nicht durch.«

Darius auch nicht. Aber er nahm sich vor, Baum auch danach intensiv zu befragen. Die Sache stank.

Sie gingen weiter. Unvermittelt legte Valerie wie selbstverständlich den Arm um seine Hüfte. Darius durchfuhr es wie ein Stromschlag. Valerie begann von sich zu erzählen. Schamvoll wurde ihm bewußt, wie wenig er von ihr wußte.

»Warum bist du eigentlich Polizistin geworden?« fragte er interessiert.

Valerie überlegte einen Moment.

»Ein Schlüsselerlebnis. Mein Vater hatte einen kleinen Kiosk. So eine Bretterbude an einer Kreuzung im Wedding. Irgendwann sollte er für seinen Schutz an die lokale Gang zahlen. Er hat abgelehnt. In der nächsten Nacht haben sie ihm das Ding angesteckt.«

Sie nahm ihren Arm weg. Hände zu Fäusten geballt.

»Papa hat den Kiosk wieder aufgebaut und nun seinerseits die Polizei um Schutz gebeten. Dem Unrecht wollte er sich nicht beugen.«

»Und?« fragte Darius gespannt.

»Ging eine Weile gut. Aber zwei Monate später wurde die Bude erneut abgefackelt. Da hat er aufgegeben.«

»Was hat er dann gemacht?«

Valerie blickte starr geradeaus. Bitterkeit in der Stimme.

»Die Erkenntnis, daß man ihn mitten in seiner Heimatstadt nicht schützen konnte, hat sein ganzes Weltbild zusammenbrechen lassen. Ein Gefühl elementarer Bedrohung. Er hat sich in der Wohnung eingeigelt, ging kaum noch aus, hat uns mit Heimarbeiten über Wasser gehalten. Das war Ende der Siebziger. Ich war damals vierzehn, und mein Berufswunsch stand fest.«

Darius sah sie von der Seite an. Schön, entschlossen, unbestechlich. Er liebte sie.

»Und da hast du dich entschlossen, für ein bißchen mehr Gerechtigkeit in der Welt zu sorgen.«

Sie lachte befreit auf.

»Nicht pathetisch werden. Für Gerechtigkeit sind wir doch wohl nicht zuständig. Einigen wir uns auf den Begriff Ordnung. Zähne zeigen. Recht und Gesetz Geltung verschaffen.«

Er pfiff durch die Zähne.

»Law and Order, starker Staat. Du überraschst mich wirklich«, stichelte er vergnügt.

Zornblitzend fuhr sie herum. Wunderbar.

»Quatsch, starker Staat. Was willst du? Mich in die rechte Ecke drängen? Starke, freie Gesellschaft, das ist es. Und Freiheit braucht Schutz durch Stärke. Ich red nicht von der Knüppel-aus-dem-Sack-Freiheit. Stärke ohne Gesetz, demokratische Kontrolle ohne Moral wird zur nackten Gewalt. Ich weiß, wovon ich rede. Du doch wohl auch, oder?«

Touché. Wie hatte sie das gemeint? Spielte sie auf seine Rolle in der untergegangenen DDR an? Ihm wurde mulmig. Bevor er gänzlich in die tiefe Schlucht des Selbstzweifels rutschte, unterbrach sie seine Grübelei: »Und darum müssen korrupte Typen wie Elch weg.«

Beide lauschten dem zwischen ihnen in der Luft hängenden Satz wie einem Versprechen nach. Der Moment ging vorüber. Plötzlich wurde ihnen bewußt, daß sie bereits eine geraume Weile vor dem alten Mietshaus, in dem Valerie wohnte, standen. Sie sahen sich etwas unsicher an. Und nun? Wieder ergriff Valerie die Initiative.

»Wie wär's mit noch nem Kaffee bei mir?«

Ja, ja ja! Darius war hell begeistert. Er hätte jetzt selbst Blasentee nicht ausgeschlagen.

»Um diese Zeit? Könnte mich allerdings ziemlich aufregen.«

»Aber das hoffe ich doch sehr«, prustete sie und ging voran.

Im Treppenhaus mußte Darius an sich halten, die vor ihm schwingende Levis nicht beidhändig zu kosen. Als die zuschlagende Wohnungstür die Welt ausgeschlossen hatte, taten sie noch im Flur in selbstverständlichster Übereinkunft das, was jetzt einfach dran war.

*

Er brauchte einen Moment, um sich zu orientieren. Lembergs Laube war es nicht. Früher Sonnenschein und Straßenlärm durch die weit geöffnete Balkontür. Ein breiter Futon, zerwühlte Kissen. Die Erinnerung kam, beglückend wie ein Rausch.

In der angrenzenden Küche klapperte Valerie, mit nichts als einem viel zu großen Herrenpyjama-Oberteil bekleidet. Kaffeeduft. Er rührte sich nicht, beobachtete sie nur still. Alles wird gut, dachte er noch, bevor er sich widerstandslos zurück in den Schlaf gleiten ließ.

Als er erneut erwachte, blickte er in zwei grüne Augen. Valerie saß im Schneidersitz am Fußende, ein Kaffeetablett auf den Knien. Sie mußte ihn schon eine ganze Weile so angeschaut haben. Zärtliche Vertrautheit. Darius lief ein spontaner Glücksschauder über die Schultern, und er richtete sich, ein Kissen in den Rücken stopfend, auf.

»Guten Morgen.«

»Mensch, du kannst ja schlafen. Abendliche Anstrengungen solltest du in deinem Alter vielleicht besser meiden«, stichelte sie anzüglich.

»Hast du für Opa denn auch einen Kaffee?«

Sie reichte ihm lächelnd eine Tasse.

»Nun übertreib mal nicht. Hast dich ja wirklich gut gehalten.«

»Na, das freut einen denn ja auch.«

Er klopfte neben sich auf die Matratze. Valerie rutschte zu ihm und kuschelte sich an. Der Kaffee schwappte.

»Ich muß gleich los, die Pflicht ruft. Sehen wir uns heute abend?«

Darius überlegte. Er hatte einiges auf dem Programm. Unschlüssiges Achselzucken.

»Ich melde mich auf jeden Fall bei dir.«

Sie nahm sein Gesicht zwischen beide Hände und fixierte ihn eindringlich.

»Paß auf dich auf, Junge.«

Küssen, als müßten sie sich gegenseitig beatmen. Dicker Schlußschmatzer auf die Nase, dann sprang Valerie gelenkig auf und eilte ins Badezimmer. Die Dusche rauschte.

Darius reckte sich gähnend und sah sich im Zimmer um. Ihre Kleidung lag noch auf dem Fußboden verstreut, so wie sie sie gestern achtlos hatten fallen lassen. Aus der Gesäßtasche von Valeries Jeans war ihr Portemonnaie gerutscht. Aufgeklappt lag es auf dem Parkett. Darius erkannte deutlich ihren darin steckenden Dienstausweis.

»Da liegt der Schlüssel zum Zentralarchiv. Du weißt doch, wie man sich mit so was Türen öffnet«, raunte der kleine Mann im Ohr.

»Wohl verrückt geworden, das würde sie mir nie verzeihen«, hielt er noch standhaft dagegen.

»Du hast einen Auftrag, erinnere dich an dein Versprechen. Mit kleinlicher Bedenkenträgerei kommst du nicht voran«, gab der Mann im Ohr zurück.

»Und wenn sie was merkt?«

»Muß sie ja nicht. Heute abend deponierst du das Teil hier wieder irgendwo. Beim Hoppelpoppel aus der Tasche gerutscht. So einfach ist das.«

Er rang mit sich. Die Dusche wurde abgedreht. Jetzt oder nie.

Kurz entschlossen kroch er aus den Laken, fummelte den Ausweis heraus und steckte das Portemonnaie zurück in die Gesäßtasche. Als Valerie, einen dicken Handtuchturban auf dem Kopf, das Zimmer betrat, lag er bereits wieder in den Kissen. Sie fönte sich lange und frisierte sich sorgfältig vor dem großen Spiegel. Er schwitzte. Mit Erleichterung nahm er wahr, daß sie aus dem Schrank ein helles, sportliches Kostüm wählte, dazu passende Pumps. Fertig angekleidet, drehte sie sich einmal um sich selbst.

»Wie sehe ich aus?«

»Umwerfend«, hauchte er matt, »hast du was Besonderes vor?«

»Konferenz beim Obermufti. Irgendein LKA-Schlaumeier hält ein Referat.«

Sie griff sich ihre Lederjacke vom Boden und fummelte in den Taschen. Seine Temperatur stieg. Schon hatte sie ihren Autoschlüssel in der Hand. Kein Blick für die Jeans. Sie warf ihm eine Kußhand zu und eilte.

»Ciao, Liebster. Bin spät dran. Bis nachher. Am Telefon liegt ein Schlüssel.«

Die Wohnungstür fiel ins Schloß. Er atmete tief aus. Bingo. Bei der Konferenz würde sie den Ausweis nicht vermissen, und in ein paar Stunden konnte er das Ding wieder an alter Stelle deponieren. Lief doch alles bestens.

Deutlich spürte er den Ausweis in der Unterhose. Nichts war gut. Er fühlte sich mies. Und dennoch.

Darius hatte die Wirkung, die ein amtlicher Ausweis ausübte, nicht unterschätzt. Die Eingangshürde im Haus der Landespolizeidirektion an der Schongauer Straße hatte er bereits mit Bravour genommen. Freundlich wies man ihm den Weg zum Archiv.

Der Mann in der Aktenhaltung trug eine dicke Hornbrille. Schien zur Berufskleidung der Archivare zu gehören. Ansonsten gab es keine Ähnlichkeit zu Lemberg. Klein, dick, der verbliebene Haarkranz in Ehren ergraut. Seine ganze Erscheinung schien die Kardinaltugenden des deutschen Beamten auszudrücken. Korrekt bis unter die Zehennägel. Daß er keine Ärmelschoner trug, war alles.

Darius glaubte, die Schwachstelle des Mannes zu kennen. Autoritätsgläubigkeit. Er hielt dem Archivar den Ausweis kurz so vor die Nase, daß die Kuppe seines Zeigefingers den Vornamen verdeckte.

»Hauptkommissar Markowitz, Kripo Leipzig, ich brauch Ihre Hilfe.«

Schwupp, schon war der Ausweis wieder in der Brusttasche seines Hemdes verschwunden. Kein Widerspruch, statt dessen serviles Nicken. Lief ja wie geschmiert.

»Freiwillige Helfer der Volkspolizei, sagt Ihnen das irgend etwas?«

Der Archivar lächelte überlegen.

»Aber selbstverständlich, bin seit vierzig Jahren dabei.«

»Alle Achtung. Irgendwas darüber im Archiv?«

»Ich denke schon. Um was geht's denn?«

»Ich muß wissen, ob von denen jemand in den letzten Jahren vor der Wende wegen Sittlichkeitsgeschichten auffällig geworden ist. Ist das ein Problem?«

Gespitzter Mund, heftiges Kopfschütteln. Der Mann hatte seinen Laden im Griff.

»Überhaupt nicht, Kleinigkeit.«

Darius freute sich. Na also. Aber warum tummelte der Dicke sich noch nicht? Auf irgendwas schien der Mann noch zu warten.

»Ist noch was?«

Der Archivar begann zu trippeln. Verlegenes Händeringen.

»Ich müßte die Erlaubnis auf Akteneinsicht sehen. Vorschrift, Sie verstehen?«

Au Backe. Darius verstand nur zu gut. Jetzt Augen zu und durch.

»Nun machen Sie mal keine Zicken«, schnarrte er wie der Hauptmann von Köpenick, »für solche Spirenzchen haben wir jetzt keine Zeit. Ich brauch die Information. Sofort!«

Blut schoß dem Dicken ins Gesicht. Zwei Seelen rangen in seiner Brust. Noch mal schwacher Widerstand.

»Aber verstehen Sie doch, die Vorschriften, ich muß ...«

Darius drehte sofort am Lautstärkeregler. Kommandotonlage.

»Jetzt ist aber Schluß. Wollen Sie etwa laufende Ermittlungen behindern?«

»Nein, nein, aber ...«

»Nichts aber. Die Formalitäten erledigen wir später. Machen Sie schon. Sie wollen doch noch Ihr einundvierzigstes Dienstjubiläum hier erleben, oder?«

Darius hätte es nicht gewundert, wenn der Dicke jetzt die Hacken zusammengeschlagen hätte.

»Na gut. Nehmen Sie Platz. Es kann aber ein Weilchen dauern.«

Darius atmete auf. Nach der Peitsche jetzt Zuckerbrot.

»Ich wußte, daß man sich auf Sie verlassen kann. Werde Ihre Kooperationsbereitschaft lobend erwähnen.«

»Danke.« Der Archivar dienerte zur Tür hinaus.

Darius ließ sich auf einen Drehstuhl fallen und griff nach der auf dem Schreibtisch liegenden Zeitung. Er war in der Höhle des Löwen und fühlte sich unbehaglich. Nach einer Weile registrierte er, daß das Gelesene bereits auf dem Weg zwischen Netzhaut und Großhirn abhanden gekommen war. Sorgfältig faltete er das Blatt wieder zusammen und sah auf die Uhr. Dickerchen war schon über eine Viertelstunde abgängig. Er sprang auf und begann, in dem

Büro auf- und abzugehen. Am Fenster prüfte er mit dem Finger den Feuchtigkeitszustand der Erde der Büropflanzen. Tadellos. Eine Zigarette wäre jetzt nicht schlecht gewesen. Irgendwas hielt ihn in dem Ordnung und Sauberkeit verströmenden Zimmer davon ab. Dafür bediente er sich an der Kaffeemaschine.

Nach einer weiteren Viertelstunde setzte er sich wieder und griff erneut zur Zeitung. Das Telefon klingelte. Nervös steckte er sich jetzt doch eine Zigarette an, sorgfältig darauf achtend, nur ins angrenzende Waschbecken zu aschen.

Die Tür ging auf. Na endlich. Er fuhr herum und mußte schlucken. Hauptkommissar Peter Elch, Clint-Eastwood-Blick. Sie fixierten sich für Sekunden stumm. Dann ruckte Elchs Kopf kurz nach rechts hinten.

»Folgen Sie mir.«

*

Valerie saß bleich an ihrem Schreibtisch und sah stur geradeaus. Darius, quer dazu, wieder auf dem Arme-Sünder-Stuhl. Elch, Valeries Dienstausweis in der Hand, schritt in Darius' Rücken auf und ab. Seine große Stunde. Generalabrechnung. Herrisch legte er los: »Wie kommen Sie an den Ausweis, Dorn?«

»Den hab ich Frau Markowitz geklaut.«

Sie sah ihn immer noch nicht an, dafür wollte es Elch ganz genau wissen.

»Das hab ich mir schon gedacht«, er schnaufte verächtlich. »Wie, wann, wo?«

Darius drehte sich zu ihm um. Gelassen:

»Hören Sie, Elch, Sie haben gewonnen. Ich hab den Diebstahl zugegeben. Alles andere geht Sie einen Scheißdreck an.«

Elch tat ihm nicht den Gefallen, aus der Haut zu fahren.

Mit einem müden Lächeln nahm er an seinem Schreibtisch Platz.

»Dorn, Sie verkennen Ihre Situation. Aber gut, wahrscheinlich brauchen Sie ein wenig Zeit zum Nachdenken.«

Er griff zum Telefon.

»Elch hier. Vor mir sitzt ein Herr Dorn. Nehmen Sie den Mann in Gewahrsam.«

Valerie erwachte aus ihrer Erstarrung.

»Er lügt«, sagte sie schlicht, »ich habe ihm den Ausweis freiwillig gegeben.«

Sie sah Darius streng und gleichzeitig traurig an. Er suchte in ihrem Blick vergeblich nach Absolution. Dafür konnte er ihre Enttäuschung fast körperlich spüren. Und sie hatte so verdammt recht. Er hatte sie hintergangen. Er sank in sich zusammen. Und trotzdem hielt sie ihm die Stange, wollte ihre Karriere ihrer Freundschaft opfern. Es machte ihn froh und gleichzeitig fühlte er sich tief beschämt. Das durfte nicht sein. Betont rüde:

»Ist doch alles kalter Kaffee. Sie brauchen hier nicht die Heldin zu spielen, Frau Markowitz. Ich hab Sie doch bloß benutzt. Kommen Sie wieder auf den Teppich.«

Er sah deutlich, daß es sie traf, als hätte er sie geohrfeigt. Schrecksekunde. Aber dann wichen Enttäuschung und Empörung einem feinen, ironischen Lächeln. Sie bedachte ihn mit einem fast mütterlichen Blick. Da hatte jemand eine Entscheidung getroffen. Sachtes Kopfschütteln.

»Laß gut sein, Darius. Ab jetzt mit offenen Karten.«

Elch fuhr dazwischen. Seine flache Hand schlug wütend auf den Tisch. Hochrot im Gesicht:

»Und gleich noch heiße Liebesschwüre, ich werd nicht mehr. Schluß jetzt, wir sind hier nicht im Komödienstadel.«

Er wäre wahrscheinlich gern noch weiter ausgefahren, aber es klopfte an der Tür. Ein grün Uniformierter trat ein.

»Abführen!« brüllte Elch den verdutzten Beamten an.

Darius erhob sich.

»Handschellen, dem Typ ist nicht zu trauen.«

»Sag mal, spinnst du«, begehrte Valerie, sich vom Stuhl erhebend, wütend auf.

»Setz dich«, kommandierte Elch kalt, »wir reden später.«

Der Uniformierte schloß sich an Darius' Handgelenk an. Wortlos verließen sie den Raum. Elch, inzwischen wieder auf Normalmaß abgeschwollen, wandte sich Valerie zu.

»Kann mir vielleicht einer mal erklären, was hier los ist?«

»Gerne«, sagte sie schnippisch, »ich habe ihm den Ausweis gegeben, damit er die Recherchen durchführen sollte, die du ja unter allen Umständen verhindern wolltest.«

Schweigen. Sie standen sich wie zwei Duellanten gegenüber.

»Ist dir eigentlich klar, was das für euch beide bedeutet«, fragte Elch endlich ungläubig.

»Völlig.«

Er tippte sich respektlos an die Stirn.

»Der Typ hat dir ja völlig den Verstand geraubt. Hast du vergessen, was ich dir bei unserem Segelausflug gesagt habe? Das gilt auch heute noch.«

Er sah sie eindringlich an.

»Komm zu Verstand. Dorn hat dich bestohlen, basta. Deine liebeskranken Einlassungen von eben sind bereits vergessen.«

Er reichte ihr die ausgestreckte Hand. Sie ignorierte die Geste.

»Weißt du eigentlich, wem das Boot gehört?« fragte sie unvermittelt.

Elch zuckte mit den Achseln.

»Keine Ahnung, wahrscheinlich dem Verein.«

»Du lügst. Baum hätte unter Deck besser aufräumen sollen.«

Elch wich schlagartig das Blut aus dem Gesicht, aber er hatte sich im Griff. Seine Stimme wurde dienstlich.

»Frau Markowitz, Sie sind bis auf weiteres beurlaubt. Nehmen Sie Ihre persönlichen Sachen und verlassen Sie das Haus. Alles weitere erfahren Sie schriftlich, guten Tag.«

Valerie griff sich wortlos ihre Handtasche. An der Tür drehte sie sich noch einmal um.

»Peter, du bewegst dich auf dünnem Eis. Paß auf, daß du nicht einbrichst.«

Starker Abgang. Elch ließ sich matt auf seinen Stuhl fallen. Nach kurzem Überlegen griff er zum Telefon und tippte Baums Nummer ein.

V
Totes Rennen

Darius fädelte Gürtel und Schnürsenkel wieder ein, dann nahm er das, was er vor vierundzwanzig Stunden in den Taschen getragen hatte, entgegen und quittierte. Elch hatte dafür gesorgt, daß das volle Programm durchgezogen wurde. Man hatte ihn aufs peinlichste leibesvisitiert, seine Fingerabdrücke genommen, ihn aus verschiedenen Blickwinkeln fotografiert. Er beglückwünschte sich noch nachträglich für die weise Entscheidung, die Pistole nicht mit in die Landespolizeidirektion genommen zu haben.

Unausgeschlafen, unrasiert und moralisch verkatert trat er in den hellen Samstagmittag. Vierundzwanzig Stunden allein mit sich und den Selbstvorwürfen hatten genügt, um sein Ego auf Briefmarkengröße zusammenzufälteln. Hinzu kam noch, daß er von jedem Kontakt zu Valerie abgeschnitten war. Und da hätte es doch soviel zu sagen, zu erklären gegeben. Er war ein Versager, schlimmer noch, ein Betrüger. Der Gedanke an Valerie krampfte ihm das Herz zusammen. Wie sollte er ihr je wieder unter die Augen treten?

Die Frage wurde augenblicklich für ihn entschieden. Valerie, die Sonne im Rücken, kam ihm entgegen. Im Gegenlicht wirkte sie umstrahlt wie eine Göttin. Mit einem Rest Selbstachtung zwang er sich, nicht den Blick zu senken.

»Valerie, ich bin ein kompletter Idiot.«

»Wie wahr«, sagte sie ernst. Aber dann breitete sich dieses unwiderstehliche Lächeln über die Sommersprossenmilchstraße in ihrem Gesicht aus. Darius schöpfte neue Hoffnung.

»Es tut mir alles ...«

Sie nahm sein Gesicht zwischen ihre kühlen Hände.

»Laß gut sein. Nicht das, was du getan hast, hat mich traurig gemacht, sondern daß du mich nicht ins Vertrauen gezogen hast. Tu das nie wieder.«

Sie sahen sich ernst in die Augen.

»Versprochen«, hauchte Darius matt. Dann berührten sich ihre Lippen. Die Herzoperation war gelungen.

Valerie ging zum Parkplatz voran.

»Wohin?« fragte sie schlicht, bevor sie den Schlüssel ins Zündschloß steckte.

»Zur Laube, ich brauch dringend frische Klamotten.«

Sie schnüffelte ostentativ. »Stimmt.« Dann gab sie Gas.

Darius kam plötzlich ein Gedanke.

»Sag mal, bist du nicht im Dienst?«

Müdes Lächeln. Ohne den Blick von der Straße zu nehmen, schüttelte sie den Kopf.

»Bin bis auf weiteres beurlaubt. Wir haben also nun Zeit genug, die ganze Sache endlich gemeinsam aufzuklären.«

Peng. Die schlichte Mitteilung traf ihn wie ein Keulenschlag. Schon meldeten sich die Schuldgefühle versammelt zurück.

»Bist du etwa bei deiner Version der Ausweisgeschichte geblieben?«

Jetzt sah sie ihn an. Offenes Lachen.

»Natürlich. Ich war zwar mit Elch segeln, aber noch mal kriegt er mich nicht in sein Boot. Wenn wir es nicht schaffen, solchen Typen das Handwerk zu legen, hab ich bei dem Verein sowieso nichts mehr verloren.«

Darius schwieg. Aber innerlich tat er einen Schwur. Er würde für Valeries Rehabilitierung sorgen. Und wenn es das Letzte war, was er in diesem Leben tun würde.

Sie störten Lembergs Mittagspause, die er in einer zwischen Apfel- und Birnbaum gespannten Hängematte hielt. Aber der ließ sich die Unterbrechung gern gefallen. Während Darius in der Laube mit Körperpflege und Kleidungswechsel beschäftigt war, brachte Valerie ihn auf den Stand der Information. Darius stieß wieder dazu, als Valerie bei ihrer vorläufigen Beurlaubung angekommen war. In die Hängematte kam heftig Bewegung. Lemberg wuchtete sich erstaunlich gelenkig heraus. Aufgebracht:

»Dieses Schwein. Damit kommt er nicht durch. Ich laß die leeren Akter von nem Kumpel auf Fingerabdrücke untersuchen. Und privat werd ich mich umhören, was Elch und Baum miteinander zu schaffen haben. Schließlich kennt man ja auch den einen oder anderen hier in Leipzig.«

Valerie war von der Verve des Alten ganz gerührt. Ihr Blick wanderte wohlwollend zwischen den beiden Männern hin und her. Schön, wenn man Freunde hatte. Trotzdem wandte sie sich jetzt zum Gehen.

»Ich muß los, hab noch was zu erledigen.« Zu Darius: »Sehen wir uns heute noch?«

»Na klar, aber vielleicht wird es ein bißchen später.«

Vom Gartenzaun aus warf sie den beiden noch eine Kußhand zu, dann sprang sie in ihren Wagen. Lemberg und Darius sahen ihr hinterher, bis sie um die Wegbiegung verschwunden war. Endlich brach Darius das Schweigen.

»Kannst du mir heute abend noch mal deinen Wagen leihen?«

»Sicher. Was hast du vor?«

»Frag mich nicht.«

Lemberg fixierte ihn nachdenklich und zuckte mit den Achseln. Er nestelte am Schlüsselbund.

»Hoffentlich bist du nicht dabei, schon wieder eine Dummheit zu begehen. Sei vorsichtig.«

Dann schien ihm noch ein Gedanke zu kommen.

»Nach allem, was dir zugestoßen ist, solltest du auf die Kleine vielleicht ein bißchen acht geben. Ich hab so ein ungutes Gefühl.«

Darius durchfuhr es heiß. Warum war er selbst noch nicht auf den Gedanken gekommen? Valerie hatte die Fronten gewechselt. Lemberg hatte recht. Sie war in Gefahr. Aber er würde sich um die Gefahrenquelle kümmern, noch heute abend.

*

Er hatte noch keinen konkreten Plan, aber ein konkretes Ziel, und das lag in Windorf. Darius ließ den Wagen in einigem Abstand zu Baums Anwesen am Straßenrand ausrollen. Wie jetzt weiter? Er zündete sich erst mal eine Zigarette an. Hoher Metallzaun, Überwachungskameras, Hunde. Nicht zu vergessen der brandgefährliche Leibwächter. Die Dämmerung hatte zwar inzwischen eingesetzt, trotzdem, Baum in seiner eigenen Festung zu stellen, glich einem Himmelfahrtskommando.

Unschlüssig überprüfte er die Sig-Sauer und grübelte. Da kam ihm der Zufall zu Hilfe. Plötzlich durch Schmiedeeisen gesiebtes Scheinwerferlicht. Die Flügel des Tores schwangen auf, Baums Limousine rollte auf die Straße. Blinker rechts. Der Benz kam ihm entgegen. Darius ließ sich sofort zur Seite fallen, ehe die Lichtfinger ihn erfassen konnten. Nach zehn Sekunden ließ er den Motor an, wendete und folgte den bereits in einiger Entfernung irrlichternden Rückstrahlern. Auf der Landstraße wurde der Verkehr dichter, die Verfolgung einfacher. Baum hielt sich in Richtung Markkleeberg. Kurz hinter dem Waldbad Lauer bog er nach links in den Equipagenweg ein und durchquerte mit Tempo das Ratsholz.

Darius ließ sich wieder weit zurückfallen. Fast hätte er sein Wild aus den Augen verloren. Im letzten Moment sah er, wie die Nobelkarosse auf den Parkplatz des Tennisclubs einbog. Ohne lang zu überlegen bog er ebenfalls links ab und schoß in die nächste sich biegende Parklücke.

Sofort Licht und Motor aus. Ruhe bewahren. Deutlich machte er Baum aus, der sich am Kofferraum seines Wagens zu schaffen machte. Dann geschah etwas Merkwürdiges. Die Fahrertür eines schwarzen Porsche wurde geöffnet, ein schlaksiger Mann entstieg. Darius erkannte ihn, trotz der Dämmerung, sofort. Hauptkommissar Elch. Nun schau mal schau.

Baum schrak sichtlich zusammen, als er von hinten angesprochen wurde. Dann, eindeutig, Erkennen. Freundliches Händeschütteln. Man war sich ganz offensichtlich nicht fremd. Elch begann sofort erregt auf den Älteren einzureden. Der lauschte mit sich versteinernder Miene.

Darius kurbelte das Seitenfenster herunter. Nutzte nichts, es blieb ein Stummfilm. Er hätte seinen rechten Arm dafür gegeben, wenn Ton hinzugekommen wäre. Aber auch so war es spannend genug.

Elch klappte den Mund zu. Jetzt redete Baum. Sichernd sah er sich um. Gedämpft, aber sichtlich in Fahrt legte er, gestenreich wie ein Italiener, los. Wütend tremolierte die flache Hand vor der Stirn. Sein ausgestreckter Zeigefinger schoß mehrfach wie eine Waffe gegen Elchs Brust. Der sackte immer mehr in sich zusammen. Hängende Arme, Nicken, wie zwanghaft. Baum wandte sich mit wegwerfender Abschlußgeste um. Audienz beendet. Elch stakste zu seinem Wagen zurück. Kies stob. Der Porsche schoß in die Nacht.

Baum hatte inzwischen sein Handy am Ohr und lief erregt telefonierend auf und ab. Dann setzte auch er sich wieder hinters Steuer und rollte vom Parkplatz. Sport war offensichtlich heute nicht mehr angesagt.

Sie fuhren Richtung Innenstadt. Unvermittelt bog Baum in eine Seitenstraße ein. Zur Linken ein hell erleuchteter Kiosk. Baum parkte in zweiter Reihe, sprang bei laufendem Motor aus dem Wagen und eilte auf die Trinkhalle zu.

Darius sah seine Chance. Aber wo parken. Mist, links

und rechts ein lückenloser Blechwall. Da, die Einfahrt auf einen Hinterhof. Darius parkte ein und war augenblicklich aus dem Wagen. »Einfahrt frei halten« auf gelbem Grund. Konnte er sich jetzt nicht drum kümmern.

Geduckt schlich er zu dem vor sich hin schnurrenden Benz. Baum verhandelte noch mit dem Kioskbesitzer. Darius öffnete vorsichtig die der Straße abgewandte Tür des Fonds und krabbelte hinein. Üppige Beinfreiheit im Edelschlitten, Darius fand es prima. In den Fußraum gekauert entsicherte er die Pistole. Da klappte auch schon die Fahrertür.

Schwer ließ sich Baum in den Sitz fallen. Das Zippen eines Feuerzeugs, Zigarettenrauch kroch um den Fond. Der Wagen setzte sich in Bewegung.

Aus der Froschperspektive registrierte Darius, daß sie sich wieder auf der Hauptstraße befanden. Also los. Mit einem Ruck richtete er sich auf. Baum verriß erschreckt das Steuer. Reifen quietschten, wütendes Hupen von hinten. Aber Baum hatte Nerven und Wagen sofort wieder unter Kontrolle.

»Darius, du? Bist du verrückt geworden?«

»'n abend Bernd, gib doch mal ne Zigarette rüber, hab leider nichts dabei.«

»Was soll das Affentheater?«

Darius drückte ihm das operative Ende der Sig-Sauer hinters Ohr.

»Feuer hab ich übrigens selbst.«

Baum bot wortlos die geöffnete Packung über die Schulter an. Darius steckte sich eine zwischen die Lippen und betätigte mit der Linken sein Feuerzeug.

»Steck die alberne Pistole weg, oder ich fahr schnurstracks zur nächsten Polizeistation. Du schießt ja doch nicht.«

Sofort drückte Darius die Glut seiner Zigarette auf den blütenweißen Hemdkragen des Aufmüpfigen. Zu hoher

Kunstfaseranteil. Es brutzelte bis auf die Haut. Baum quiekte, hielt den Wagen aber in der Spur. Darius drückte mit dem Pistolenlauf.

»Verlaß dich nicht drauf«, zischte er, »tu lieber, was ich dir sage. Los, zur Baustelle.«

»Was für eine Baustelle?«

Darius stocherte erneut mit der Pistole.

»Komm schon.«

Baum, Schweiß auf der Stirn, gab auf und fügte sich. Zehn Minuten fuhren sie schweigend.

Sie parkten quer zum Bauzaun. Darius hieß Baum aussteigen und die Hände aufs Wagendach legen. Rasch durchsuchte er ihn nach Polizistenmanier. Baum war unbewaffnet. Er nahm dessen Schlüsselbund an sich. Mit den mitgebrachten Kabelbindern fesselte er ihm die Handgelenke vor dem Bauch zusammen. Dann ließ er ihn aus kurzer Distanz in das unheilschwangere Auge der Sig-Sauer blicken.

»Mach keine Zicken. Meine Skrupel, dich wegzupusten, tendieren inzwischen gegen Null. Geh voran.«

Baum drehte sich wortlos um. Darius öffnete das Vorhängeschloß am Tor mit Baums Schlüssel und steckte ihm das Bund wieder zu. Der Gefesselte stolperte, Pistolenlauf im Nacken, auf den Innenhof. Wie bestellt hing der unverschleierte Mond im sternklaren Himmelsrechteck. Im diffusen Licht wirkte die Szene noch bizarrer als tagsüber. Herumstehende Baumaschinen wie Astronautenschrott in der Kraterlandschaft. Darius faßte einen Radlader ins Auge. Ohne den andern aus dem Visier zu lassen, sprang er aufs Trittbrett. Bingo. Der Schlüssel steckte. Er dirigierte mit dem Lauf der Waffe.

»Steig in die Schaufel.«

Baum starrte ihn aus geweiteten Augen an.

»Darius, komm zur Vernunft, ich ...«

Der Schuß zerriß die Stille im Hinterhof mit solcher Gewalt, als wäre eine Granate eingeschlagen. Selbst Darius zuckte zusammen. Er sollte das lieber lassen, wollte er nicht doch entfernte Passanten auf den Plan rufen. Aber die Wirkung war beachtlich. Baum hatte sich zu Boden fallen lassen und hielt sich die gefesselten Hände über den Kopf.

»Steig ein.«

Baum rappelte sich augenblicklich hoch und gehorchte. Darius wuchtete sich auf den Sitz des Radladers, klappte die Frontscheibe hoch und ließ den Motor an. Schon schwebte der in der Schaufel Stehende wie ein Showstar nach oben. Vertreter der Bauberufsgenossenschaft hätten das sicher nicht gern gesehen. Gottlob war keiner anwesend.

Der Radlader ruckelte vor. An einem tiefen, quadratmetergroßen Schacht hielt Darius an. Ein Punktfundament, korrekt eingeschalt und armiert, bereits zur Hälfte ausgegossen. Er stoppte den Motor. Die abrupt einsetzende Stille wirkte nicht weniger bedrohlich als der Detonationsknall von eben. Für einen Moment ließ er den Mann in luftiger Höhe seine Angst voll auskosten. Dann begann er, betont sachlich.

»Ich werde dir jetzt ein paar Fragen stellen, die du wahrheitsgemäß beantwortest. Ist das klar?«

»Dazu hättest du nicht diesen Zirkus veranstalten müssen«, kam es gepreßt von oben. »Fahr mich runter und wir reden endlich wie vernünftige Menschen.«

»Die Chance dazu hattest du. Aber du wolltest mich ja lieber beseitigen lassen. Jetzt bin ich am Drücker.«

»Du bist völlig verrückt. Wovon redest du?«

»Schluß jetzt. Sieh nach unten. Spurst du nicht, betoniere ich dich da unten ein. Zement und Sand sind ja genügend da.«

Er betätigte die Hydraulik. Mit leichtem Knarren klappte die Schaufel etwas nach vorn.

»Und mit deiner Angeberschleuder fährt übermorgen schon irgendein Mafioso in Kasachstan rum. Dafür sorge ich.«

Wieder klappte die Schaufel ein Stück weit nach vorn.

»Spurlos. Es wird sein, als habe es dich nie gegeben. Niemand wird jemals deine Leiche finden. Du siehst, es ist ernst.«

Baum konnte den Blick nicht von dem unter ihm gähnenden Schlund nehmen. Die gefesselten Hände klammerten, seine Stimme kippte in Paniktonlage.

»Hör auf, Darius, du hast gewonnen, ich rede.«

»Du hast Elch dein Boot für den Bestechungsausflug mit der Markowitz geliehen, dich eben noch am Tennisclub mit ihm getroffen. Wie hängt ihr zusammen?«

Die Antwort kam prompt. Baum schien jeden Widerstand aufgegeben zu haben.

»Wir sind befreundet. Ich habe ihm in der Vergangenheit die eine oder andere Gefälligkeit erwiesen, dafür hat er sich mit Informationen über deine Schnüffelei revanchiert.«

»Hat er die Akten vernichtet?«

»Ja, aber das wird niemals zu beweisen sein.«

Darius schluckte den aufkommenden Zorn über Baums sich wahrscheinlich bewahrheitende Prognose herunter. Darum ging es jetzt nicht.

»Warum hast du ihn dazu gedrängt, wenn damals doch alles korrekt gelaufen ist?«

Baum brauchte nicht lange nach einer Antwort zu suchen.

»Schau dich hier um, Riesenprojekt, dafür hab ich mich über die Schmerzgrenze verschuldet. Wenn da dunkle Geschichten aus meiner Vergangenheit auftauchen, es einen Skandal um meine Person gibt und mir daraufhin Investoren abspringen, bin ich geschäftlich wie gesellschaftlich erledigt.«

Klang echt. Trotzdem konnte es Darius kaum fassen. Ungläubig:

»Und das allein hat genügt, um mich umbringen lassen zu wollen?«

»Damit hab ich doch nichts zu tun«, heulte Baum auf, »mein Mann hat es übertrieben. Ich weiß nicht, warum. Er sollte lediglich mit dir reden, dir ein erneutes Angebot von mir machen.«

Darius lachte bitter auf.

»Angebot machen ist gut. Ticket to heaven, was?«

»So glaub mir doch, ich ...«

»Schnauze!« Darius hatte von Verteidigungsreden die Nase voll. So kamen sie nicht weiter. Scharf:

»In Düsseldorf gerate ich fast unter den Zug. Mein Freund Dietz erleidet mit dem Taxi, hinter dessen Steuer eigentlich ich hätte sitzen müssen, einen mysteriösen, tödlichen Unfall. Alles Zufall?«

»Wovon redest du?« jammerte Baum.

Der Typ hatte wirklich Nerven. Darius kam in Wallung. Brüllend:

»Die zwei Schläger, die mich dazwischen hatten. Der versuchte Brandanschlag in der Gartenlaube. Und der Mord an Oma Krüger sollte wohl eine Warnung an mich sein.«

»Du bist wahnsinnig.«

Wahnsinnig? Jetzt reichte es. Darius ließ den Motor des Radladers wieder an. Der Diesel röhrte drohend in die Stille. Baum schrie vor Entsetzen.

»Nein!«

Doch. Mit einem Ruck schob Darius den Hydraulikhebel vor. Die Schaufel klappte ganz nach unten. Baum klammerte sich mit gefesselten Händen an den hinteren Rand des Kübels, seine Beine baumelten in der Luft. Deutlich registrierte Darius, wie sich die helle Hose im Schritt dunkel verfärbte. Das brachte ihn zur Besinnung.

Er riß am Hebel, Baum rettete sich in den hochklappenden Kübel und ließ sich fallen.

Darius stellte den Motor ab. Stille. Nur von oben kam fiependes Keuchen. Fast nicht mehr menschlich, todesnah. Er wischte sich über die Augen. Was machte er hier? War das nicht Folter? Ja, was denn sonst? Scheinhinrichtung, eine der klassischen Methoden.

Die Erkenntnis ließ sein Selbstwertgefühl in sich zusammenfallen. Gab er primitiven Rachegefühlen nach? Lust am Quälen, perverses Auskosten von Allmachtsgefühlen gegenüber einem ihm völlig Ausgelieferten?

»Der Zweck heiligt die Mittel«, wisperte der kleine Mann im Ohr. Darius ignorierte ihn. Daran hatte er nie geglaubt. Die Sache mit Valeries Ausweis kam ihm in den Sinn. O Gott! Er war dabei, seine moralischen Werte über Bord zu werfen, zum Folterknecht und Betrüger zu verkommen. Er näherte sich dem Bösen, das er doch eigentlich bekämpfen wollte, in seinen Methoden bedrohlich an. War er dabei, die Seiten zu wechseln, hatte er die Grenze bereits überschritten? Tiefe Scham.

»Bitte, Darius, bitte laß mich herunter«, winselte Baum, »ich weiß nichts von den Anschlägen. Selbst wenn ich wollte, kann ich dir dazu nichts sagen.«

Darius hatte die Hand schon am Hebel, um die Schaufel abzulassen, da meldete sich Baum erneut von oben.

»Aber wenn das dein Preis ist, gestehe ich, was du willst. Nur laß mich endlich runter, ich halt das nicht mehr aus.«

Darius zog die Hand zurück. Ruhig:

»Reden wir von etwas anderem.«

Nur noch die eine Frage, dann laß ich ihn runter. Ich tu ihm ja nichts mehr, verteidigte Darius sich lahm.

Neugier siegte über Scham und Mitgefühl. Sachlich fuhr er fort: »Was war damals wirklich los? Warum habt ihr den Schwachsinnigen dran gekriegt und den wirklichen Täter nicht ermittelt.«

Baum beruhigte sich ein wenig. Stimme bereits wieder eine Terz tiefer.

»Der wurde ja ermittelt.«

Darius glaubte, sich verhört zu haben.

»Bitte? Wer war es, warum wurde er nicht verurteilt.«

»Ich weiß es nicht. Das MfS hat plötzlich den Fall an sich gezogen. Wir wurden nicht mehr informiert.«

»Erzähl keine Märchen.«

»Du weißt doch, wie das damals war. Später ist durchgesickert, daß es sich um den Sohn irgendeines Apparatschiks gehandelt haben soll. Um einen Skandal zu vermeiden, hat man wohl eine elegantere Lösung gewählt, um den jungen Mann aus dem Verkehr zu ziehen. Wie ich gehört habe, hat man ihn stillschweigend mit irgend einer erfundenen Diagnose in der Psychatrie verschwinden lassen.«

Darius Gedanken rasten. Damals war Messestart. Logisch, daß die nicht wollten, daß öffentlich wurde, daß der Sohn eines der ihrigen sich als Kindermörder betätigte. Da hatte sich ein Schwachsinniger als Bauernopfer geradezu angeboten. Die Tat eines Geisteskranken, sowas ließ sich auch in der sozialistischen Gesellschaft nicht vermeiden. Saubere Lösung. Nur er hätte mit seinem penetranten Ermittlungseifer einen Strich durch die Rechnung machen können. Da hatte man ihn halt abserviert. Paßte alles. Die Nebel lichteten sich.

»Was ist aus ihm geworden?«

»Ich hab doch keine Ahnung. Der Name ist nie bekannt geworden.«

»Ich brauche Beweise.«

»Die kann ich dir nicht geben. Du mußt in den Stasiakten forschen.«

Ja, wie denn, ohne Namen? Nach wem? Ohne konkrete Anhaltspunkte in den Stasiakten nach diesem nebulösen Fall forschen, hieß die sprichwörtliche Nadel im Heuhaufen suchen. Wenn man ihn überhaupt ließ. Ihm sank der Mut. Der Mann hatte wahrscheinlich irgendwann nach der Wende seine Entlassung erreicht. Das würde auch die lange Pause zwischen den Taten erklären.

Darius ließ den Kübel nach unten gleiten. Er spürte, daß Baum die Wahrheit sagte. Aber es brachte ihn nicht weiter. Im Gegenteil, die Erkenntnis bescherte einen ganzen Haufen neuer Fragen. Wenn Baum als Urheber ausschied, wer war dann für die Mordanschläge verantwortlich?

Baum hopste geradezu aus der Schaufel. Darius richtete erneut die Waffe auf ihn. Baum atmete schwer aus. Kopfschütteln. Dann fixierte er Darius scharf.

»Ist es noch nicht genug? Du hast mich gequält und gedemütigt. Wir sollten quitt sein. Rechnung beglichen. Für das, was ich dir gegenüber verantworten muß, hab ich eben bezahlt. Für alles andere mußt du dir einen anderen suchen.«

Der Mann hatte recht. Und plötzlich war es Darius, als würde ein Schleier vor seinen Augen weggezogen. Der Täufer hatte den Spieß umgedreht. Na klar, es gab gar keine andere Möglichkeit. Der hatte Kontakt zur Düsseldorfer Stricherszene. Von den Jungs mußte er erfahren haben, daß da einer private Ermittlungen anstellte. Durch die Verhaftung des Schweden, den die Polizei für den Hofgartenmörder hielt, konnte er sich sicher fühlen. Nur der private Schnüffler war ein Risiko. Der mußte also weg.

Irgendwas blubberte aus den Tiefen des Unterbewußten an die Oberfläche. Vor seinem geistigen Auge lief ein Film ab. Der Mann in der Düsseldorfer Bahnhofshalle. Warum hatte er seinen Motorradhelm nicht abgenommen? Er hatte dem damals keine Beachtung geschenkt, aber jetzt schob sich ein anderes Bild darüber. Die Silhouette im Laubenfenster. Der Täufer war ihm nach Leipzig gefolgt.

In den spontanen Schrecken mischte sich Genugtuung über die Erkenntnis, daß er keinem Phantom hinterher jagte. Aber der eiskalte Killer hatte ihn im Fadenkreuz, während er selbst gegen einen Gegner im Dunkel kämpfte.

Entschlossen sprang Darius aus der Kanzel. Die Waffe verschwand im Hosenbund. Wortlos ging er auf Baum zu. Der hielt ihm die gefesselten Handgelenke entgegen. Es stank nach Urin. Mit einem Schnitt seines Taschenmessers durchtrennte Darius die Fessel. Ohne sich weiter um den anderen zu kümmern, wandte er sich ab und ging davon.

»Darius!«

Er blieb stehn, ohne sich umzudrehen.

»Ich schlage dir einen Handel vor.«

Darius reagierte nicht, ging aber auch nicht weiter. Baum beeilte sich.

»Wegen des Vorfalls hier kann ich dir mit Elchs Hilfe eine Menge Ärger machen. Du weißt, ich hab Einfluß. Und dann ist da noch die Sache mit dem Dienstausweis. Diebstahl, Amtsanmaßung. Auch die Karriere der Kleinen dürfte beendet sein.«

Darius fuhr herum. Instinktiv griff seine Hand zum Hosenbund. Baum hob sofort beschwichtigend die Hände.

»Das muß alles nicht sein. Schnüffel rum, ermittle gegen wen und was du willst, aber laß die Sache von damals ruhen, halt meine Person raus.«

Baum redete sich warm. Sicheres Terrain. Wie man Geschäfte machte, lag ihm im Blut.

»Wenn du einen Skandal um meine Person vermeidest, wird die Markowitz schlicht weggelobt, und was gegen dich anliegt, verläuft im Sande. Dafür garantiere ich.«

Erwartungsvolles Schweigen. Darius Blick verfinsterte sich. Baum machte einen Schritt nach vorn. Geballte Fäuste.

»Versteh doch, ich konnte für den armen Schwachkopf damals nichts tun. Ich war doch selbst nur ein kleines Licht. Daß der sich aufgehängt hat, geht doch nicht auf meine Kappe. Ich hab bloß meine Pflicht getan.«

Darius faßte es nicht. Ein Unschuldiger hängt sich im Knast auf. Zwei Jungen inzwischen bestialisch umgebracht und der Täter auf freiem Fuß. Dietz, Oma Krüger, beide tot. Aber *er* hatte seine Pflicht getan.

Wortlos ging er auf Baum zu. Der lächelte ihm freundlich entgegen.

»Und, was sagst du?«

Darius' Kopf ruckte zurück, um gleich wieder vor zu schießen. Satt spuckte er in ein verdutztes Gesicht.

»Ich hab doch bloß meine Pflicht getan. Erinnert dich das nicht an etwas? Typen wie du kotzen mich an.«

*

Sie saßen auf dem kleinen Balkon hoch über dem Verkehr. Halbhohe Sonne, ein warmer, noch junger Morgen. Darius hatte Brötchen besorgt, Valerie Kaffee und Eier gekocht. Ein friedvolles Frühstück. Selbstverständliche Gelassenheit, als hätte es schon immer so sein müssen. Ein Ehepaar, gemächlich das Wochenende einläutend.

Darius erwachte aus der süßlichen Tagträumerei. Friedvolle Gelassenheit? Schön wär's. Mußte noch warten. Er bedachte die junge Frau ihm gegenüber mit zärtlichem Blick.

Zum Reden war gestern nacht keine Zeit gewesen, sie hatten Wichtigeres zu tun gehabt. Jetzt holte er das Versäumte nach. Er gab einen genauen Bericht über Baums Aussagen auf der Baustelle ab.

Valerie, Messer in der Hand, war sprachlos. Das Ei blieb ungeköpft, ein bereits fertig geschmiertes Honigbrötchen kam noch einmal davon. Das Frühstück war vorbei. Ihr Blick verlor sich nachdenklich an der gegenüber liegenden Häuserfront. Irgendwann kehrte er zurück und fokussierte Darius' Gesicht.

»Du hast also von Anfang an recht gehabt. Und jetzt hat dich ein Serienkiller ganz oben auf dem Zettel.«

Sie rieb sich mit beiden Händen die Schläfen.

»Wie willst du weiter vorgehen?«

Er wurde einer Antwort enthoben. Das Telefon dudelte. Valerie sprang auf. Sekunden später kehrte sie mit dem lang geschnürten Apparat zurück und reichte ihm den Hörer.

»Es ist Lemberg.«

Darius nickte und griff zu. Der Alte wirkte ärgerlich.

»Hab gerade meinen Wagen vom Autohof abgeholt. Dreihundert Mark Abschleppkosten. War das nötig?«

Darius hatte bis eben keinen Gedanken mehr an den Wagen verschwendet. Jetzt stieg seine Temperatur schlagartig.

»O Gott, Rupert, tut mir schrecklich leid. Ich komme selbstverständlich für alles auf, aber es ging gestern einfach nicht anders.«

Rasch setzte er Lemberg ins Bild. Erneute Entschuldigungen. Der Alte schnitt ihm freundlich das Wort ab.

»Laß gut sein, Junge, ich hab für dich auch eine gute Nachricht.«

Trotz drängenden Nachfragens gab Lemberg am Telefon keine Einzelheiten preis.

»In einer halben Stunde in Frickes Trödelladen«, machte er es kurz und legte auf.

Darius sprang auf und jubelte in den Morgen. Valerie starrte ihn beklommen an. Er riß sie hoch, wirbelte sie herum und küßte sie flächendeckend.

»Was ist denn los?« fragte sie etwas atemlos.

»Der alte Knochen hat was rausgekriegt. Komm.«

Der liebevoll gedeckte Tisch, schnöde vergessen. Schon fiel die Wohnungstür ins Schloß. Bereits zehn Minuten vor der verabredeten Zeit erreichten sie den Trödelladen. Lemberg war schon da, sein Wagen parkte unweit.

»Auferstanden aus Ruinen«, irgendwie verheißungsvoll. Darius startete, Valerie mit sich zerrend, gleich durch zum Hinterzimmer. Kaffeeduft und Zigarettenqualm. Die beiden Männer saßen sich an dem kleinen Tisch gegenüber. Nach kurzer Begrüßung stellte Darius Valerie vor. Fricke beäugte sie wohlwollend.

»Du hast ja wirklich starke Hilfstruppen, Darius. Vorgestern hat sich Elisa telefonisch für dich ins Zeug gelegt, gestern hat mich dein Kumpel Lemberg massiert. Und jetzt noch diese Schönheit von Kommissarin. Man könnte neidisch werden.«

Er forderte zum Platznehmen auf und verteilte die Kaffeetassen, dann wurde er ernst.

»Ihr habt mich überzeugt. Wenn da wirklich ein Kindermörder frei rumläuft, werd ich alles mir mögliche dazu beitragen, damit das Schwein endlich gefaßt wird.«

»Du hörst dich also unter deinen Kameraden um?« fragte Darius erwartungsvoll.

»Hab ich schon«, antwortete Fricke lakonisch.

Breites Siegerlächeln von Lemberg. Dann brach der Sturm los. Darius war aufgesprungen. Kaffeetassen klirrten.

»Und? Nun mach's doch nicht so spannend.«

Fricke klopfte auffordernd auf die Sitzfläche des so plötzlich frei gewordenen Stuhls. Darius setzte sich artig wieder.

»Zastrow, Rudolf Zastrow. Ich hab den persönlich nicht gekannt, aber einer meiner Kumpel war mit dem häufig auf Streife.«

»Was hat er auf dem Kerbholz?« fragte Darius ungeduldig dazwischen.

»Den haben sie aus dem Verkehr gezogen, weil er allzu auffällig am FKK-Strand des Kulkwitzer Sees Kinder fotografiert hat. Bei einer Hausdurchsuchung sollen sich hunderte einschlägiger Fotos angefunden haben.«

Fricke wischte sich über die Augen. Kopfschütteln.

»Mein Kumpel sagt, daß man gerade von diesem Typ sowas am wenigsten erwartet hätte. Glänzender Maschinenbaustudent, kurz vor dem Examen. Vater hohes Tier in der Messeleitung.«

Darius' Pulsschlag erhöhte sich. Bingo. Das war ihr Mann. Die Geschichte war mit dem, was Baum rausgelassen hatte, absolut kompatibel. Er hatte den Hintern schon wieder vom Stuhl.

»Was ist aus ihm geworden?«

Fricke zuckte mit den Achseln.

»Weiß mein Kumpel nicht. Der Typ ist ganz plötzlich ohne Wirbel von der Bildfläche verschwunden. Der Rest ist Schweigen, niemand hat je wieder etwas von ihm gehört.«

Auch das paßte. Darius zwang sich zur Ruhe. Nachdenklich sah er in die Runde.

»Rudolf Zastrow, der Täufer. Aber wie kommen wir jetzt an den ran?«

Valerie zog, überheblich grinsend, die Augenbrauen hoch.

»Kleinigkeit. Darf ich mal telefonieren?«

Fricke griff wortlos hinter sich und reichte ihr den Apparat rüber. Sie tippte die Nummer der Auskunft ein.

»Ich bin wegen eines Klassentreffens auf der Suche nach einem Rudolf Zastrow.« Sie buchstabierte. »Leider haben wir den völlig aus den Augen verloren, der kann überall wohnen.«

Sie klemmte den Hörer zwischen Wange und Schulter. Während sie lauschte, fummelte sie Block und Kuli heraus. Dann kritzelte sie eine Nummer aufs Papier.

»Können Sie mir auch die Adresse geben, ich möchte ihn gerne anschreiben.«

Erneutes Notieren, dann legte sie, sich bedankend, auf. Triumphierender Blick in die Runde.

»Zastrows gibt's bundesweit eine ganze Reihe, aber nur einen Rudolf, und der wohnt in Neuss, Rheinstraße 4.«

Darius schlug sich an die Stirn. So einfach war das. Er konnte es kaum fassen.

»Neuss, nur durch den Rhein von Düsseldorf getrennt. Es paßt alles zusammen.«

Valerie legte den Finger über die Lippen.

»Moment noch.«

Sie tippte die eben aufgeschriebene Nummer ein. Die Verbindung stand fast augenblicklich.

»Tag, Frau Zastrow, Markowitz mein Name, kann ich Ihren Mann sprechen?«

Offensichtlich nicht. Lauschen.

»Ach, wie schade. Ich bin mir nämlich gar nicht sicher, ob ich bei Ihnen richtig bin, aber vielleicht können Sie mir ja weiter helfen. Wir organisieren hier ein Klassentreffen. Leider haben wir unsern Mitschüler Rudolf aus den Augen verloren. Stammt Ihr Mann zufällig aus Leipzig oder Umgebung?«

Frau Zastrow schien einiges zu erzählen zu haben. Eine ganze Weile nur freundliche Brummlaute von Valerie, dann verabschiedete sie sich höflich.

»Nein, nein, ich will ihn in der Firma nicht stören. Hat keine Eile, ich rufe die Tage noch mal an, Frau Zastrow. Haben Sie vielen Dank. Und verraten Sie noch nichts, soll eine Überraschung werden.«

Valerie reckte noch während des Auflegens ihren linken Daumen nach oben.

»Der kommt tatsächlich aus Leipzig. Hat ne kleine Firma in Neuss, irgendwas mit Spezialfräsen. Und jetzt ratet mal, wo der letzte Woche war.« Sie wartete mögliche Antworten gar nicht erst ab. »In Leipzig, nebst Gattin, angeblich geschäftlich.«

Darius blieb die Spucke weg. Nach dem wochenlangen Stochern im Nebel wurde ihm jetzt der Täufer praktisch auf dem Silbertablett serviert. Sie waren am Ziel. Es hielt ihn nicht mehr auf dem Sitz. Aufgeregt platzte er heraus:

»Wir müssen nach Düsseldorf, sofort, hier vertun wir nur noch unsere Zeit.«

Nun war es an Lemberg, auf den freien Stuhl zu deuten.

»Setz dich wieder hin, Darius, jetzt heißt es Ruhe bewahren. Die weiteren Schritte wollen genau durchdacht sein. Du kannst nicht einfach hin und den Burschen stellen. Jetzt brauchst du Schützenhilfe von offizieller Seite. Du bist kein Polizist mehr, vergiß das nicht.«

Schmerzlich kam es ihm zu Bewußtsein. Der Alte hatte recht. Es nutzte nichts, wenn er aus dem Vogel ein Geständnis herausprügelte. Sollte es zu einer Verurteilung von Zastrow kommen, waren offizielle Ermittlungen notwendig. Er sah plötzlich klar. Sein Part bei der ganzen Geschichte war fast erledigt. Bis auf einen kleinen Rest, und das würde noch schwer genug werden.

Er sah ernst in die Runde. Drehzahl wieder normal. Zuversichtlich:

»Ich fahre noch heute nach Düsseldorf und spreche persönlich mit Hauptkommissar Noll.«

*

Sie trafen gegen 17 Uhr in Düsseldorf ein. Valerie hatte es sich nicht nehmen lassen, Darius zu begleiten. Die Fahrtzeit war wie im Fluge vergangen. Vier Stunden lang hatten sie sich nur mit einem Thema beschäftigt: Würde es ihnen gelingen, die Düsseldorfer Kripo zu veranlassen, Ermittlungen gegen Zastrow einzuleiten? Darius hatte mit Hauptkommissar Noll telefoniert und ihm angedeutet, daß er Entscheidendes in Leipzig herausgefunden hatte. Der hatte sich vorsichtig interessiert gezeigt, hatte sogar für den heutigen Abend einen privaten Gesprächstermin in der Altstadt verabredet. Ließ sich gut an. Alles hing jetzt davon ab, ob sie den alten Fuchs überzeugen konnten. Darius war zuversichtlich.

Sie waren auf den Bahnhofsvorplatz getreten. Irgend jemand pfiff gellend auf zwei Fingern. Valerie knuffte Darius in die Seite und deutete auf den Taxihalteplatz.

»Sag mal, kennst du den da drüben? Ich glaube, der meint dich.«

Klar kannte er den. Dr. Shiwaeze hopste neben seinem in hinterer Position wartenden Taxi und schwenkte die Arme über dem Kopf wie ein Cheerleader. Darius, breites Wiedersehensgrinsen im Gesicht, steuerte sofort auf ihn zu. Großes Hallo. Handflächen wurden wechselseitig aufeinander geschlagen, freundliches Boxen und Rempeln. Valerie beobachtete interessiert das männliche Begrüßungsritual. Da besann sich Darius wieder auf seine Begleiterin und stellte vor. Dottore knautschte sein Gesicht in tausend Lachfalten und zeigte fröhlich Zähne, um die Valerie ihn sofort beneidete. Der Mann war ihr auf Anhieb sympathisch.

»Trinken wir einen Kaffee zusammen, soviel Zeit muß sein«, befahl der Doktor. Schon saß er hinterm Steuer und rangierte seine Droschke aus der Warteschlange auf einen freien Parkplatz. Darius sah auf die Uhr. Sie hatten noch über eine Stunde bis zum Treff mit Noll. Warum also nicht. Er freute sich. Nettes Willkommen.

Zu dritt steuerten sie den Bierausschank gleich gegenüber auf der anderen Straßenseite an. Der Wirt murrte irgendwas von Extrawünschen, ließ sich mit Blick auf Valerie dann aber doch herab, die selten genutzte Maschine hinterm Tresen anzuwerfen.

»Als ich von der Sache mit Dietz hörte, habe ich die ganze Zeit versucht, dich zu erreichen. Mani hat mir schließlich gesteckt, daß du in Leipzig bist. Was ist los? Erzähl.«

Darius murmelte lahm etwas von »Heimatbesuch« und

»dem In-Ordnung-Bringen privater Angelegenheiten«. Dottore grinste Valerie wissend an und kniff ein Auge zusammen.

»Scheint ja geklappt zu haben«, bemerkte er ein wenig anzüglich, »das mit den privaten Angelegenheiten meine ich.«

Er warf einen wohlwollenden Blick auf Valerie, dann räusperte er sich und wurde ernst. »Deinen Job bist du ja los. Nimm's mir nicht übel, aber kann ich dir irgendwie unter die Arme greifen? Wovon lebst du denn jetzt?«

Von Luft und Liebe, wäre es Darius fast ironiefrei rausgerutscht.

»Geht schon, Charles, ich finde bestimmt wieder was. Trotzdem, danke für das Angebot, scheinst ja gut bei Kasse zu sein. Mächtig beim Schach abgezockt, oder was ist los?«

»Endlich sind wir beim Thema, ich platz ja fast schon vor Mitteilungsdrang.«

Dottore schien nicht an Magengeschwüren zu leiden, denn er orderte erst noch eine weitere Runde, bevor er loslegte.

»Nix Schach, beinharter Kapitalismus. Vor dir sitzt ein freier Unternehmer.«

Darius kapierte nicht gleich, aber der Freund half ihm sofort aufs Pferd.

»Ich habe eine Lizenz ergattern können und fahr jetzt auf eigene Rechnung. Außerdem hab ich noch ein brandheißes Eisen im Feuer. Wenn das spruchreif ist, werde ich dir ein Angebot machen, das du nicht ablehnen kannst.«

Darius freute sich ehrlich für den Freund. Der hatte es verdammt schwer gehabt, in Deutschland Fuß zu fassen. Schön, daß es jetzt aufwärts ging. Und daß er gleich daran dachte, ihn mit ins Boot zu nehmen, rührte ihn enorm. Freundschaft war etwas Wunderbares.

Sie gratulierten überschwenglich. Das Gespräch glitt in andere Bahnen ab. Irgendwann sah Valerie auf die Uhr und mahnte zum Aufbruch. Charles bestand darauf, sie mit dem eigenen Taxi in die Altstadt zu fahren. Am Rathaus setzte er sie ab. Jan Wellem, hoch zu Roß, schien von seinem Sockel streng auf sie herab zu sehen. Darius nahm es als Mahnung und straffte sich. Schluß mit lustig. Letzter Akt, jetzt kam's drauf an.

Das traditionsreiche Brauhaus Uerige lag direkt über Eck. Dichte Menschentrauben vor den geöffneten Fenstern. Altbiergläser wurden hinaus gereicht, blau beschürzte Köbesse wuselten, voll beladene Tabletts artistisch balancierend, durch die Menge. Über der ganzen Szene das friedliche Summen und Brummen kollektiv genießender Biertrinker. Wie sollten sie in dem Gewühl Noll finden?

Die Sorge war unbegründet. Gerade waren sie zum Hauptportal des Altbiertempels vorgedrungen, da machte sich jemand von links bemerkbar. Der durstige Mann von der Tuborg-Dose, schoß es Darius durch den Kopf. Aufgekrempelte Hemdsärmel, Hosenträger, Bauchhose. Noll stand an einem Stehtisch vor dem angrenzenden Fischhaus, vor sich einen Teller Fischsuppe. Jetzt wischte er sich, als wolle er die Ähnlichkeit komplettieren, auch noch mit einem riesigen Taschentuch über die schweißfeuchte Stirn und winkte.

»Ah, Herr Dorn, und Sie sind bestimmt die Leipziger Kollegin Markowitz. Herr Dorn hat mir bereits von Ihnen berichtet.«

Er hauchte galant einen angedeuteten Kuß über Valeries Handrücken.

»Darf ich Sie zu einem Teller Suppe einladen? Köstlich, sag ich Ihnen. Ich esse hier immer erst was, bevor ich meinem samstäglichen Hobby nebenan fröne. Gute Grundlage.«

Den beiden war nicht nach Fisch. Noll zuckte bedauernd die Achseln. Wahrscheinlich hätte er selbst gern noch einen Teller genommen.

»Also gut, wechseln wir die Lokalität.«

Noll hielt sich an Valerie. Darius kannte er ja auch schon, und der war bei weitem nicht so attraktiv.

»Wir befinden uns hier am Nabel der Altbiermetropole, Frau Markowitz, und betreten jetzt eine der wichtigsten Weihestätten.«

Er hatte ihren Arm genommen.

»Es gibt nur einen Punkt, wo ich absoluter Nationalist bin: wenn's um Bier geht. Und das, was Sie gleich verkosten werden, kriegen Sie auf der ganzen Welt nicht wieder.«

Noll schwadronierte unentwegt weiter, während sie sich durch dicht belagerte Gänge drängten. Darius kannte das schon. Hinter der onkeligen Fassade, die Noll stets wie zwanghaft aufbaute, wohnte ein messerscharfer Verstand. Da hieß es aufpassen.

In einem der Säle fanden sie an einem langen, weiß gescheuerten Holztisch drei Sitzplätze. Valerie sah sich zweifelnd um. Trinkfreudige dicht an dicht. Ob das der richtige Ort für ein so wichtiges Gespräch war? Noll deutete ihren Blick sofort richtig.

»Wenn man nicht will, kümmert sich hier keiner um den anderen. Wir können so ungestört reden wie auf einem Waldspaziergang. Nur ist die Versorgungslage hier besser.«

Sprach er, prostete und steckte seine Nase in den Bierschaum. Sie taten solidarisch einen tiefen Zug. Valerie mußte zugeben, der Alte hatte nicht übertrieben. Echt lecker.

Noll legte den Hebel um. Scharfer Blick aus klugen Augen.

»Na, dann erzählen Sie mal.«

Darius redete im Wechsel mit Valerie über eine Stunde, lediglich vom Köbes, der sich redlich mühte, den steten Bierfluß nicht abebben zu lassen, unterbrochen. Noll saß wie ein Buddha. Konzentriertes Zuhören, keine Nachfragen, keine Notizen. Nur gelegentliche Arm- und Schluckbewegungen verrieten, daß noch Leben in ihm war. Endlich:

»Haben Sie die Bilder mitgebracht?«

Darius hatte. Noll nahm sich Zeit, betrachtete jedes einzelne ganz genau. Dann wischte er sich über die Augen. Schweres Ausatmen.

»Ich sag's Ihnen ganz offen. Wir treten bei der Aufklärung der Hofgartenmorde auf der Stelle. Dem Schweden war zwar alles mögliche nachzuweisen, die Morde aber eben nicht.«

Er sah Darius ernst in die Augen.

»Ich werde mich also um diesen Zastrow kümmern, versprochen.«

Darius jubelte innerlich. Gewonnen! Gern hätte er Noll jetzt die Hand geschüttelt. Aber der ignorierte ihn völlig, hatte sich schon Valerie zugewandt. Der nette Onkel war wieder da, freundlich-fröhliches Lächeln im geröteten Gesicht.

»Daß Sie den Burschen da« – Kopfrucken in Richtung Darius – »wegen der Ausweisgeschichte in Schutz nehmen wollen, ehrt Sie, ist aber kompletter Blödsinn. Die Suppe soll der mal selber auslöffeln.«

Darius hätte sich fast verschluckt. Aber irgendwie war er ja genau Nolls Meinung. Hilfloser Blick von Valerie. Opa Bräsig erstickte ihren Widerspruch im Keim.

»Unabhängig davon, wie die Sache mit Zastrow ausgeht, um die Machenschaften dieses Elch, werde ich mich persönlich kümmern. Ich kenn den nämlich von früher, der hat bei mir noch was im Salz.«

Er tätschelte väterlich ihre Hand.

»Machen Sie sich mal keine Sorgen, über Ihre Suspendierung ist noch nicht das letzte Wort gesprochen.« Unternehmungslustig rieb er sich die Hände. »Wäre doch gelacht, wenn wir diesem eitlen Patron nicht ein Stöcksken vor tun könnten.«

In Darius machte sich tiefe Dankbarkeit breit. Er konnte sie aber im Moment nicht so recht rüberbringen, denn der Alte zeigte ihm, vollends zu Valerie gedreht, die kalte Schulter. Darius kapierte. Der alte Wolf. Nach der Arbeit das Vergnügen.

Die zwei befanden sich inzwischen in einem angeregten Gespräch über die Schönheiten von Leipzig und die Arbeit im Osten. Scherzen, Lachen. Valerie sprudelte nur so, und auch Noll zog alle Register. Darius fühlte sich überflüssig. Ärgerfrei hielt er sich ans Biertrinken.

Um zehn verabschiedete sich Noll.

»Ich melde mich, vielleicht schon morgen.«

Dann schnürte er kerzengerade gen Ausgang. Endlich wandte sich Valerie wieder Darius zu. Wehmütiges Lächeln.

»Muß schön sein, unter so einem Chef zu arbeiten.«

Dann haute sie ihm wie ein Holzfäller auf die Schulter.

»Darius, ich glaub, wir haben es geschafft.«

Beschwingt traten sie auf die Straße. Darius fühlte sich froh und leicht wie lange nicht mehr. Und das lag nicht nur am Bier.

*

Als Darius am nächsten Morgen die Augen aufschlug, war ihm sofort klar, was heute als erstes auf dem Programm stand. Roman, Besuch im Krankenhaus. Er freute sich. Beherzt schwang er die Beine aus dem Bett. Nebenan rauschte die Dusche. Frühaufsteherin Valerie war also bereits an Deck. Vergnügt pfeifend lief er ins Badezimmer und gesellte sich zu ihr unter den warmen Wasserstrahl.

Später Kaffee, stehend in der kleinen Küche. Eßbares war nicht verfügbar. Trotzdem Hochstimmung.

»Kommst du mit ins Krankenhaus? Ich würde dich gern mit meinem Sohn bekannt machen.«

Valerie war sofort einverstanden. Beim Bäcker an der Ecke erstanden sie eine Tüte Schokocroissants. Darius kam plötzlich schmerzlich zu Bewußtsein, daß er Roman nichts aus Leipzig mitgebracht hatte. Unverzeihlich. Als sie aber eine Viertelstunde später das Krankenzimmer betraten, sah er, daß sein Versäumnis unbemerkt bleiben würde. Roman saß auf der Bettkante und werkelte eifrig an einem großen Schiffsmodell. Mani hatte ihn offensichtlich für sein Hobby begeistern können. Der Freund saß auf einem Stuhl am Bett und blätterte in einem Album, das mit Fotos gespickt war, die ihn mit seinen Modellen zeigten. Er hatte dem Jungen offensichtlich gerade etwas zeigen wollen. Der Aufschrei ließ ihn das Album zuklappen.

»Papa!«

Das Modellboot wurde achtlos zwischen Federkissen versenkt. Schon hing ihm der Junge am Hals.

»Hast du den Kindermörder geschnappt?«

Darius machte sich nach umfänglichem Begrüßungsritual frei.

»Nun beruhige dich erst mal und geh wieder ins Bett.«

Er begrüßte Mani, dann stellte er den beiden Valerie vor. Roman war begeistert.

»Eine waschechte Kommissarin. Haben Sie meinem Papa geholfen?«

Valerie nickte amüsiert.

»Wollen wir uns nicht duzen? Ich heiße Valerie.«

»Ist der Fall abgeschlossen, Valerie, sitzt der Hofgartenmörder im Knast?«

»Noch nicht«, schaltete sich Darius ein, »aber es kann sich nur noch um Tage handeln. Wir wissen bereits, wer es ist.«

Roman und Mani waren platt. Spannend. Der Junge

wollte alles wissen. Darius mußte einen genauen Bericht über die Ereignisse der vergangenen Tage geben.

»Was ist denn hier los?«

Die schneidende Stimme sorgte sofort für Ruhe.

»Man hört euch ja über den ganzen Flur.«

Darius brauchte sich nicht umzudrehen. Die Stimme kannte er. Elisa stand wie ein Racheengel in der Tür. Empörter Blick. Darius beendete das betretene Schweigen und stellte vor. Elisa musterte Valerie von Kopf bis Fuß mit einem Blick, der nichts Gutes ahnen ließ. Sie verschränkte die Arme vor der Brust.

»Kann ich dich einen Moment sprechen, Darius?«

Ergeben folgte er ihr auf den Flur. Kaum hatte sich die Tür hinter ihnen geschlossen, legte sie los.

»Mußt du deine kleinen Freundinnen jetzt auch noch mit ins Krankenhaus schleppen? Und dein Kneipwirt, ich faß es nicht. Hör zu, Darius, ich will solche Leute hier nicht sehen, ich bin schließlich die Mutter.«

Sie hatte sich warm geredet, aber bevor sie richtig durchstarten konnte, unterbrach das dudelnde Handy in Darius' Brusttasche. Elisa tippte sich an die Stirn.

»Untersteh dich, das ist hier verboten.«

Darius, das Handy schon am Ohr, brachte sie mit ärgerlicher Geste zum Schweigen und meldete sich.

»Morgen, Herr Dorn, Noll hier, ich würde mich gerne mit Ihnen und Frau Markowitz treffen.«

»Haben Sie bereits etwas wegen Zastrow rausgefunden?«

»So ist es. Treffen wir uns in zwanzig Minuten vor dem Präsidium, ich würde Ihnen gern etwas zeigen.«

Darius steckte aufs höchste erregt das Handy weg. Lief ja wie geschmiert. Er ließ Elisa einfach stehen und stürmte zurück ins Zimmer.

»Wir müssen los, Valerie, Noll hat angerufen.«

Küßchen für Roman und Besuchsversprechen. Schon

eilten sie über den Gang gen Ausgang. Elisa schickte ihrer Schönheitskonkurrentin einen Blick hinterher, der bei Valerie eigentlich Frostbeulen hätte hervorrufen müssen.

Der Kommissar wartete bereits, vor dem Hauptportal des Präsidiums auf- und abgehend. Kurze Begrüßung, merkwürdig ernst. Sie stiegen in Nolls Wagen und fuhren in Richtung Süd-Brücke. Darius begann den Alten sofort zu löchern. Der war einsilbig. Brummelig:

»So warten Sie es doch ab, wir sind ja gleich da.«

Schweigend überquerten sie den Rhein. Neuss. Durch die Innenstadt, irgendwann bog Noll links ab. Rheinstraße. Der Alte parkte schräg gegenüber einem frei stehenden Einfamilienhaus. Gepflegter Vorgarten, am gemauerten Pfeiler des Gartentörchens eine schmiedeeiserne Vier.

»Zastrow«, stieß Darius hervor, »hier wohnt er also.«

Noll nickte stumm, machte aber keine Anstalten auszusteigen.

»Und jetzt«, fragte Darius ungeduldig.

Noll atmete schwer ein und deutete auf den Hauseingang.

»Sehen Sie die Rampe da drüben?«

Er brauchte nichts weiter zu erklären, denn eben öffnete sich die Haustür, ein Rollstuhlfahrer fuhr nach draußen und rollte über die Rampe in Richtung Garage. Darius begriff sofort und wurde blaß.

»Wie lange hat er das schon«, preßte er hervor.

Noll sah ihn nicht an.

»Motorradunfall, vor über zehn Jahren. Seitdem tut sich bei dem unterhalb der Gürtellinie nichts mehr.«

VI
Die Bombe tickt

»Soll ich nicht doch noch ein paar Tage bleiben?«

Valerie war stehengeblieben und fixierte Darius besorgt. Sie schlenderten schon ein geraumes Weilchen auf dem Bahnsteig auf und ab. Für den Zug nach Leipzig war eine zwanzigminütige Verspätung gemeldet worden.

»Du wirkst so niedergeschlagen.«

Darius zwang sich ein Lächeln ins Gesicht. Valerie schlang sofort die Arme um ihn und drückte ihn tröstend.

»Du hast dein Möglichstes getan. Ist doch nicht deine Schuld, daß Zastrow für die Hofgartenmorde ausscheidet. Aber für die Verbrechen in Leipzig vor zehn Jahren, dafür kriegt Noll ihn bestimmt dran.«

Darius machte sich etwas unwirsch los. Kopfschüttelnd:

»Noll hat bereits recherchiert. Zastrows Unfall passierte ein paar Tage vor der letzten Tat des Täufers im Osten. Nein, nein, der Typ hat mit der ganzen Sache nichts zu tun.«

»Und was ist mit der Geschichte, die Fricke über ihn erzählt hat«, begehrte sie auf, »der saugt sich doch sowas nicht einfach aus den Fingern.«

Darius winkte müde ab.

»Das wird schon stimmen, Zastrow hat tatsächlich einige Jahre in der Anstalt verbracht. Dem Fricke und seinem Kumpel sind halt einfach die Daten durcheinander gegangen.«

»Also doch, Zastrow ist ein Pädophiler.«

»Wahrscheinlich, aber einer, der seine Obsession rein kopfmäßig auslebt. Die gibt's doch zuhauf. Schau dich nur mal am Bahnhofskiosk um. Was glaubst du, wer die ganzen sogenannten FKK-Zeitschriften kauft?«

Valerie mußte ihm recht geben, aber es tat ihr in der Seele weh. Konnte sie jetzt so einfach nach Leipzig zurückkehren? Darius hatte darauf bestanden. Sie sollte erst ihre Angelegenheit in Ordnung bringen, mit Nolls Unterstützung einen Karriereknick vermeiden.

Die Einfahrt des Zuges wurde gemeldet. Valerie umarmte ihn stürmisch. Instinktiv fühlte sie, daß es sich hier um einen Abschied für länger handelte. Spontane Tränen. Darius verkniff sich das nur mit Mühe, aber sein Entschluß stand fest. Er würde Valerie nie wiedersehen. Zu vielen Menschen hatte er schon Unglück gebracht. Valerie war die letzte, der er wünschte, sich an einen Versager wie ihn zu verschwenden. Hatte sie einfach nicht verdient.

Der Zug lief ein. Darius gab sich einen Ruck und machte sich los.

»Komm, es wird Zeit.«

Der Zug war überfüllt. Er begleitete sie bis zur vordersten Waggontür. Kein Sitzplatz in Sicht. Auch das noch. Weiterer Abschiedsszenen wurden sie enthoben. Dichtes Gedränge. In der Tür wandte sich Valerie noch einmal um. Kurzes, hilfloses Winken, dann wurde sie weiter geschoben. Darius verlor sie zwischen den sich durch die Gänge schiebenden Reisenden aus den Augen. War vielleicht einfacher so. Er trat zurück. Wenigstens die Abfahrt des Zuges wollte er noch abwarten, bevor er in ein anderes, einsameres Leben aufbrach.

Der Zug setzte sich in Bewegung. Trotz intensiven Suchens konnte er keinen Blick mehr auf Valerie erhaschen. Schon blickte er den sich entfernenden Schlußlichtern hinterher. Sie waren zwar auf keinem Flugplatz, und es nebelte auch nicht. Trotzdem: schmerzendes Casablanca-Gefühl.

Er wandte sich geschlagen dem Abgang zu. Der Bahnsteig hatte sich geleert. Und dann sah er sie.

»Valerie!«

Sie breitete lachend die Arme aus. Er begann zu rennen.

*

Valerie hatte das Heft in die Hand genommen. Am Abend hatte sie ihm unmißverständlich klar gemacht, wie sie sich die Zukunft vorstellte: zu zweit.

»So einfach wirst du mich nicht wieder los.«

Wollte er auch gar nicht. Nicht mehr. Sie hatte sich entschieden. Zärtlich sah er auf die Schlafende neben sich im Bett. Und wieder war er von ihrer Schönheit ganz erschlagen. Unvermittelt öffnete sie die Augen.

»Was ist?«

»Nichts, ich bin glücklich.«

Zarte Küsse. Er lief in die Küche. Während er darauf wartete, daß der Kaffee durchlief, sah er in den bereits späten Morgen. Es regnete. Es gab noch etwas, was keinen Aufschub duldete. Er mußte mit Roman sprechen, ihm erklären, daß er als Gangsterjäger versagt hatte, daß es doch aber auch noch ein Leben neben, nach der Polizistentätigkeit gab. Er war sicher, daß Roman das verstehen würde. Und dann war da noch Valerie. Er wollte dem Jungen seine Beziehung nicht verschweigen. Er brauchte einfach dessen Billigung, sonst war alles nichts. Aber auch dafür rechnete er sich gute Chancen aus.

Er brachte der Geliebten Kaffee ans Bett, schlüpfte aber selbst nicht wieder hinein, sondern begann sich rasch anzuziehen.

»Du, ich muß unbedingt zu Roman. Willst du nicht nachkommen, wenn du fertig bist? Wir zwei könnten dann später irgendwo was essen gehen.«

Sie nickte schlaftrunken und blies in die Tasse, er sprang

in die Stiefel. Er winkte noch einmal von der Tür, dann eilte er in den trüben Morgen.

Die Stationsschönheit kam ihm auf dem Gang der Kinderstation entgegen, strahlendes Erkennen lächelnd.

»Guten Morgen, Herr Dorn, Roman kann sich ja über mangelnden Besuch wirklich nicht beklagen, Ihr Freund ist auch bereits da.«

Darius war überrascht. Der Gute legte sich ja ordentlich ins Zeug. Paßte ihm aber im Moment überhaupt nicht. Intensives Grübeln, wie er Mani schnellstmöglich rauskomplimentieren könnte. Da hatte die Schwester noch etwas auf dem Herzen.

»Was ist Ihr Freund eigentlich von Beruf, schwarzer Sheriff oder sowas?«

Darius glotzte etwas irritiert.

»Nee, Gastwirt. Warum?«

»Weil er so ne merkwürdige Uniform anhatte. Na, ist ja auch egal.«

Eilig schob die Schwester weiter. Darius sah ihr kopfschüttelnd hinterher. Mani und Uniform, Quatsch, die hatte wohl zu heftig am Formalin geschnüffelt. Noch bevor er die Zimmertür aufstieß, hatte er den Vorfall bereits wieder vergessen.

Der Raum war leer. Auf dem zerwühlten Bett lag Manis Fotoalbum. Wo waren die beiden? Am Kiosk, Süßigkeiten kaufen, in der Kantine? Unwillig zog er sich einen Stuhl heran und setzte sich, um zu warten. Nach einer Weile griff er nach dem Album und begann gelangweilt von hinten nach vorn zu blättern. Mani vor einer riesigen Modelleisenbahn, Mani mit ferngesteuertem Rennwagen, Mani, einen Miniaturflieger im Arm. Er gähnte und blätterte weiter zurück. Mani in Leipzig. Erwachendes Interesse. Merkwürdig, der Freund hatte ihm nie erzählt, daß er die Stadt bereits besucht hatte. Er sah genauer hin und war irritiert. Kein Zweifel, die Aufnahmen waren noch während der DDR-Zeit gemacht worden. Er erkannte es an vielen kleinen Details. Alarmglocken schrillten. Hektisch blätterte er weiter. Dann sackte ihm alles Blut schlagartig in die Beine. Mani als »Freiwilliger Helfer« der Volkspolizei. Irrtum unmöglich, die Armbinde war deutlich zu sehen.

Das Album polterte auf den Boden. Darius sprang auf. Alles, alles wurde ihm schlagartig klar. Kegeltour, Hönningen, von wegen! Und er hatte Mani auch noch stets über jeden seiner Schritte informiert. Wie hatte er sich bloß so irren können? Warum hatte er nie nach seiner Vergangenheit gefragt? Weil du dich stets nur um dich selbst gedreht hast, geißelte er sich. Und jetzt hatte er dem Killer den eigenen Sohn ans Messer geliefert.

Er versuchte, sich zur Ruhe zu zwingen. Unmöglich. Ein Blick in den Schrank. Romans Schuhe, seine Straßenkleidung, alles weg. Darius startete durch. Während er zum Ausgang hastete, arbeitete sein Hirn auf Hochtouren. Die Schwester hatte von einer merkwürdigen Uniform gesprochen. Ihm fiel das Modellboot ein. Er wußte plötzlich ganz genau, wo er Roman und den mordenden Uniformfetischisten finden würde.

*

»Die Klamotten hab ich neulich auf dem Trödelmarkt gekauft«, erklärte Mani dem Jungen, der von seinem kostümierten Auftritt sofort begeistert gewesen war. »Ist die Uniform eines Volkspolizisten. Sowas hat dein Vater früher auch mal getragen.«

»Und echte Handschellen, ist ja stark.«

Roman, das Modellboot unterm Arm, hüpfte fröhlich neben dem Uniformierten her. Der Hofgarten lag wegen des Regens verlassen da. Den beiden schien das schlechte Wetter nichts auszumachen. Mani schob noch eine Erklärung für seinen Aufzug nach.

»Als ich das Teil gesehen habe, hab ich sofort an dich gedacht. Gefällt's dir?«

»Na, logo. Wird bestimmt lustig.«

»Davon bin ich überzeugt«, versetzte Mani heiser, »und die Handschellen kannst du nachher behalten.«

»Echt? Ist ja super«, freute sich Roman, dann krauste sich seine Stirn.

»Hoffentlich merkt keiner, daß ich einfach abgehauen bin, sonst gibt's Ärger.«

»Quatsch, uns hat auf der Station doch keiner gesehen, und in einer Stunde sind wir wieder zurück. Wir müssen doch die neue Fernsteuerung ausprobieren«, beruhigte der Uniformierte.

»Wo lassen wir denn das Boot zu Wasser?«

»Siehst du das Holzhaus da vorn, die Entenbude, da sind wir ein wenig geschützt.«

Sie näherten sich dem Häuschen. Der Mann blieb plötzlich stehen und sah sich sichernd um. Sein Atem ging stoßweise. Roman musterte ihn verdutzt.

»Hast du was? Warum schwitzt du denn so?«

»Ist bloß der Regen, nun komm schon, da geht's runter.«

Der Uniformierte schubste den Jungen fast grob die paar Stufen zur Plattform am Wasser hinab. Roman wurde es ob des plötzlichen Stimmungsumschwungs mulmig.

»Du, Mani, vielleicht sollten wir doch lieber ...«

»Mach jetzt bloß keine Zicken«, herrschte der Mann den Jungen mit völlig veränderter Stimme keuchend an. Der bekam es mit der Angst. Piepsendes Panikfalsett.

»Laß mich, ich will gehen.«

Der Faustschlag traf ihn unvorbereitet mitten ins Gesicht. Der Junge taumelte, das Modellboot zerschellte auf den Platten. Ein gellender Schrei, mehr Überraschung und Angst denn Schmerz ausdrückend. Der Uniformierte hatte plötzlich Handschellen und eine Rolle breites Paketklebeband in der Hand. Regen rauschte.

*

Darius rannte, wie er noch nie in seinem Leben gerannt war. Personal und Besucher sahen ihm kopfschüttelnd hinterher. Im Foyer des Krankenhauses wäre er fast mit Valerie zusammengeprallt.

»Der Täufer hat Roman, Entenbude im Hofgarten, ruf Noll an, der weiß dann schon«, schrie er sie, sein Tempo nur kurz vermindernd, an. »Der Junge ist in Lebensgefahr.«

Valerie kapierte nicht gleich. Aber sie brauchte nur Sekunden, um ihren Schock zu überwinden. Lebensgefahr, der Täufer, Roman. Sie eilte zum Pförtner.

Darius spurtete zum Taxiplatz und sprang in den ersten Wagen.

»Zum Hofgarten, geben Sie Gas, Mann, es geht um Leben oder Tod.«

Der Fahrer, seit Jahren im Geschäft, grinste und ließ gemächlich den Motor an.

»Nun machen Sie doch voran, da ist ein Kind aus dem Krankenhaus entführt worden«, heulte Darius.

Die bodenlose Verzweiflung in der Stimme seines Fahrgastes ließ den Chauffeur zusammenzucken. Das war echt. Entführung. Er hatte selber Kinder. Er trat durch. Quietschen gequälter Reifen.

»Was ist passiert?«

Darius antwortete mit einer Gegenfrage.

»Haben Sie einen Uniformierten mit einem Jungen aus dem Krankenhaus kommen sehen?«

Spontanes Zustimmungsnicken.

»Vor etwa ner Viertelstunde. Der Junge hatte so'n Brötchen unterm Arm. Die beiden sind in ein Taxi gestiegen.«

Darius stöhnte auf und schlug die Hände vors Gesicht.

»Das ist ein Kindermörder. Die Hofgartenmorde, erinnern Sie sich?«

Der Fahrer erinnerte sich nur zu gut. Mahlende Kiefer, dann heftig ausschlagende Tachonadel.

»Wohin genau?«

»Entenbude am Ananasberg, ich bin mir ganz sicher, da finden wir sie.«

Grimmiges Nicken vom Fahrer.

»Gebongt, aber wenn du mich verarschst, dann gnade dir Gott.«

Jegliche Verkehrsregeln mißachtend, düsten sie durch den gottlob sonntäglich ruhigen Verkehr. Im Ralleystil die Königsallee runter. Der Fahrer zog alle Register. Ein Streifenwagen auf der durch den Kö-Graben getrennten Gegenfahrbahn setzte Blaulicht und schickte sich zur Verfolgung an. Gut so. Wild hupend wurde das Taxi am Kö-Ende auf den Bürgersteig gerissen, dann ging's mit Karacho durch den Fußgängertunnel in den Hofgarten hinein. Zwanzig Sekunden später kam die Entenbude in Sicht.

Darius war schon draußen, noch bevor der Wagen richtig angehalten hatte. Er brüllte wie ein angestochener Stier, und genauso unaufhaltsam brach er in die bizarre Szene. Mani in feldgrauer Vopo-Uniform, Roman gefesselt und mit Klebeband geknebelt. Er übersah alles sofort. Mordschnaubende Wut. Da blitzte plötzlich ein Messer in der Hand des Uniformierten auf. Doppelt geschliffene Klinge am Hals des Jungen. Für Sekunden standen sie sich wie Duellanten gegenüber. Kein Wort wurde gesprochen. Roman fixierte ihn aus panikgeweiteten Augen. Hoffnung und Furcht. Seine Seele schien zu zerreißen. Das geräuschvolle Zuschlagen der Taxitür löste die Erstarrung. Mani suchte hektisch nach einem Ausweg. Plötzlich stieß er den gefesselten Jungen ins Wasser und stürzte sich auf seinen Gegner. Die Klinge fuhr Darius in den Arm. Der spürte es kaum. Mit einer fast beiläufigen Geste schleuderte er den Uniformierten beiseite. Das Wasser um den um sein Leben kämpfenden Jungen brodelte. Darius zögerte keine Sekunde und hechtete. Schon war er bei dem Jungen, wendete ihn in Rückenlage und riß am Klebeband. Ein gurgelnder, befreiender Schrei.

»Papa!«

Darius schwanden die Sinne. Mit Macht wurde er in einen tiefen, dunklen Strudel gerissen. Er spürte nicht mehr, wie helfende Hände ihn und den Jungen ans Ufer zerrten. Auf dem Weg standen etliche Streifenwagen, grün Uniformierte wuselten. Eben näherte sich ein Notarztwagen mit Martinshorngetöse.

Irgendwer ohrfeigte ihn. Das brachte Darius wieder zur Besinnung. Flatternd öffneten sich die Lider. Über ihm hing ein besorgt geröteter Vollmond. Er erkannte Noll sofort.

»Was ist mit dem Jungen?«

»Alles in Ordnung, schauen Sie mal da rüber.«

Darius wendete mit Mühe den Kopf in die Richtung, die der wurstige Finger wies. Valerie legte gerade eine Decke um Roman, der sich heftig an sie klammerte. Darius tat einen tiefen Erleichterungsseufzer. Doch bevor seine Tränendrüsen ihre Tätigkeit aufnahmen, schwand sein Bewußtsein. Ergeben ließ er sich zurück ins Dunkel fallen. Alles war gut.

Erst jetzt bemerkte Noll den sich immer weiter ausbreitenden Blutfleck am nassen Ärmel des Ohnmächtigen.

»Ach, du Scheiße.«

Behende richtete er sich auf.

»Notarzt, rasch, der Mann verliert Blut.«

Ein junger Mann in Weiß war mit seinem Aluköfferchen bereits unterwegs. Während er den Verletzten kundig versorgte, sah Noll nachdenklich auf Darius herab.

Gern hätte er ihm noch erzählt, daß sich der Täufer in Gewahrsam befand. Eine Mordserie war beendet.

»Danke für deine Hartnäckigkeit, du Held der Arbeit«, murmelte er anerkennend.

Der Notarzt sah überrascht auf.

»Bitte?«

»Nichts, nichts, ist schon gut.«

Noll wandte sich ab und stapfte, die Hände tief in den Taschen vergraben, davon.

Epilog
Düsseldorf, 1999

Brauhaus Uerige am Vormittag. Darius prostete dem Schwarzen auf der anderen Tischseite zu.

»Auf gute Geschäfte, Partner.«

Dr. Shiwaeze hob ebenfalls sein Glas.

»Auf den Beginn einer wunderbaren Geschäftsbeziehung.«

Andächtiges Trinken. Hier wurde ein Bund besiegelt. Gerade waren Darius Dorn und Dr. Shiwaeze bei der Bank gewesen. Und tatsächlich war es ihnen gelungen, den Sachbearbeiter unter Hinweis auf eine weitere ausstehende Taxilizenz zu bewegen, einen üppigen Kredit zu bewilligen.

»Jetzt sind wir also Unternehmer«, stellte Darius zufrieden fest und lehnte sich zurück.

Dottore nickte.

»Und das ist erst der Anfang. Ist doch besser als jeder Beamtenjob. Oder trauerst du der Polizeiarbeit immer noch hinterher?«

Darius brauchte nicht lange in sich zu gehen. Nein, da war kein bitterer Nachgeschmack mehr. Damit hatte er endgültig abgeschlossen. Er hatte seine Mission erfüllt. Jetzt stellten sich andere Aufgaben.

Dr. Shiwaeze begann, sich in weitschweifigen Zukunftsvisionen zu ergehen. Darius nickte immer wieder freundlich Zustimmung, aber in Gedanken war er ganz woanders. In letzter Zeit fügte sich alles aufs glücklichste. Die Ermittlungen gegen Valerie und ihn waren eingestellt worden. Noll hatte nie ein Wort darüber verloren, aber

Darius war sich sicher, daß er dahinter steckte. Elch hatte inzwischen ohne Getöse freiwillig den Dienst quittiert und machte jetzt in Dresden den Job, mit dem Baum versucht hatte, Darius zu locken. Auch über diesen denkwürdigen Vorgang war nichts nach außen gedrungen. Das beste aber war, daß Noll Valeries Versetzung in das hiesige Morddezernat erreicht hatte. Dafür würde er dem Alten ewig dankbar sein.

»Hörst du überhaupt zu?«

Darius nickte eifrig und sah auf die Uhr. Sie waren mit Valerie zum Mittagessen verabredet. Kleine Unternehmensgründungsfeier. Und da war sie auch schon. Die Rheinische Post unterm Arm, stürzte sie auf den Tisch zu. Kurze Begrüßung, dann atemlos:

»Also, das muß ich euch unbedingt zeigen.«

Sie blätterte die Zeitung auf. Dort war ein Riesenbericht über die bevorstehende Eröffnung der Baumpassagen in Leipzig. Sein Intimfeind wurde in den höchsten Tönen als Innovator und mutiger Ost-Unternehmer gelobt. Konsterniert betrachtete Darius das dazugehörige Foto. Baum lächelte selbstzufrieden. Darius schüttelte den Kopf.

»An Typen wie dem gleitet einfach alles ab, die fallen immer auf die Füße.«

»So ist es«, stimmte Valerie zu. »Ich hab mit Noll gesprochen. Wegen der Ungereimtheiten bei den damaligen Ermittlungen wird es aller Wahrscheinlichkeit nach keine neuen Nachforschungen geben.«

Darius zuckte mit den Achseln. Was ging das ihn noch an. Manfred Maurer hatte die Hofgartenmorde gestanden. Allein dafür würde man ihn für immer aus dem Verkehr ziehen. Das genügte. Er klappte die Zeitung zu, in dem Bewußtsein, damit auch ein Kapitel seines Lebens endgültig zu schließen. Yesterday is dead and gone. Jetzt Blick nach vorn. Und den tat er gerne.

Dr. Shiwaeze entschuldigte sich für einen Moment.

Darius nutzte die Gelegenheit. Aus einer neben sich liegenden Tüte fummelte er eine Schatulle und schob sie der Geliebten rüber. Bedeutungsvoll wechselten die beiden einen Blick. Valerie öffnete und war sprachlos.

»Der Bernsteinschmuck meiner Mutter«, erklärte Darius. »Soll eigentlich mal Romans Braut schmücken. Aber vielleicht gibt's da vorher ja noch einen Anlaß, wo *du* das Zeug tragen kannst.«

Valeries Mundwinkel lächelten ihr unwahrscheinliches Lächeln, irgendwas glitzerte in ihren Augen. Dann beugte sie sich weit über den Tisch und küßte ihn.

Erich Loest im dtv

»Lest Loest, und ihr wißt mehr über Leipzig
und wie alles gekommen ist.«
Armin Eichholz

Zwiebelmuster
Roman
dtv 10919
»Dieser Roman erweist einmal mehr die Stärke Loests, Alltag pointiert in Szene zu setzen.« (Deutsches Allgemeines Sonntagsblatt)

Froschkonzert
Roman
dtv 11241
Satire auf bundesdeutsche Krähwinkelei. »Es gibt nur wenige Zeitromane, die so viel Lesevergnügen bereiten.« (tz, München)

Durch die Erde ein Riß
Ein Lebenslauf
dtv 11318

Wälder, weit wie das Meer
Reisebilder
dtv 11507

Fallhöhe
Roman · dtv 11596
Die letzten Tage der DDR.

Nikolaikirche
Roman · dtv 12448
Chronik einer Leipziger Familie. Ein Wende-Roman.

Völkerschlachtdenkmal
Roman
dtv 12533
Glanz und Elend der Stadt Leipzig – ein Parforceritt durch die Historie Sachsens. »Listig ausgedacht, kunstvoll aufgebaut und witzig formuliert.« (Deutsches Allgemeines Sonntagsblatt)

Es geht seinen Gang oder Mühen in unserer Ebene
Roman
dtv 12549
Ein Mann verweigert sich dem Leistungsdruck in Gesellschaft und Familie. DDR-Roman.

Gute Genossen
Erzählung, naturtrüb
dtv 12861
»Man taucht in den Mief des Parteibonzen-Regimes ein – und versteht plötzlich, warum die Menschen diese seltsame Welt ertrugen und auch ihre kleinen Zukunftshoffnungen darauf bauten.« (Nürnberger Zeitung)

Henning Mankell im dtv

»Mankell liest man nicht, man trinkt ihn – in einem einzigen Schluck, ohne abzusetzen, in blinder, weltvergessener Gier.«
Jürgen Seeger im Bayerischen Rundfunk

Mörder ohne Gesicht
Roman · dtv 20232
Wallanders erster Fall
Ein altes Bauernpaar ist auf seinem Hof in der Nähe von Ystad brutal ermordet worden. Das Motiv der Tat liegt völlig im Dunkeln – Kommissar Wallander ermittelt.

Hunde von Riga
Roman · dtv 20294
Wallanders zweiter Fall
Die Ermittlungen führen Kommissar Wallander diesmal nach Osteuropa. Immer tiefer gerät er hinein in ein gefährliches Netz unsichtbarer Mächte, in dem er nicht nur seinen Glauben an die Gerechtigkeit verliert, sondern fast noch sein Leben läßt.

Die weiße Löwin
Roman · dtv 20150
Wallanders dritter Fall
Kommissar Wallander steht vor einem der kompliziertesten Fälle seiner Karriere. Alles beginnt mit dem spurlosen Verschwinden einer Immobilienmaklerin – doch schon bald ist klar: hier geht es um ein teuflisches Komplott von internationalen Dimensionen.

Die falsche Fährte
Roman · dtv 20420
Wallanders fünfter Fall
Der Selbstmord eines jungen Mädchens ist nur der Auftakt zu einer dramatischen Jagd nach einem Serienkiller.

Die fünfte Frau
Roman · dtv 20366
Wallanders sechster Fall
Die Opfer dieser besonders grausamen Mordserie waren allesamt harmlose Bürger. Warum verfolgt der Mörder seine Opfer mit so brutaler Gewalt?

Walter Satterthwait im dtv

»Satterthwait kann absolut hervorragend schreiben.«
Claude Chabrol

Miss Lizzie
Roman · dtv 20056
Amanda, das Nachbarskind, weiß, daß Lizzie Borden ihre Eltern ermordet haben soll. Und auch, daß Miss Lizzie seinerzeit aus Mangel an Beweisen freigesprochen wurde … Ein Krimi mit Witz und Geist, aber auch ein Buch über Freundschaft.

Oscar Wilde im Wilden Westen
Roman · dtv 20196
Bei seiner Tournee durch das gesetzlose Land zwischen San Francisco und Chicago wird Englands Dandy-Dichter von schönen Bewunderern beiderlei Geschlechts begleitet – und von einem bestialischen Mörder …

Eskapaden
Roman · dtv 20284
Sommer 1921. Ohnmächtige Ladies, verschwiegene Butler, ein Entfesselungskünstler, obszöne Gespenster und ein ermordeter Lord … ein herrlich englischer Landhauskrimi.

Mit den Toten in Frieden
Roman · dtv 20250
Joshua Croft wird angeheuert, die verlorenen Überreste eines Navajo-Häuptlings zu finden, und stößt auf eine dunkle Vergangenheit voller Habsucht, Begierde und Verrat.

Wand aus Glas
Roman · dtv 20281
Ein Joshua-Croft-Krimi um ein 30.000-Dollar-Kollier, Indianer, Adlerfedern, um schöne Frauen und texanische Männer, um Liebe und um Mord.

Der Gehängte
Roman · dtv 20348
Schlechtes Karma: Mord im Esoterik-Zirkel von Santa Fe. Joshua Croft trifft auf eine ganze Reihe komischer Vögel.

Ans Dunkel gewöhnt
Roman · dtv 20411
Ernie Martinez, der Rita schon einmal töten wollte, ist aus dem Gefängnis ausgebrochen. Eine finstere Jagd beginnt.